S0-AFV-616

PEQUEÑAS INFAMIAS

CARMEN POSADAS

PEQUEÑAS INFAMIAS

Diseño de cubierta: Departamento de arte, Editorial Planeta Argentina

Calle 73 No. 7-60, Bogotá
www.editorialplaneta.com.co

ISBN O. C.: 978-958-42-2126-1
ISBN V. 8: 978-958-42-2135-3

Primera edición en esta colección: mayo de 2009
Impresión y encuadernación: Quebecor World Bogotá S. A.
Impreso en Colombia - Printed in Colombia

Para Mariano

PRIMERA PARTE

A treinta grados bajo cero

Sé de corazón de león; ten arrogancia
y no te cuides de lo que se agite o conspire contra ti.
Macbeth no será nunca vencido hasta
que el gran bosque de Birnam suba marchando
para combatirle a la alta colina de Dunsinane.

SHAKESPEARE, *Macbeth,* acto 4, escena 1

1
Néstor, el cocinero

Domingo, 29 de marzo (madrugada del sábado al domingo)

Tenía los bigotes más rígidos que nunca; tanto, que una mosca podría haber caminado por ellos igual que un convicto sobre la plancha de un barco pirata. Sólo que no hay mosca que sobreviva dentro de una cámara frigorífica a treinta grados bajo cero: y tampoco Néstor Chaffino, jefe de cocina, repostero famoso por su maestría con el chocolate *fondant*, el dueño de aquel bigote rubio y congelado. Y así habrían de encontrarlo horas más tarde: con los ojos muy abiertos y atónitos, pero aún con cierta dignidad en el porte; las uñas garfas arañando la puerta, es cierto, pero conservaba en cambio el paño de cocina colgado de las cintas del delantal, aunque uno no esté para coqueterías cuando la puerta de una cámara Westinghouse del año 80, dos metros por uno y medio, acaba de cerrarse automáticamente a sus espaldas con un *clac*.

Y *clac* es el último sonido exterior que uno percibe antes de admirarse de su pésima suerte, carajo, no *puede* ser, porque la incredulidad siempre antecede al miedo, y luego: Dios mío, pero si esto no me ha ocurrido nunca, a pesar de que ya se lo habían advertido los guardeses de la casa antes de marcharse y a pesar también de que hay un aviso en tres idiomas en un lugar muy visible de la cocina sobre la conveniencia de no olvidar algunas aburridas precauciones, como levantar el pestillo para evitar que la puerta de la cámara se cierre por descuido. Nunca se puede estar seguro del todo con estos aparatos antiguos. «Pero por amor de Cristo, si no habré tardado más de dos minutos, o tres a lo sumo, en apilar mis diez cajas de trufas de chocolate heladas.» Y sin embargo la puerta ha hecho *clac*, no cabe duda. *Clac*, la fastidiaste, Néstor. *Clac*, ¿y ahora qué? Mira el reloj: las agujas fosforescentes marcan las cuatro de la mañana, *clac*, y ahí está él, completamente a oscuras, dentro de la gran cámara frigorífica de esta casa de veraneo, ahora casi vacía después de una fiesta en la que quizá han desfilado una treintena de invitados... Pero pensemos, pensemos, por todos los diablos —se dice—, ¿quiénes son las personas que se han quedado a pasar la noche?

Vamos a ver: están los dueños de la casa, naturalmente. También Serafín Tous, ese viejo amigo de la pareja que llegó a última hora. Da la casualidad de que Néstor lo había conocido semanas atrás, aunque muy brevemente, eso sí. Luego están los dos empleados de su empresa de comidas a domicilio La Morera y el Muérdago a los que había pedido que se quedaran para ayudarle a recoger al día siguiente: Carlos García, su buen amigo, y también el chico nuevo (Néstor nunca acierta a la primera con su nombre). ¿Karel? ¿Karol? Sí, Karel, ese muchacho culturista checo tan despierto para todo, que lo mismo bate claras a punto de nieve que descarga cien cajas de coca-cola sin un jadeo, mientras tararea *Lágrimas negras*, un son caribeño, pero con demasiado acento de Bratislava.

¿Cuál de ellos escuchará sus gritos, atenderá a sus golpes contra la puerta, a las repetidas patadas, bang, bang, que retumban dentro de su cabeza como otras tantas patadas en el cerebro? Carajo, no puede ser, en treinta años de profesión ni un accidente, pero qué ironías. ¿Quién lo iba a decir, de pronto tantas calamidades juntas, Néstor? Unos meses antes te descubren un cáncer de pulmón y al poco tiempo, cuando más o menos has asimilado la terrible noticia, resulta que te quedas encerrado a oscuras en un frigorífico. Dios santo, morir de cáncer es una desgracia, pero al fin y al cabo le ocurre más o menos a una quinta parte de la humanidad; perecer congelado en la Costa del Sol, en cambio, es simplemente una idiotez.

Calma, no va a pasar nada. Néstor sabe que la tecnología americana, incluso la más antigua, lo tiene todo previsto. En alguna parte, quizá cerca del marco de la puerta, debe de haber un dispositivo de emergencia que, seguro, segurísimo, hace sonar un timbre en la cocina y entonces alguien lo oirá; ante todo hay que mantenerse tranquilo y pensar. ¿Cuánto puede resistir un hombre vestido con una chaquetilla blanca y pantalones de algodón a cuadritos a treinta grados bajo cero? Más de lo que uno imagina, coraje, viejo, y la mano tantea con bastante serenidad (dadas las circunstancias) pared arriba, pared abajo, ¡hacia la derecha no!, cuidado, Néstor.

Sus dedos acaban de tropezar con algo gélido y fino. Santa Madonna, en las cámaras frigoríficas siempre hay bichos muertos, liebres, conejos de hirsutos bigotes...

De pronto, estúpidamente, Néstor piensa en el dueño de casa, el señor Teldi, y entonces lo evoca, no como lo ha visto hace unas horas, sino en el recuerdo, veinte o veinticinco años atrás. Claro que el famoso bigote de Ernesto Teldi no era en aquella época (ni tampoco ahora) escaso y largo como el de una liebre, sino recortado, muy suave, parecido al de Errol Flynn. Y ese bigote ni siquiera se había curvado un milímetro al verlo en el salón la primera vez, indiferencia total; pero es lógico, un caballero como Teldi no tiene por qué fijarse en el servicio doméstico, menos aún recordar a un jefe de cocina al que sólo había visto en una ocasión hacía ya un siglo, allá por los años 70, una tarde de tantas y tan terribles emociones.

La mano de Néstor recorre un tramo más de pared. Ahora un poco a la izquierda... pero siempre procurando no alejarse del cerco de la puerta... por aquí, por aquí debe de estar el botón salvavidas: los gringos, ya se sabe, son racionales para estas cosas: jamás situarían el dispositivo de seguridad en un lugar difícil de encontrar. Vamos a ver... pero la mano, de pronto, se hunde en un abismo aún más negro, o al menos eso parece, y es entonces cuando Néstor decide dejar la búsqueda metódica para volver a los golpes: seis... siete... ocho(cientas) mil patadas contra la puerta tozuda. Virgen de Loreto, santa Madonna de los Donados, María Goretti y don Bosco... Por favor, que alguien despierte y decida bajar a la cocina a buscar algo, tal vez un insomne, o una insomne, Adela quizá; sí, por Dios, que venga Adela.

Adela es la mujer de Teldi. «Qué cruel resulta el paso del tiempo en los rostros bellos», se dice Néstor, porque en los momentos terribles los pensamientos a veces se escapan hacia lo completamente banal. Adela tendría unos treinta años cuando él la conoció en Sudamérica; una piel tan suave la suya... Néstor estira la mano... y ¡coño!, otra vez las malditas liebres muertas. Están allí, son ellas, con sus cuerpos peludos, con sus dientecillos blancos que refulgen en la oscuridad ignorando las leyes de los fuegos fatuos, pero ¿y Adela...?

No. Ella tampoco pareció reconocerlo cuando se encontraron para ultimar detalles, aunque Adela Teldi sí tenía razones para acordarse de él. Se habían visto en varias ocasiones, precisamente en casa de la dama, claro que eso sucedió hace muchos años; más de una vez lo había sorprendido departiendo con Antonio Reig, el cocinero de la familia, allá en su lejana casa de Buenos Aires, «¡Ah! Néstor, de nuevo usted por aquí», le decía, o más escuetamente: «Buenas tardes, Néstor». Y siempre lo llamaba por su nombre de pila; sí, eso solía decirle Adela Teldi en aquel entonces: «Buenas tardes, Néstor», e incluso añadía a veces un «¿cómo le va? ¿Bien?», antes de desaparecer de la cocina, dejando tras de sí un aroma inconfundible de *Eau de Patou* mientras los dos cocineros seguían charlando, traficando rumores sobre ella, como es lógico incluso entre personas muy discretas: resulta irresistible hablar de alguien que acaba de esfumarse dejando un rastro tan delicioso.

Ahora es un sonido exterior el que logra que Néstor se yerga. Juraría haber oído un ruido al otro lado de la puerta. Para alguien acostumbrado a todos los sonidos de una cocina no cabe duda: se trata del chorro de un sifón de seltz, sólo que hace años que en ninguna casa hay una botella de sifón y, de todos modos, un sonido tan quedo jamás atravesaría la puerta blindada de una cámara frigorífica. Santa Gemina Galgani, beata María todopoderosa —suplica— no permitas que el frío enturbie mi pensamiento, nada de disparates ni alucinaciones, necesito estar sereno para encontrar el dichoso timbre que ha de salvarme; si ésta no fuese una casa de veraneo fuera de temporada, seguro que habría luz dentro de esta maldita cámara y nada de todo esto estaría pasándome.

Pero ya se sabe, una bombilla fundida no preocupa a nadie cuando, a lo largo de todo el año, sólo habitan la casa una pareja de viejos guardeses que se limitan a comprobar con desgana que no han entrado ladrones. La gente es cada vez más descuidada e ineficaz en su trabajo, una verdadera irresponsabilidad, piensa Néstor. Pero, vamos, él no puede permitir que el frío ni el pánico enturbien sus pensamientos. Tiene que seguir tanteando, a ciegas; el timbre no puede estar muy lejos, eso es seguro; la existencia del botón salvador ya no depende de la desidia de unos guardeses perezosos, sino de la moderna técnica americana, que jamás se permitiría fabricar una cámara en la que uno pudiera morir congelado como un sorbete... Y otra vez el sonido de sifón que Néstor descarta de inmediato pues le parece totalmente imposible, aunque a la vez le trae el recuerdo de un local de Madrid en el que aún hoy funcionan estos artilugios, así como muchos otros juguetitos: autómatas que expenden bolitas de chicle, viejas máquinas registradoras, gramolas que emiten canciones juveniles de los años cincuenta o sesenta... Entretenimientos antiguos al servicio de adultos caprichosos y muchachos guapísimos —porque todos los jóvenes que hay en esos bares son criaturas hermosas— acompañados siempre de caballeros complacientes, encantados de ofrecerles refrescos de frutas con sifón... Pero todas esas cosas es mejor callarlas, el silencio y la discreción han sido siempre su política. Refrescos de frutas con sifón —piensa Néstor—, la bebida favorita de Serafín Tous, ese caballero viudo tan respetable que casi derrama toda la copa de jerez en sus pantalones al encontrarse cara a cara con Néstor. No, no, nadie tiene por qué saber lo que él ha descubierto. Mucho menos Adela o Ernesto Teldi: los amigos íntimos invariablemente desconocen lo más importante con respecto a sus amistades, ésa es la verdad. No como tú, mi viejo —piensa entonces—, que conoces tantos detalles ocultos sobre Serafín y sobre casi todo el mundo —añade—; pero es natural, después de treinta años de profesión y en lugares tan distintos, uno oye cosas. El saber es poder, cree Néstor, pero sólo si jamás llega a utilizarse. Mejor aún: siempre que uno se mantenga en la sombra escuchando y callando, algo que resulta muy fácil para él, pues nadie presta atención al servicio doméstico, y menos a un profesional de la cocina que aborrece los chismorreos. Sin embargo, las noticias igual continúan llegando hasta los fogones, se mezclan con los merengues y son densas como guirlaches.

Serafín… qué nombre de pila tan bien escogido el suyo —piensa Néstor, recordando de pronto cuando conoció al señor Tous y luego su segundo encuentro, y ambas situaciones le hacen sonreír, aunque vaya momento para pensar en bobadas, pero lo cierto es que no puede evitarlo: la providencia tiene un extraño sentido del humor, Se-ra-fín nada menos… es como si el destino hubiera previsto que este caballero de aspecto inofensivo acabaría sus días rodeado de querubines.

Una risa. Al otro lado de la puerta se oye nítida una risa. Imposible. Se está engañando, se trata sólo del frío que ahora se le cuela por los oídos, la boca, la nariz, y la sensación se parece demasiado a un taladro finísimo que intenta penetrar cada uno de los orificios del cuerpo, trepanar su cerebro para dormirle una a una todas las neuronas. Y lo que menos necesita Néstor en estos momentos son neuronas narcotizadas por el frío, así se muere la gente en la montaña: sedada por las bajas temperaturas, con una sonrisa estúpida en la cara… —piensa—. No, tonto, no se trata de una sonrisa, sino de una *mueca*, eso lo sabe todo el mundo. Pero. qué más da, dentro de poco en vez de razonar con cordura, comenzará a disparatar de modo irremediable.

Basta. Pensemos otra vez con un poco de método: ¿quién más hay en la casa que pueda auxiliarme? Está mi ayudante, Carlos García, un chico realmente fuera de lo común; y luego Karel o Karol, como rayos se llame, ah, y también Chloe, su novia, que se empeñó en acompañarnos por si hacía falta más personal. Cualquiera de ellos serviría, alguien tiene que aparecer dentro de muy pocos minutos, porque Néstor cree —está seguro— que, con tanto golpe, en algún momento ha tenido que presionar el botón de alarma, que Dios bendiga la técnica Westinghouse. Sí, en uno de sus tantos manotazos contra la pared ha debido de acertar con el timbre salvador, sólo es cuestión de tiempo y la puerta se abrirá; pero mientras tanto, algo tendrá que hacer para que no se le congelen las neuronas y cometa una locura. Uno hace verdaderas cretinadas cuando no puede pensar correctamente. Néstor lo ha visto en un documental por televisión: se da el caso de exploradores que en el mismísimo Polo se desprenden de todas sus ropas y salen corriendo igual que Dios los trajo al mundo como orates en el desierto. Ojo, ojo con las tonterías, Néstor, nada de desnudarte, menos aún alejarte de la puerta; es imprescindible que permanezcas golpeando y desgañitándote junto a ella; no puedes distanciarte ni unos centímetros, pues la oscuridad es traicionera, se desorienta uno con toda facilidad y ya no sabe dónde está la salida y dónde el fondo de esta cámara negra; ni una tregua, ni un milímetro, Néstor. Pero el problema es el frío que le entra por la boca y por la nariz, también por los oídos... *Eso* es lo que lo matará, se volverá loco, santa Madonna de Alejandría.

Mira el reloj. La esfera luminosa marca las cuatro y cuarto. Qué lento, pero qué lento pasa el tiempo. Entonces es cuando se le ocurre taponarse los orificios del cuerpo, todos... bueno, la nariz no, claro, eso no es posible, pero sí los oídos, por ejemplo. ¿Con qué? Con lo único que tiene a mano: con papel, ¿de tu libreta negra, Néstor? Naturalmente que de la libreta negra, *cazzo* imbécil. ¿Y destrozar así tan irrepetible colección de postres variados, postres de todos los países, de las casas más importantes de Europa y, lo que es aún peor, destruir tan prolija (y secreta) relación de...? Ésa es la mejor señal de que se te están congelando las neuronas, viejo imbécil, ¿qué carajo importa todo eso ahora? Y Néstor extrae del bolsillo interior de su chaquetilla blanca una gruesa libreta con cubierta de hule: taponar el frío, aguantar un poco más y todo saldrá bien, es una intuición, y a él jamás le han fallado las intuiciones. Un ruido al otro lado de la puerta y otro más, ¡es el timbre Westinghouse que ha funcionado!, por fin alguien lo ha oído y pronto abrirá, está salvado. Vaya pendejada quedarse solo en la cocina hasta tan tarde; vaya pendejada no tomar precauciones cuando uno entra en una vieja cámara frigorífica y en casa ajena. Pero ya está, ya está, la puerta está a punto de abrirse... *clac*. Otra vez *clac*.

Menos mal, justo cuando el frío le hacía pensar (y temer) más estupideces que nunca.

2
Karel, el culturista checo

Fue Karel, el amigo checo, quien lo encontró, pero mucho más tarde, hacia las siete menos cuarto de la mañana.

Karel Pligh tenía por costumbre levantarse al amanecer, a pesar de que los horarios españoles, y en especial la hora de irse a la cama, le parecían obscenos (*owsenos,* solía pronunciar cuando se ponía nervioso, y entonces el acento checo lo traicionaba más de lo normal). «Es obsceno, Néstor, te lo aseguro —decía—; resulta pésimo acostarse tan tarde, no da tiempo a descansar.»

Para alguien como Karel resultaba muy difícil cambiar las rutinas madrugadoras de tantos años, olvidar, por ejemplo, la disciplina aprendida en Moscú, donde había pasado parte de su infancia, primero en un campamento de pioneros y luego en el cuartel de Lefortovo, al sureste de la ciudad, formando parte de la gran familia militar, como tantos otros jóvenes de los países satélites con un talento especial para los deportes. Y en Lefortovo él era conocido como Karel 4563-C, una gran promesa en la modalidad de halterofilia, la futura estrella del Este, elegido por la fortuna (y también por el Comité de Hermandad Checo-Soviético Julio Fuchik) para brillar altísimo en los Juegos Olímpicos de Atlanta que habrían de celebrarse diez años más tarde, el mismo mes en el que él cumpliría los dieciocho años.

Sin embargo, muchas cosas no previstas iban a suceder antes de que llegara el ansiado mes de julio de 1996: la más importante fue la caída del muro de Berlín en el 89, un suceso histórico que, en un primer momento, impidió a Karel regresar a su país (al fin y al cabo, una inversión deportiva en un atleta siempre es una *inversión,* aunque se trate de un desinteresado intercambio entre dos pueblos hermanos como el checo y el soviético). Pero curiosamente, muy pocos meses más tarde, cuando los rusos comenzaron a tener prioridades más urgentes que ganar medallas olímpicas, estuvieron encantados con la idea de recortar gastos y, así, no sólo permitieron, sino que amablemente conminaron a Karel y a otros deportistas polacos, checos y rumanos a volver a sus países. Karel no tenía más que doce años cuando regresó a Praga a comienzos de los noventa, y por eso, una vez allí, le había resultado fácil reencaminar su vocación de levantador de pesas hacia otra más acorde con los tiempos que se avecinaban. «Culturista», así lo llamaban, al parecer, en la Europa occidental, y según contaban sus nuevos camaradas de la Sportovní Skola de Praga, en los países capitalistas había importantes concursos y premios a los bíceps más perfectos o a las pantorrillas de estatua griega. Y existía también la posibilidad de que su foto saliera en revistas especializadas, que pagaban muy decentemente, *esplwéndidamente* incluso, aunque, según decían sus amigos de la Sportovní Skola, aspirantes a culturistas como él, eran pocos los que lograban vivir de ello, y los que lo conseguían, vivían muy mal.

Pero aun así, pensaban todos aquellos muchachos soñadores, ¿qué puede haber más hermoso en este mundo que cultivar un cuerpo perfecto?

Para Karel sólo había otra cosa comparable: cultivar los mágicos sonidos de una garganta humana. Y también a eso iba a dedicar el joven Karlíček sus afanes adolescentes, antes de abandonar definitivamente su patria.

Todo comenzó durante un postrero y fraternal abrazo entre los pueblos de Checoslovaquia y Cuba (Anno Lenini 1990), cuando Karel fue invitado a competir por la medalla juvenil José Martí en la XX Edición de la Espartaqueada, una contienda deportiva de gran interés revolucionario que ese año se celebró en Camagüey. Y fue allí, entre los camaradas de la Tierra más Hermosa (o sea, Cuba), donde Karel sucumbió a los compases de la música latina, sones, cha-cha-chás, boleros y congas, a la tierna edad de catorce años. Hasta tal punto fue presa de su embrujo que, desde el mismo día de su regreso a la Sportovní Skola en Praga, su máxima aspiración ya no fue ser levantador de pesas, ni siquiera culturista, sino llegar a formar parte algún día de un magnífico conjunto de son cubano muy reputado en toda la Europa oriental que respondía (y aún responde) al nombre de Los Bongoseros de Bratislava.

Lamentablemente (el destino casi nunca es esclavo de nuestros deseos), la música debía esperar. Pasaron otros cuatro o cinco años; 1991, 1992, 1993, 1994, 1995... y, poco después, le llegó la oportunidad de emigrar a Occidente. Primero, a Alemania, un hábitat natural para todo checo; pero las cosas allí no eran fáciles. De modo que Karel voló un poco más al sur, a Francia (complicado también), y luego aún más al sur, hasta que cayó en España, donde no encontró trabajo como culturista, ni mucho menos como cantante de cha-cha-chás, por lo que tuvo que acomodarse a ser chico para todo y mensajero con moto en una empresa de camareros y cocineros de alquiler llamada La Morera y el Muérdago.

Sin embargo, ciertas fijaciones de la primera adolescencia jamás se olvidan. Y por eso es de reseñar que, aquella mañana, a muchos kilómetros de Bratislava, y aún más de Camagüey, Cuba, cuando Karel abandonó su habitación en casa de los Teldi para bajar a la cocina y abrir la cámara frigorífica en busca de un poco de helado Häagen Dazs con el que reponerse del madrugón intemperante, lo hizo todo al compás del conocido aire *El son montuno*.

El son se le congeló en los labios, pues dentro de la cámara estaba Néstor, con los ojos muy abiertos, mientras la mano izquierda parecía aún arañar la puerta. En la derecha sostenía un retazo de papel. Pero no fue esto lo que llamó la atención de Karel: había cosas mucho más urgentes que hacer, como comprobar si su amigo había fallecido o si existía alguna esperanza de reanimarlo.

Largos años de adiestramiento militar, el mismo que recibieron en la antigua Unión Soviética todos los deportistas de élite, son muy útiles en estas circunstancias. Cada alumno aprende cómo se ha de actuar ante los distintos tipos de accidente. En cuanto a los casos de congelación, por ejemplo, Karel Pligh sabía que a veces no se produce la muerte, sino una especie de letargo o hibernación del que es relativamente sencillo recuperar a un accidentado, y a ello dedicó sus afanes durante unos buenos diez minutos, después de arrastrar a Néstor fuera de la cámara. Primero bombeó el corazón con una presión de puños conocida como la maniobra Boris, luego ensayó el boca a boca, y no cejó hasta la undécima o duodécima tentativa de reanimación. Fue en ese momento cuando reparó en el pedazo de papel que Néstor llevaba en la mano derecha.

Si grande era la formación de Karel en materia de primeros auxilios, su cultura televisiva o cinematográfica, en cambio, era casi nula. De no ser así, habría sabido, como todo el mundo, que no hay que tocar nada en el lugar de un accidente: «...cuidado, amigo, deje las cosas como están hasta que llegue la policía...», «...atención, que todo, e incluso lo más insignificante, puede esconder un dato, una pista...» Éstas suelen ser las cautelas habituales. Para Karel, en cambio, una vez muerto Néstor, lo único urgente era alertar a los otros huéspedes de la casa. Por eso, sin darle mayor importancia, estiró distraídamente el trozo de papel que sobresalía del puño cerrado del cocinero. Estaba rasgado ahí donde los dedos se habían hecho fuertes y sólo mostraba jirones de una lista de postres de este modo:

especialmente delicioso de café capuchi
bién admite baño de mousse con frambue
lo cual evita que el merengu
no es lo mismo que chocolate heladc
sino limón frappé

Pobre Néstor, pobre, pobre amigo, pensó Karel, al que impresionaba comprobar cómo a la muerte le gusta irrumpir en la vida de los más abnegados cuando están en el ejercicio de su amada vocación. Hasta el último aliento, todo un chef —se dijo, mientras lo despojaba del papel—. Y a continuación, hizo otro tanto con el trapo de cocina que llevaba colgado de la cintura: pequeños detalles personales que la muerte convertía en más personales aún. Lo más respetuoso, pensó, era procurar que estos objetos también tuvieran un merecido descanso ahora que su dueño dormía el sueño eterno. Así, con gran cariño (y también con cierta dificultad), Karel Pligh logró doblar el congelado paño. En cuanto a la lista de postres que llevaba el difunto en la mano, consideró que lo correcto sería guardarla en un libro de cocina. Muy bien, allí sobre la encimera de mármol podía verse la *Fisiología del gusto,* de Brillat-Savarin, la biblia de Néstor Chaffino, que lo había acompañado a lo largo de treinta sólidos años de profesión. Karel introdujo el papel entre las páginas del Savarin, luego puso el trapo de cocina doblado sobre el libro y lo dejó todo en una ordenada pila. Sólo entonces Karel se acercó otra vez a la puerta de la cámara frigorífica.

Con la ayuda de la luz exterior, inmediatamente pudo descubrir el botón de alarma que tanto había buscado Néstor. Lo pulsó. Ni un ring. Habría que recurrir a otro método para alertar al resto de la casa. Tocar el timbre de la puerta de servicio, por ejemplo, pero Karel ya no confiaba en los sonidos eléctricos. Un buen grito sería mucho más eficaz. Y eso hizo Karel Pligh: gritar, y gritó tan fuerte como se lo permitieron sus bien entrenados pulmones.

3
El grito

Cinco personas oyeron el grito de Karel Pligh tan temprano en la mañana de aquel 29 de marzo.

Serafín Tous, un amigo de la familia

Un grito viril, cuando uno no ha logrado pegar ojo hasta las claras del día, puede tener un efecto estrafalario: Serafín Tous lo confundió con la sirena de una usina y, siendo como era un respetable magistrado independiente sin relación alguna con la industria, dio media vuelta en la cama e intentó volver a atrapar el tardío sueño que una noche de insomnio salvaje le limosneaba.

Había pasado horas de angustia pensando en ¿Néstor? Así se llamaba aquel tipo, según su amiga Adela; el nombre no le sonaba en absoluto, pero sus bigotes eran inconfundibles, aunque sólo los hubiera visto, y muy brevemente, en dos ocasiones: la peor de todas (hacía unas tres semanas) en un club llamado Nuevo Bachelino. Y como siempre que recordaba aquel discreto local —que descubriera al pasar, por pura casualidad, sin buscarlo en absoluto, Dios lo sabía muy bien—, Serafín Tous dirigió todos sus pensamientos hacia su esposa muerta. Nora —se dijo, e incluso pronunció el nombre en voz alta, pues el sonido de esas cuatro letras solía tener para él un efecto sedante—. Nora, querida, por qué tuviste que dejarme tan pronto.

Mil veces a lo largo de toda esa noche terrible en casa de los Teldi, que ahora estaba a punto de terminar, Serafín Tous había vuelto a repetirse lo mismo: que, de no haber muerto Nora, él jamás habría soñado siquiera con entrar en un establecimiento de las características del Nuevo Bachelino. Entonces nunca habría visto asomar por la puerta de la cocina los bigotes de ese cocinero chismoso; tampoco habría llegado a escuchar su conversación con el dueño del local (se comportaban como dos antiguos compañeros en el negocio de bares y restaurantes). Y si no se hubieran visto y él no hubiera reparado en esos bigotes, ahora podría estar durmiendo tranquilamente en vez de sufrir los efectos de este terrible insomnio.

05.31, clic... 05.32, clic... Mientras Serafín padecía, su reloj despertador —un modelo bastante antiguo— marcaba la hora con números cuadrados y fosforescentes que caían como las hojas de un calendario. Minuto a minuto. Igual que la gota de agua en un refinado martirio chino.

¡Cuarenta y tres años! Cuarenta y tres largos años, si no exactamente de felicidad, sí al menos de paz. Eso es lo que Nora le había regalado: más de media vida juntos, sin hijos con los que compartir afectos, sin niños alrededor, sin sobrinos ni adolescentes. Una larguísima tregua de vida perfectamente adulta, que se extendía desde sus lejanos años de estudiante, cuando, para pagarse los estudios de Derecho, había ejercido de profesor de piano en el colegio de los padres Escolapios, hasta la tarde en que Néstor lo había sorprendido en el Nuevo Bachelino. En otras palabras, cuarenta y tres años de perfecta respetabilidad que lo redimían de cualquier mal paso, pues se estiraban desde la última vez que vio los ojos azules y el pelo cortado al cepillo de aquel niño inolvidable (¿dónde estaría?, ¿en qué se habría convertido su cuerpecito demasiado menudo para sus catorce años, y aquellas rodillas de vello tan rubio?) hasta el mismo momento, maldito fuera, en el que la puerta del club secreto cedió.

La sala en la que le hicieron entrar después de una breve bienvenida y algunas preguntas por parte del dueño del local olía a goma de borrar y a polvo de tiza. Tal vez existieran en el Nuevo Bachelino otras estancias equipadas de diferente manera. Serafín, de reojo, había creído distinguir una a su izquierda, decorada con una gramola americana y una fuente de soda, pero la habitación a la que lo acompañaron se parecía más a un aula de colegio, y de veras que olía a tiza y a goma de borrar, también a virutas de lápices de colores. Además —y esto era lo peor—, había allí un piano apoyado contra la pared más alejada de la puerta. No pudo evitarlo. Se acercó al instrumento e incluso cometió la temeridad de levantar la tapa para acariciar sus teclas, tan suaves, como si alguien las hubiera estado tocando ininterrumpidamente durante los últimos cuarenta y tres años. Dios mío, tantos mundos dormidos que creía muertos para siempre, pero no muertos del todo, pues ahí se encontraba él ahora, en una salita del Bachelino, acariciando un piano mientras se miraban las caras con el dueño del local que, para colmo, tenía todo el aspecto de un profesor de arte y manualidades.

—Venga, venga por aquí, señor. Creo que antes que nada debería echar un vistazo a nuestros álbumes de fotos. Los chicos han trabajado muy duro este año para confeccionarlos, ya verá qué bonitos han quedado.

...el aula escolar que olía a lápices de colores... el piano... y el hombre aquel que hablaba y hablaba con dos grandes volúmenes de cuero rojo en la mano.

—Estamos orgullosos de nuestros chicos, mire esto, se lo ruego y sin reparos, ¿eh?, nada de preocupaciones. Aquí todo es legal, todos nuestros muchachos son mayores de edad. Se lo aseguro.

Dentro de los álbumes, colocadas como si fueran antiguas fotos de estudiantes aplicados, Serafín Tous pudo admirar una amplia colección de caras adolescentes: chicos rubios, mulatos, jovencitos de sonrisa ancha y aparato en los dientes para fingir menos edad de la que realmente tenían.

—Tómese su tiempo, señor —decía el profesor de arte y manualidades—, todo el que necesite, los chicos y yo no tenemos prisa.

Más fotos de muchachotes vivaces, algunos con pantalón a media rodilla, como los que usaban los escolares cuando él daba sus clases de piano, muchas décadas atrás, poco antes de refugiarse para siempre en los amores (y los dineros) de Nora.

—¿Qué le parece, señor? ¿Prefiere quedarse solo unos momentos? Se piensa mejor en silencio. Yo aprovecharé mientras tanto para hablar unos minutos con un amigo, un colega que ha venido hoy de visita, y vuelvo en seguida.

Con la calma que produce la soledad y pasando hojas y más fotos, Serafín pudo detenerse en otras muchas instantáneas de jovencitos. Algunos llevaban atuendos de gimnasia muy blancos; había tres o cuatro vestidos de exploradores y luego dio un repaso a ciertas imágenes en las que aparecían chavales fornidos con la cara sucia y aspecto de comandos; rostros y más rostros, hasta que el chasquido de la puerta casi le hizo cerrar el volumen de un golpe: era el regreso del profesor de arte y manualidades.

—No se apresure, señor, siga usted. ¿Puedo ofrecerle algo? ¿Un zumo de frutas a la antigua, con agua de seltz, tal vez? Ya verá qué bien lo preparamos aquí, igual que entonces...

Y de pronto, igual que entonces, allí estaba aquella cara. Bueno, quizá no fuera idéntica a la que él había amado. Serafín echó el cuerpo hacia atrás, parecía imposible, pero ¿cómo resistirse a esos ojos de mirar tan claro y a ese pelo rubio cortado al cepillo? En la foto no podían apreciarse las manos, aunque Serafín estaba seguro de que sus dedos serían tan nerviosos como aquellos que una vez se entrelazaron con los suyos sobre el teclado mientras él les enseñaba a tocar una sencilla sonata... Lo que había sucedido después, y que se repitió muchas veces a lo largo de todo un año de perdición, prefería no recordarlo. Serafín negó con la cabeza, no, no. Hay recuerdos muy bien embotellados que jamás deberían destaparse.

—Vamos a ver, señor, permítame, por favor. ¿De modo que se interesa usted por Julián? —oyó que decía el dueño del establecimiento—. Muy bien, claro que sí. Voy a llamarlo.

Y desapareció antes de que Serafín pudiera decir nada.

Sólo tomaremos una copa juntos, se prometió mientras aguardaba, y desde quién sabe qué oscuro recoveco de su subconsciente le surgió la necesidad de mordisquearse una uña, la del dedo índice. ¿Qué habría pensado su mujer si pudiera verlo? Te lo juro, Nora, la tranquilizó mentalmente, sólo serán un par de refrescos. Yo me tomaré un zumo de frutas con seltz, como los de antes, y él una coca-cola, supongo.

Y así fue. Había invitado a un muchacho a tomar un refresco, pero no pasó nada más. Aquel tipo de los bigotes puntiagudos, Néstor o como demonios se llamara, no tenía pues ningún derecho a espiarlo desde la puerta de la cocina como si él fuera un delincuente o algo peor. Serafín Tous no tenía nada que reprocharse.

Pero ¿y si ahora que habían vuelto a coincidir, al cocinero le daba por comentar su visita al Nuevo Bachelino? ¿Y si al tal Néstor se le ocurría contárselo a Ernesto o a Adela, por ejemplo, o a cualquiera de sus amistades? Es triste, pero en esta vida acaban por no importar nada los hechos en sí —se dijo Serafín Tous—, lo único que importa es cómo la gente los cuenta luego, y nunca lo hace del modo más generoso, me temo.

...06.05, clic... 06.06, clic... Cada caída de los números en el reloj era como un aviso o una advertencia de que el tiempo avanzaba hacia el momento en el que no tendría más remedio que enfrentarse de nuevo con esa cara odiosa de bigotes en punta. Cocinero chismoso, qué gremio infame el de aquellos que están entre los fogones; me recuerdan tanto a las cucarachas —pensó Serafín, con un asco que era ajeno a su forma de ser, habitualmente amable—. Esos tipos son como insectos que se cuelan por las rendijas y están en todas partes, van de casa en casa con total impunidad trayendo y llevando mugre, por eso acaban sabiéndolo todo sobre las intimidades ajenas.

...Sólo nos tomamos un refresco con seltz y una coca-cola el muchacho y yo, Nora. Te lo juro por los cuarenta y tres años en que fuimos felices, debes creerme. En todo este tiempo, mi vida ha sido otra. Lejos de la música que tanto amaba, lejos del recuerdo de unos dedos infantiles sobre las teclas... porque no he vuelto a tocar el piano desde entonces. Tú cambiaste mi vida, tesoro, y yo te dejé hacerlo. Estábamos tan seguros, Nora, en un mundo de adultos, donde nada turba y donde un hombre hecho y derecho tiene poquísimas posibilidades de toparse con un muchachito de pantalón de franela y pelo cortado al cepillo. Pero Serafín se detiene: ¿Qué dices, Nora querida?, ¿te refieres a esa visita que hice el otro día a una echadora de cartas, a la famosa madame Longstaffe? Por favor, no pensarás que yo busco... te equivocas, te juro que te equivocas; el problema es que estoy tan solo... Mira —añade, y su tono ya no suena a disculpa—: no es mi intención hacerte reproches, querida; en realidad debería de estar muy agradecido por estos años de paz que me regalaste. Pero dime: con la infinidad de personas desagradables que hay en este mundo, con la cantidad de tipos odiosos que estarían mucho mejor muertos y enterrados, ¿por qué tuviste que morir tú, y tan pronto, amor mío?

Chloe Trías, la acompañante

También Chloe oyó el grito de Karel proveniente de la cocina, pero como la niña pequeña que aún era, sólo se sobresaltó unos segundos. Luego, estiró la mano hacia el lado de la cama en el que debería de estar el cuerpo de su novio y no encontró a Karel Pligh, pero sí, en cambio, una mano familiar que desde hacía muchos años acompañaba sus horas de sueño. Entonces dio media vuelta y volvió a dormirse; su pelo castaño cortado a lo paje le tapó la cara.

Así, medio dormida, no aparentaba los veintidós años que estaba a punto de cumplir, y mucho menos cuando se acurrucaba junto a aquella mano invisible que no era, en realidad, más que un promontorio en las sábanas. En otras ocasiones se trataba de la esquina de una colcha o la funda de su almohada, pero qué importancia tenía: el algodón o el lino fácilmente se convierten en tacto humano cuando alguien anhela tanto que así sea. Y con la mano imaginaria de su hermano Eddie entre las suyas, Chloe volvió a caer en el más profundo e inocente de los letargos, como si aún fuera noche oscura.

Algunas veces, como esa misma madrugada del 29 de marzo en casa de los Teldi, soñaba que Eddie venía a buscarla para dar un paseo juntos por el País de Nunca Jamás. Pero Nunca Jamás ha cambiado mucho desde los tiempos de Peter Pan y Wendy, de Mr. Smee y el capitán Garfio: nada de cocodrilos que hacen tictac ni de piratas que roban bebés perdidos, no. En la actualidad, esta isla-refugio para niños que no desean crecer ofrece a sus visitantes paisajes imprevistos, como si los viajeros, antes de aterrizar, se hubieran tomado una droga poco amable. Es cierto que sus costas aún conservan la forma de una calavera, es decir, se trata del mismo islote perdido en el tiempo al que Chloe accedía volando tras la sombra de su hermano cuando era pequeña. Y sin embargo, desde hacía un tiempo, más concretamente desde que había conocido a Karel y a Néstor Chaffino, un viento traicionero lograba desviarla de su rumbo de modo que nunca sabía adónde podía llegar.

Un segundo grito de Karel Pligh pidiendo auxilio desde la cocina acabó de estropearlo todo.

Los gritos reales que alcanzan a colarse dentro del mundo de los sueños tienen la dudosa cualidad de desvirtuarlos. A veces, logran incluso que, hasta las más pacíficas ensoñaciones se vuelvan pesadillas; de ahí que aquel segundo grito, aunque no llegó a despertar a Chloe, le trajo un montón de recuerdos que ella habría preferido no remover. Se tapó aún más la cara con el pelo, deseando espantar tanto mal sueño y, por un momento, el truco funcionó: ahora era un recuerdo bastante inofensivo de su infancia el que se le aparecía, una escena intrascendente. Al menos en su comienzo: «...Pero querida —decía una voz—, qué nombres tan extraordinarios habéis elegido para vuestros hijos. ¿De modo que Edipo y Chloe? Una extravagancia más de tu *caro sposo*, supongo. Los psiquiatras tienen ideas que al principio pueden ser graciosas, pero más tarde, cuando se hagan adultos, imagínate: ¿dónde va esta pobre criatura llamándose Edipo? Menos mal que a tu *caro sposo* no le dio por ponerle Electra o algo así a la niña...»

Amalia Rossi, más conocida por Carosposo, era una de esas vecinas a través de las cuales un niño —una niña— consigue descubrir los peores secretos de su familia. Desde que Chloe tenía memoria, siempre había estado metida en casa de los Trías: una mujer gorda, rubia, bastante mayor que su madre, divorciada tres veces, la última, de un actor italiano de quien había conservado el apellido y también una forma irritante de hablar de las cosas más serias.

Fue precisamente ella, maldita bruja, la que algunos años más tarde se la había llevado a un aparte en el fondo de su jardín italiano para contarle que su hermano Eddie acababa de morir. Y ahora de pronto, entre los sueños de Chloe, se cuela cada detalle de la escena: Amalia Rossi pasándole tres dedos llenos de sortijas por su pelo castaño, que se le enganchaban en cada caricia, y ella, que no sentía nada, se había puesto a arrancar hojas y más hojas al seto de boj mientras pensaba: no es verdad, no es verdad, quiero marcharme de aquí... que alguien me ayude.

Por fin el sueño permite que aquella mano infame se transforme, de pronto, en otra muy querida que de un tirón logra sacarla del jardín italiano y se la lleva volando, volando hasta Nunca Jamás, o a cualquier otra parte, importa un pito adónde: lo que importa es escapar.

Venga, Chloe, vuela conmigo otro ratito, dice la mano, y allá abajo, en el jardín, parece quedarse la voz de Carosposo, sofocada en sus propias y horribles palabras de conmiseración, como una boa constrictor muy miope que, al no tener cerca una víctima, acaba por estrangularse ella misma con su formidable abrazo. Vuela alto, Chloe, ven, mucho más alto.

De este modo, cuando volaba en sueños junto a su hermano, llegaba a creer que todo era mentira. Mentira lo ocurrido el 19 de febrero de hacía siete años. Mentira que Eddie hubiera tomado prestada la Suzuki 1100 de su padre para probarla en una recta de la carretera de A Coruña. Y mentira, más mentira que ninguna otra, que hubiera perdido el control de la moto en una curva, con tan mala suerte que allí estaba esperándole el mojón del kilómetro 22. Veintidós, como los años que él tenía, como los que Chloe estaba a punto de cumplir. Eddie, en cambio, igual que Peter Pan, ya nunca sería ni un minuto más viejo: eternamente joven, siempre idéntico a una foto que Chloe lleva consigo desde el día en que murió, aunque no la mira jamás; está bien llevar retratos de los muertos, pero es mejor no mirarlos, duelen demasiado.

Por un momento cree ver la foto de Eddie sobre la mesilla de noche. No es posible. Debe de ser su imaginación; está guardada como siempre, en su mochila, oculta en una cajita de cuero rojo, revuelta entre su ropa de deporte y los compacts de Led Zeppelin o Pearl Jam. Chloe no la saca jamás de su estuche, pero conoce cada detalle; ella misma le hizo esa foto mientras los dos reían: Eddie, tan guapo, fotografiado la mañana del 19 de febrero, sólo un rato antes de que saliera para no volver. Cada rasgo de su hermano, tan parecido a los suyos, está fijo en su memoria: sólo los ojos son distintos, los de Eddie muy negros, los de ella azules, pero el resto, su pelo corto, es del mismo color que el de Chloe, también los labios y el perfil de la cara. Todo esto recuerda la niña del último día, así como la ropa, ese mono de cuero negro de su padre y que él usaba enfundado sólo hasta la cintura. Sorprende un muchacho de facciones sensibles, casi femeninas, disfrazado de motero, y por eso los dos se habían reído tanto aquella mañana.

—¿Adónde crees que vas, Eddie?

A su hermano nunca le habían gustado las motos (tampoco ninguna otra cosa que tuviera que ver con su padre, y sin embargo ese día...).

Éstas son las razones por las que Chloe prefiere no mirar la foto de su hermano. Además, afortunadamente, guarda en su memoria otras imágenes que reflejan mejor la verdadera personalidad de Eddie, como cuando se lo imagina muy serio chupando la punta de un lápiz. Y si piensa un poco más, el recuerdo se amplía como una película en cinemascope. Entonces aparece Eddie escribiendo algo en uno de esos ordenadores antiguos, el pelo corto en la nuca y los ojos tan vivos que le brillan cada vez que habla de su tema favorito: la literatura.

—¿Estás escribiendo una novela, Eddie? ¿Qué es, una historia de aventuras y de amores y también de crímenes, verdad?

Pero Eddie no le permitía ver su trabajo.

—Ahora no, Clo-clo, ya leerás otra historia que escribiré más adelante, te lo prometo.

(Chloe odia que la llamen así: suena a nombre de gallina, pero Eddie es su hermano, él puede llamarla como quiera, incluso Clo-clo.)

—...algún día te dejaré leer lo que escriba, esto no, es basura, todavía me queda mucho camino por recorrer. El problema —dice, y chupa la punta de un lápiz como si fuera un conjuro— es que uno necesita, antes que nada, encontrar una buena historia que contar.

—Venga, Eddie, seguro que a ti se te ocurre algo buenísimo, buenísimo de verdad...

Y él se pasa una y otra vez la mano por el pelo como si de ahí esperara extraer un secreto, la clave o llave de una buena historia: una y otra vez hasta llegar a impacientarse.

—Bah, no sirve de nada estrujarse las meninges, Clo, imagino que para encontrar una gran historia no habrá más remedio que quemar muchas experiencias, emborracharse, tirarse a mil tías, cometer un asesinato, qué sé yo, vivir a doscientos por hora, y sentir el miedo a morir. Pero todo es cuestión de tiempo, algún día lo conseguiré, Clo, ya verás, te lo prometo...

—¿Y qué pasa si a un escritor como tú no le sucede nada interesante? —le había preguntado Chloe; porque cuando uno tiene trece o catorce años aún, necesita de alguien con mucha paciencia a quien bombardear con las mil preguntas retóricas de la infancia: ¿y si ocurre esto...?, ¿y si no sucede lo otro...?—. ¿Y si no puedes tirarte a mil tías ni sentir el miedo de vivir a doscientos por hora? ¿Y si no te gusta emborracharte y tampoco te atreves a cometer un asesinato, Eddie?

—Entonces no me quedará más remedio que robarle su historia a otro —había respondido su hermano, cansado de tanto interrogatorio estúpido.

Nunca más habían hablado del tema. Entre todas las experiencias deseadas, Eddie conoció al menos una: la de verse cara a cara con el miedo a 200 por hora. Ojalá no lo hubiera visto nunca, porque allí estaba el mojón de piedra del kilómetro 22 de la carretera de A Coruña esperándolo para siempre jamás, para Nunca Jamás.

«Ven, Chloe, vuela conmigo otro ratito, un poco más alto aún, volvamos a soñar una vez más.» Pero...

Un tumulto de voces que no pertenecen a su sueño, sino que vienen de la escalera, le hace soltar de golpe la mano de Eddie. ¿Qué coño pasa? Joder.

A Eddie no le habría gustado nada oírle hablar así. Tampoco habría aprobado su nuevo corte de pelo a lo paje con la nuca rapada, ni su forma de vestir ni, por supuesto, habría tenido una alta opinión del *piercing* que se había hecho en la lengua y el labio inferior, menos aún el que luce en el pezón izquierdo (eso, sin mencionar los tatuajes). No, no le habrían gustado ni estas ni tantas otras cosas de esta nueva Chloe que ya tiene cerca de 22 años como él. Pero Él se ha ido. La ha dejado sola con su padre psiquiatra y su madre indiferente... Se ha ido y viene sólo de vez en cuando a darle la mano para escapar por la ventana los dos juntos, aunque aquellos paseos nocturnos no son más que un sueño, para qué engañarse. La isla de Nunca Jamás no existe. Ésa es una historia para niños pequeños, y estúpidos, además. Lo único cierto es que Eddie murió hace siete años y que el mundo sigue sin él.

Pero entonces: ¿qué hace ahora el retrato de su hermano sobre la mesilla de noche? Chloe Trías está segura de no haberlo sacado de su estuche rojo, nunca lo hace, y sin embargo allí está Eddie, mirándola con una sonrisa igual a la que ella ensaya tantas veces ante el espejo para parecérsele. Silencioso Eddie enfundado en el mono de cuero de su padre hasta medio cuerpo y las mangas atadas a la cintura como si fuera Jorge Martínez Aspar, sonriente, sin saber que pocos minutos más tarde ya estaría muerto.

«Cuéntame una historia, Eddie, no te vayas, quédate conmigo», tendría que haberle dicho aquella tarde, pero no dijo nada, y Eddie se había montado sobre la 1100 para ir en busca de historias, porque sólo tenía veintidós años y aún no le había sucedido nada digno de ser contado.

—¿Y si pasa el tiempo y cuando seas viejo tampoco te ha ocurrido nada que valga la pena convertir en literatura, Eddie?

—Entonces, Clo-clo, no me quedará más remedio que matar a alguien o robarle su historia —dijo, y ya no volvió más.

Se oye otro tumulto de voces en la escalera y mucho ruido. Chloe decide levantarse de la cama para ver qué sucede, pero lo hace muy despacio. Total, para qué las prisas —piensa—, nunca pasa nada. Y es la pura verdad. Desde aquel 19 de febrero hasta ahora no pasaba nada. Nada en absoluto, joder.

Ernesto Teldi, el dueño de casa

Uno se acostumbra a todo, dicen. Llega incluso a acostumbrarse a las pesadillas si éstas son lo suficientemente pertinaces y se repiten una y otra vez a lo largo de veinte años. O tal vez las suyas duraran incluso más que eso: de 1976 a 1998 van veintidós años, una vida entera.

Por eso, el grito de Karel Pligh desde la cocina no despertó a Ernesto Teldi, sino que se unió limpiamente con los otros gritos que formaban sus sueños, uno más entre tantos, ni siquiera el más desgarrador.

Igual que había aprendido a convivir con sus pesadillas, Ernesto Teldi sabía que el acoso cesaba en el mismo momento en el que lograba despertar: una contrapartida generosa en realidad —noches turbulentas a cambio de una vigilia serena—; y así había sido siempre: durante el tiempo en que vivió en Argentina, cuando era joven, y también al regresar definitivamente a Europa, hacía de esto varios años. Ni una sola vez en todo ese tiempo le había molestado un pensamiento desagradable, tampoco un sobresalto, ni siquiera ahora que regresaba a Buenos Aires con mucha frecuencia por nuevos asuntos de negocios. De este modo, entre viaje y viaje, se enteró de que varias personas con fantasmas similares a los suyos habían acabado por hablar. Algunos escribían libros y otros —como un militar calvo y sudoroso de nombre Serenghetti o algo parecido, al que Teldi vio una tarde por casualidad en televisión cuando se encontraba en el hotel Plaza— elegían hacer confesión pública en programas de televisión de máxima audiencia. A Ernesto Teldi le pareció que el tipo tenía el aspecto de un gran perro *shar pei* con muchos pliegues de carne color canela en forma de papadas, y dejaba colgar la cabezota calva mientras explicaba al entrevistador que lo más terrible para él era caminar por la calle «...porque entonces, ¿vio?, uno no puede evitar fijarse en la cara de los jóvenes».

Eso dijo, y se pasó una gorda mano temblorosa por la boca de perro, como si quisiera evitar que todo aquello saliera de sus labios.

—Mire, le voy a explicar. Resulta —continuó haciendo un esfuerzo— que va uno, así no más, paseando tranquilamente por la calle Corrientes, pongamos, y de pronto se da cuenta de que no puede mirar a alguien de menos de veinticinco años sin pensar: ¿será este pibe o esa chica rubia tan divina uno de aquéllos? Tienen justo la edad, ¿vio?... —Y Serenghetti en este punto había hecho una pausa para volverse hacia el entrevistador que lo miraba con un asco de lo más profesional y televisivo antes de continuar—. Entonces —dijo, e inmediatamente empezó a tutearlo, como quien busca en vano un poco de complicidad— te acordás de lo que le hiciste a sus padres, que en aquella época eran tan chiquilines como lo son ahora sus hijos, y oís los motores del Hércules que ahogan sus gritos aunque no llegan a apagarlos del todo, no del todo, como tampoco podés olvidar sus ojos terribles que ahora parecen mirarte desde cada una de esas caras jóvenes que pasean por la calle Corrientes o Posadas o 25 de Mayo, qué sé yo. ¿Te das cuenta? Ellos te miran y vos intentás pensar con un poco de cordura, ¿pero qué van a saber esos ojos? Estos chicos no saben nada, no eran más que bebés cuando fuimos repartiéndolos por ahí, y para mí que fue una idea humanitaria, ¿viste? Pobres muchachos, ahora, por lo menos, tienen otros padres que los quieren y que los criaron y los mandaron a la escuela y les limpiaron las ñatas consolándolos cuando, en los primeros meses, alguna noche llamaban a su verdadera mamá. Pero su verdadera mamá —continúa Serenghetti con un jadeo ronco de su nariz *shar pei*— estaba en el fondo del río con varios metros de agua color mugre por encima; y ahí sigue, bien en el fondo, bien muerta mientras vos caminás por la calle Corrientes y crees reconocer sus ojos en la mirada de cada uno de esos chicos que pasan.

Y Serenghetti también se sonó la ñata después de contar todo aquello en el programa de televisión de máxima audiencia. Hubo un silencio. Algunas toses. El entrevistador entonces aprovechó el clímax para despedir la transmisión con una mezcla de pena y repugnancia muy *impact show*, y el tipo aquel debió de irse a casa pensando que ya podría vivir más tranquilo después de su confesión pública. Porque con toda seguridad, mucha gente lo despreciaría después de lo que acababa de contar, pero ya lo despreciaban desde antes de conocer exactamente la verdad. Ahora, en cambio, quizás hubiera unos cuantos que llegaran a compadecerlo, ¿por qué no?; en el alma de cada uno siempre hay una zona oscura que se siente muy reconfortada al descubrir que en el mundo se cometen canalladas tanto más grandes que las nuestras.

Ernesto Teldi, en cambio, no pensaba así en absoluto. Tampoco la confesión entró nunca dentro de sus planes, porque al fin y al cabo, ¿qué tenía él que confesar?, nada, lo suyo había sido algo muy distinto, sólo un pequeño arreglo comercial, y no duró más que una noche. Nadie podía decir que él hubiera colaborado con los militares, nada tuvo que ver con los milicos de mierda. Su único pecado —si así podía llamarse— fue haber mantenido cordiales y frías relaciones con el teniente de la guarnición local más cercana al pueblito de Don Torcuato. Se conocían desde hacía tiempo, casi desde que Teldi llegó a Argentina. Minelli se dirigía a él como «el gallego Teldi», y no sin respeto. Por otro lado, a Ernesto, el teniente le parecía un buen tipo que una noche, sólo una, allá por el año 76 debió de ser, muy al principio de la era de los milicos, le pidió un favor: quería que le prestara su avioneta.

Teldi no sabía más. Al menos en aquel momento.

—Mire, Teldi —le había dicho Minelli—, lo mejor es que no pregunte nada, ¿usté es contrabandista, no?, hace la ruta del tabaco desde Colonia hasta un campito de aquí al lado; bueno, muy bien, un negocio tan próspero no tiene por qué estropearse, y a nosotros nos importa un carajo lo que usté haga. La cosa es así: yo miro para otro lado y usté no hace preguntas, ¿tamos?

Y el gallego Teldi no las hizo, porque en aquella época nadie hacía preguntas.

O las hacía muy bajito como cuando dos o tres años más tarde y muy poco a poco, empezaron a correr por los pueblos ribereños rumores sobre aviones que iban llenos cuando sobrevolaban aquella zona del Río de la Plata, pero que siempre volvían vacíos. Y también sc hablaba de cosas que pasaban y de gritos que se oían en la noche, aunque todo eso era mejor olvidarlo, o al menos hundirlo en el subconsciente para que no molestara demasiado, porque lo cierto es que Minelli fue un buen tipo que cumplió su palabra y siempre miró para otro lado en el asunto del contrabando. Él, por tanto, también cumplió su parte del trato: no hizo preguntas.

Por eso ahora Ernesto Teldi podía pasearse tranquilamente

por la calle Corrientes o Posadas o 25 de Mayo sin miedo alguno, porque no había hecho preguntas y tampoco las hizo cuando todo aquello terminó, cuando abandonado el asunto de los cigarrillos y ya muy rico, vivió diez años en Buenos Aires dedicado al negocio del arte. Era mucho mejor así.

Sin embargo, dos años después del episodio con Minelli, cuando todavía se dedicaba al contrabando, hubo una noche en que sucedió algo. Curioso realmente, falso sin duda, imaginaciones suyas lo más probable, pero lo cierto es que en una ocasión, como en tantas otras en las que cruzaba el río en su avioneta hacia Colonia, le pareció oír un grito salido de las aguas y luego otro y otro más. Bobadas, no podía ser, no se oye nada con el ruido de los motores, menos aún volando a esa altura. Miró hacia abajo. Las negras aguas del río estaban tan silenciosas como siempre, ni un movimiento, ni una señal de vida. «Imposible», se dijo, encendió un cigarrillo para espantar otras brumas y no pensó más. Pero lo cierto es que desde ese día aquellos gritos se le habían instalado en sus sueños. Y allí continuaban veintidós años más tarde, muy generosos en realidad, pues no lo molestaban nunca durante las horas de vigilia, limitándose tan sólo a invadir sus sueños. Y uno aprende a convivir con todo, afortunadamente, hasta con los fantasmas.

Fue por esta razón que el grito de Karel, aquella mañana desde la cocina de su casa de vacaciones, no le pareció más que otro de los muchos que poblaban su sueño, y Ernesto Teldi no despertó hasta que Adela vino a buscarlo desde el dormitorio contiguo. Su mujer lo sacudió tantas veces que al fin tuvo que abrir los ojos, unos ojos dormidos que apenas distinguían entre el sueño y la realidad, porque inmediatamente se fueron a posar en una carta que había en la mesilla. Y allí estaba: un sobre grueso dirigido «Al gallego Teldi» con trazos escritos en tinta verde, que había llegado por correo, sin remite, la noche anterior. Ernesto, antes de mirar a Adela, mira largamente aquellos papeles que, en buena lógica, deberían pertenecer al mundo del sueño. «Coño, sigue aquí —piensa—, había llegado a creer que esa carta no era más que otra maldita pesadilla.»

Adela Teldi, la perfecta anfitriona

Cuando la señora Teldi oyó el grito de Karel Pligh, inmediatamente pensó que había ocurrido algo irreparable. Claro que si era irreparable, ¿para qué apresurarse? Adela no saltó de la cama ni salió al pasillo dando voces. Siempre le había sorprendido ese extraño resorte que empuja a las personas a correr cuando se enteran de lo irremediable: un enfermo en el hospital cuyo encefalograma marca una línea inequívocamente plana... un niño ahogado que flota en el mar... y, al conocer la noticia, todos corren como si, con su apresuramiento, pudieran ganarle la mano a la muerte y rebobinar la película tan sólo unos minutos. Porque entonces el encefalograma delator aún mostraría una raya de esperanza... y el niño estaría a salvo en lo alto de los acantilados, segundos antes de burlar para siempre la vigilancia de su madre que ahora corre, vuela y se desvive hacia un cuerpecito que sabe roto para siempre.

Desde la noche anterior, Adela sabía que algo iba a suceder. No tenía ningún dato para adivinarlo, salvo un extraño picor en los dedos. *By the pricking of my thumbs something wicked this way comes...* Adela no era gran lectora de las tragedias de Shakespeare, pero en cambio le había sido muy fiel a Agatha Christie en una época de su vida: «por el picor de mis pulgares adivino que se avecina algo perverso». Buena novela aquélla y tan cierto, además, ese dato sobre el presagio de los pulgares; a ella le sucedía siempre ante la inminencia de una desgracia. Claro que Shakespeare y, por tanto, también Agatha Christie atribuían esa clarividencia sólo a brujas muy malvadas, pero qué importa, se dijo, la vida no es como las obras de ficción en las que los papeles que cada personaje ha de interpretar son fijos e intransferibles. En la vida real, en cambio, tarde o temprano te toca representar todos los papeles. A veces eres la víctima. Otras el héroe. Luego el intrigante. Más tarde el comparsa... Y así hasta completar el reparto.

Ahora, Adela, es tu turno de representar la bruja —se dijo mirándose al espejo—. Y a juzgar por su aspecto, era la pura verdad. Cincuenta y dos años de arrugar los ojos de un modo encantador. Más de medio siglo de desplegar la más perfecta de las dentaduras en una sonrisa franca. También el sol de mil playas. Algo de whisky. Muchísimas noches de sueño escaso (amén, claro está, de innumerables adversidades personales que ella sobrellevaba ejerciendo la camusiana filosofía de la indiferencia). Todo esto era suficiente para justificar el deplorable aspecto de Hécate que ahora se reflejaba en el espejo de su cuarto de baño. Adela pasó una mano lenta por tan devastadora visión, bajó luego por el cuello hasta llegar al pecho y entonces decidió ponerse una de sus batas, la más fina y suave. No tenía intención de vestirse, sino de falsificar lo mejor posible su apariencia, de modo que, cuando saliera corriendo al pasillo o bajara las escaleras para acudir al grito de Karel, su aspecto fingiera el de una mujer madura, aún de muy buen ver, sorprendida, oh, en un casual pero artero desaliño. Se cepilló levemente el pelo, luego acercó sus azules ojos miopes para verse mejor y distraídamente paseó tres dedos por los pómulos y otro por la línea del cuello como quien busca algo... pero su cuerpo necesitaba tantas veloces y sutiles reparaciones para improvisar el efecto deseado, que en esa ocasión el roce no la hizo evocar, como otras veces, los besos de aquel muchacho que, en las últimas dos semanas, tanto habían estremecido su mundo.

Y sin embargo, todas las caricias de Carlos García estaban ahí, profundamente impresas en su piel, en sus sienes, y también en los poco favorecedores surcos que (a pesar de la maestría de su cirujano plástico) flanqueaban la comisura de los labios. Del mismo modo que un ciclón deja huella de su paso sobre las rocas más duras, e igual que el contorno de una playa jamás vuelve a ser el mismo una vez que lo ha sacudido un tornado, otro tanto le había ocurrido a la cara de Adela: después de la llegada de aquella pasión, su rostro era el mismo de siempre y, a la vez, otro muy distinto.

Por amor del cielo, Adelita —se dijo, ya que gracias a la vieja canción de Nat King Cole había aprendido a reírse de sí misma y de ese nombre de pila que tan poco cuadraba con su personalidad—. Por amor del cielo, querida, cualquiera diría que este chico es tu primer amante. Y se rió. El espejo, entonces, bastante amable, le devolvió la imagen de una sonrisa aún muy bella. Vamos, Adela —añadió—, una veterana como tú, cuya hoja de servicios, si es que la vida amorosa puede compararse con una carrera militar (y qué mejor comparación), dejaría admirado hasta al bueno de Nat King Cole; mira que convulsionarte de este modo ante la aparición de un muchacho que muy bien podría ser tu hijo. Pero lo cierto es que una convulsión, precisamente, era lo que le había producido su encuentro con Carlos, algo arrasador, de-vas-ta-dor, podría haber dicho, si ella no fuera tan contraria a expresiones teatrales. Sí, sí, devastador al punto de haber borrado hasta el último vestigio de otras pasiones pretéritas. Todas habían desaparecido, y por más que rebuscara en el espejo, le resultaba imposible descubrir sobre su carne de mujer de mundo ni el más pequeño recordatorio de otros amores, ni siquiera de los más escandalosos. Amores secretos, uno incluso muy cruel, y más tarde aventuras cortas, pasionales, entretenimientos varios: toda huella había quedado borrada. Ahora, al mirarse en el espejo, Adela tan sólo era capaz de evocar, como si su cuerpo fuera un territorio nunca explorado, el temblor de una mano inexperta, levemente húmeda, con ese olor azucarado de las pieles muy jóvenes. Nada más.

Adela Teldi se entretuvo en observar la pequeña cavidad que se encuentra en la base del cuello. Seguramente un beso habría depositado allí parte de los perfumes que el amor regala. Le pareció un cuenco frágil y arrugado, carne de bruja Hécate, piel vieja, como lo era toda la que cubría su cuerpo; pero extrañamente, a aquel muchacho nunca había parecido desagradarle su textura, ni siquiera la tarde en la que se conocieron.

En realidad todo había comenzado de una forma inusual. Ella, en una de sus visitas a Madrid, decide llamar a una empresa de cátering que le habían recomendado, para que organizase una fiesta con amigos en su casa de campo. Sin embargo, al llegar al local de La Morera y el Muérdago, descubre con fastidio que el dueño, un tal señor Chaffino, no está, y no le queda más remedio que despachar con el encargado. Y todo transcurre muy bien; él es un chico joven muy agradable y diligente: los dos comienzan a hablar de budines de brócoli, luego comentan la conveniencia de tal o cual vino, detalles sobre ensaladas de queso en pasta bric, con su vino correspondiente, claro está, ¿y qué tal quedaría servir una carne en hojaldre?, ¿o mejor pescado?, y otra mención a los vinos... hasta que Adela se da cuenta de que, de tanto hablar de comida, empieza a sentir un hambre terrible, o una sed espantosa, o las dos cosas a la vez, y entonces se le había ocurrido preguntarle a aquel muchacho tan simpático si no habría por ahí cerca «un lugar agradable en donde tomarnos algo y seguir hablando de todos estos detalles... perdona, chico, he olvidado tu nombre... ¿cómo dijiste que te llamabas?»

Y Carlos, después de repetirle su nombre, había sugerido acercarse a *Embassy*, que estaba a un paso, y una vez allí, pidieron dos zumos de tomate y también unos sándwiches de pollo, mientras seguían hablando de comida, decidiendo si era mejor poner en el buffet dos lubinas, o un salmón y una lubina, no, no, sin duda una lubina con salsa tártara, además del salmón con eneldo... Y la charla continuó con otros sándwiches de *Embassy*, ahora de trucha ahumada, que son deliciosos, y de ahí más y más conversación, siempre de corte profesional, tanto que, incluso una vez que ya habían abandonado el establecimiento y subían por la calle hacia la plaza Colón, se dieron cuenta de que aún no habían llegado al tema de los postres.

Por eso no tuvieron más remedio que alargar la conversación. Debían de tener ciertos apetitos muy poco saciados, porque si no... ¿cómo se explica que de pronto se encaminaran hacia el hotel Fénix para tomar una última copa?

En el bar del hotel los zumos de tomate se volvieron *bloody marys* (no uno, sino tres, con mucho vodka) y Adela ya no mira el reloj, porque qué más da, que sea lo que Dios quiera. A paseo la hora en que debía reunirse con su marido... A paseo los preparativos culinarios para la fiesta en su casa cerca de la Costa del Sol con más de treinta invitados; a paseo todo, porque Adela ya no recordaba a esas alturas cómo demonios había acabado en una habitación del hotel Fénix quitándose las medias sentada sobre la cama, sin poder evitar dedicarle un recuerdo a la película

El graduado. Y más concretamente a Anne Bancroft, que ya le había parecido una actriz muy entrada en años cuando la vio por primera vez en aquella película de fines de los sesenta, casi una anciana, y lo que son las cosas, ahí estaba ella ahora, igual que la Bancroft, en la habitación de un hotel extraño ante un muchachito que la observa con una expresión difícil de descifrar, mientras ella se despoja de sus Wolford negras... primero una pierna... luego la otra: *Coo-coo cuchoo Mrs. Robinson, Jesus loves you more than you would know...* y su muchachito allí mirándola, mucho más guapo que Dustin Hoffman, dónde va a parar, y quizá aún más joven, pues Adela duda de que su graduado tenga más de veintidós años, veintitrés a lo sumo.

Una finísima raya bajo los párpados con un lápiz negro ante el espejo de su tocador devuelve a la mirada de Adela una cierta profundidad. Si ahora se pone una capa de polvos, el efecto será inmejorable sin que parezca que se ha maquillado en absoluto: muy bien, ya casi está. ¿Cuánto tiempo habrá pasado desde que oyó el grito de Karel Pligh? No más de cinco minutos. Los recuerdos atropellados se proyectan a cámara rápida y ocupan muy poco espacio, aunque es posible que hayan transcurrido diez o doce minutos, porque de pronto, la señora Teldi oye un segundo grito. ¿Y si proviniese de la habitación de su marido? Ernesto Teldi grita en sueños con frecuencia. Son esas pesadillas que ella sabe que forman parte de un pasado del que conoce todos los detalles pero del que nunca hablan. Como tampoco hablan de otro episodio, aún más doloroso para Adela, que tuvo lugar a los pocos años de que Ernesto y ella, un joven matrimonio de Madrid, se instalaran en Argentina. ¿Cuándo sucedió aquello, en 1981, quizá en el 82? Adela ha intentado olvidarlo, pero sólo consigue equivocarse en las fechas, nada más. «Si Adelita se fuera con otro», canta de pronto, estúpidamente. Los ojos en el espejo delatan una fiebre que es rara en ellos, pues es difícil que su dueña les permita tal debilidad. Control, control ante todo, como el que ha llevado siempre durante más de diecisiete años; en concreto, desde el día en que murió su hermana Soledad.

Si Adelita se fuera... pero Adelita nunca se fue con otro. Ése sería su castigo. Ése, y la certeza de que el precio de una buena reputación es siempre el silencio. O la muerte. Vamos, querida, demasiado melodramático este último pensamiento —se dice, mientras dedica un vistazo final a brazos y manos, concluyendo así la fabricación de su fingido aspecto informal y madrugador—. Demasiado melodramático e improbable que una muerte solucione tus problemas pasados y presentes. Imposible a pesar del extraño picor que sientes en los pulgares, mi querida Hécate. Y ahora date prisa, tampoco se puede retrasar mucho más el momento de averiguar qué es lo que ha sucedido ahí abajo... aunque antes, vaya por Dios, casi se me olvida, tendré que entrar en la habitación de al lado para avisar a Ernesto, y me apuesto la vida a que duerme como un tronco.

Carlos García, el camarero

El grito de Karel desde la cocina llegó también hasta la habitación de servicio en la que dormía Carlos García, en la parte alta de la casa, pero él no lo confundió con la sirena de una usina, como había hecho Serafín Tous. Tampoco lo ignoró, como hizo la pequeña Chloe, ni pensó que era parte de una pesadilla, al modo de Ernesto Teldi. Carlos García, tal como había hecho Adela un piso más abajo, saltó de la cama en cuanto oyó las voces, sólo que, en vez de demorarse en afeites matutinos, se detuvo apenas un instante en comprobar —una reacción instintiva— que un hueco profundo en su almohada marcaba aún el lugar en el que otra cabeza había reposado junto a la suya.

No recordaba el momento en el que Adela Teldi había abandonado su habitación, debió de ser hacía ya mucho, seguramente antes del amanecer, pero... vamos, pronto, rápido, el grito de Karel sonaba muy apremiante, era mejor no entretenerse ahora, y bajar cuanto antes a ver qué pasaba.

Y así lo hizo.

No había nadie en la cocina, salvo Karel y el cuerpo de Néstor tendido en el suelo. La estancia parecía tan ordenada, ningún indicio sobre lo que podía haber sucedido, y Carlos, sin hacer preguntas, se arrodilló un instante junto a su amigo muerto. No lo hizo con dolor, tampoco con incredulidad, sino más bien con extrañeza, porque había algo de impersonal en toda la escena, como si el cadáver de Néstor no hubiera sido nunca Néstor. Un amigo muerto no se parece al amigo que fue, y todos los muertos son idénticos entre sí. ¿Quién era el autor de aquella observación tan acertada? Carlos recordaba haberla leído en alguna parte. Pero bueno, en cualquier caso, no era éste el momento para intentar recordarlo.

En cambio, en los largos minutos de gracia que provee la confusión, antes de que la cocina se llenara de voces y únicamente con la inmóvil presencia de Karel, quien, una vez cumplida su misión de dar la voz de alarma, parecía haberse convertido en un muñeco de ventrílocuo a la espera de nuevos impulsos o instrucciones para moverse, Carlos García sí tuvo tiempo de rememorar muchas escenas relacionadas con su amigo muerto. Y los recuerdos pronto lo llevaron a revivir tantas cosas, situaciones que habían vivido juntos, confidencias, risas, pequeños misterios y algún presagio, empezando por la visita que el cocinero y él habían hecho a cierta adivina apenas dos semanas antes. Sí, quizá allí comenzó toda esta historia que habría de conducir a la muerte de Néstor.

4

I. *Una visita a casa de madame Longstaffe*

Un loro o quizá un papagayo de plumas rojas y azules, pecho verde y cola muy apolillada los miró con un ojo. El otro, también estrábico, apuntaba al cielo raso y se perdía en un rincón del techo milagrosamente desprovisto de todo adorno y fruslería.

Cerraron la puerta de calle. Nadie les había franqueado la entrada, pero un cartel que indicaba «Pasen y esperen turno en el saloncito aguamarina, muchas gracias» señalaba hacia la segunda puerta de la derecha. Entonces entraron, saludaron a las tres personas que ocupaban la habitación y se dispusieron a esperar con la paciencia propia de quien acude a este tipo de cita.

Al cabo de un rato no muy largo, Carlos García miró a Néstor como diciendo: ¿tú crees que se puede coger un periódico de este... revistero? Y los bigotes de su amigo, que entonaban divinamente con la decoración de aquella casa, dijeron «Claro». Sin embargo, Carlos encogió la mano justo antes de que ésta se introdujera en un falso maletín de cirujano hecho en escayola policromada del que sobresalía —además de un par de revistas del corazón y algunos periódicos— la cabeza de un tribuno romano, y prefirió echar primero un vistazo a todo cuanto lo rodeaba.

Había oído hablar de que las casas de los adivinos eran por fuerza extravagantes. Las había, sin duda, de ambiente chino con farolillos de colores y símbolos yin y yang hasta en los azulejos del cuarto de baño. También era de suponer que los santeros cubanos, tan afamados últimamente, cultivarían una decoración del tipo anuncio de Ron Bacardí, es decir, mucho bongó mezclado con Babalú-ayés y Changós o santa Bárbara bendita entre una profusión de caracoles marinos; pero la casa de madame Longstaffe, famosa vidente brasilera, de la sin par ciudad de Bahía, superaba todo lo imaginable: daban ganas de salir corriendo.

—¿Nos vamos?

—*Cazzo* Carlitos —dijo Néstor, ya que *cazzo* era su palabra favorita y Carlos aún estaba por averiguar si el apelativo era cariñoso o puramente despectivo, pues su maestro lo usaba en todas las situaciones—. *Cazzo* Carlitos, tú te has emperrado en venir y de aquí no nos movemos.

Además del original revistero en forma de maletín de cirujano, en esta segunda estancia o salita de espera en la que ahora se encontraban, el motivo de decoración más aterrador era un perrito maltés blanco disecado, en lo alto de una columna de alabastro. Pero a nadie parecía espantarle. A ninguno de los otros clientes que esperaban turno junto a ellos: a una elegante dama que ocupaba el sofá de la derecha (raído *aubusson* con almohadoncitos indios); a un rastafari que se limpiaba las uñas con una navaja, apoyado en un biombo japonés; tampoco a otra mujer, nerviosa, con gafas de sol y mucho afán por pasar inadvertida, que se había sentado frente a la ventana para que el contraluz la siluetease como a Fedora, en la película de Billy Wilder. A nadie parecía sorprenderle la presencia de aquel perrito momificado sobre una columna. El animal, según pudo observar Carlos, tenía las orejas alerta, la diminuta lengua colorada colgando como en una sonrisa y en un lado de la columna podía verse una placa de bronce que lo explicaba todo: «Adorado *Fru-Fru:* siempre estarás en mis pensamientos; día y noche recordaré el repiqueteo de tus patitas tras mis pasos cansados».

—Vámonos —volvió a repetir Carlos, con toda la vehemencia de sus veintiún años y también, dicho sea en honor a la verdad, con cierta supersticiosa cautela por lo que allí podría desvelarse de su persona y de su futuro. Pero al fin y al cabo, ¿para qué si no le había rogado a Néstor que lo acompañara a casa de una vidente? Su amigo tenía razón.

—*Cazzo* idiota, tú has querido venir aquí con tus fantasías de amores y aquí te quedas, no haberme dado tanto la lata estos últimos días mientras trabajábamos en La Morera y el Muérdago.

II. De La Morera y el Muérdago a madame Longstaffe

Es cierto que los fogones son buenos aliados de las confidencias. Que ante un caldero de almíbar hirviente en el que flotan, quién sabe, flores de azahar o también trozos de calabaza y cosas así, uno acaba desvelando a un amigo o maestro sus más secretas intimidades, tal como haría un joven bardo en presencia de un druida. Pero ni Carlos García —pésimo estudiante de primero de Derecho y ahora camarero por horas— era un joven bardo, ni La Morera y el Muérdago era la verde tierra de los celtas, sino una distinguida empresita de cátering, propiedad de Néstor Chaffino. «Servimos comidas a domicilio y de negocios», rezaba la tarjeta de publicidad. «También organizamos fiestas, cócteles y demás actos sociales; somos especialistas en postres. Venga a vernos y compare.» En cuanto a Néstor, él tal vez sí se pareciera algo a un druida: no en el aspecto físico precisamente, pues un cocinero ítalo-argentino de bigotes rubios y afilados en realidad no guarda muchos puntos en común con Panoramix; pero en cambio, tenía una manera casi taumatúrgica de revolver los calderos que invitaba a las confidencias.

Y fue quizá por eso que, a lo largo de una tarde de invierno, mientras le ayudaba a preparar grandes cantidades de almíbar o maceraba guindas en coñac para los afamados postres de la casa, Carlos, poco a poco, había empezado a contarle su secreto.

La confesión comenzó del modo más banal y de ella tuvo la culpa un afán algo filosófico de Carlos que le hacía reflexionar sobre cosas en las que nadie piensa y, menos un camarero por horas, alguien con un trabajo tan frenético que nunca tiene tiempo para detenerse en observaciones ociosas.

¿O quizá sí?

—Te digo que lo tengo muy experimentado, Néstor. Cuando eres camarero descubres de pronto que las personas no tienen cabeza —le confesó mientras ambos mataban el tiempo con tareas preparatorias, a la espera de algún cliente—. No me malinterpretes: no es que un buen día empieces a pensar que la gente está toda chiflada (aunque también) —rió—, sino que, al estar en pleno lío sirviendo copas, sólo te fijas en detalles de la gente, y ya no te parecen personas, sino *trozos* de personas.

—Alcánzame el coñac, Carletto —le interrumpió Néstor—, y no te comas las guindas.

Pero Carlos, que era abstemio, acababa de descubrir el efecto mágico de las guindas al coñac: invitan aún más a las confidencias que revolver calderos.

Entonces Carlos explicó a su amigo cómo, desde que había empezado a trabajar con él en La Morera y el Muérdago, había descubierto una nueva visión del mundo, aquella que se aprecia con una bandeja llena de vasos en la mano. Y en esta situación, dijo, resulta que las personas carecen de rostro; no, no te rías, es verdad: al servir, tú no miras a los ojos a los consumidores de whisky con soda ni a los bebedores de zumo de pomelo, sino que los reconoces por otras cosas. Porque cuando vas por ahí procurando atender a unos y a otros, toda esa muchedumbre ruidosa que evoluciona a tu alrededor sólo puede personalizarse por rasgos muy específicos de su cuerpo, ¿me comprendes? Néstor dijo que no comprendía un corno y Carlos tuvo que hacer un esfuerzo para explicar algo que sólo aquellos que se mueven entre masas de individuos llegan a entender en toda su dimensión.

—Lo que quiero decir, si me prestas un poco de atención en vez de mirarme como a un chiflado, es que, por muy importantes que sean esas personas a las que estás atendiendo, cuando piensas en ellas no recuerdas sus caras, ni siquiera sus nombres, aunque se trate de una estrella de cine o de un ministro. Al final, resulta que los acabas distinguiendo por un detalle insignificante. Un diente de oro, una cicatriz mal disimulada que revela una afición desmedida por la cirugía plástica, qué sé yo... a veces una joya, un viejo camafeo, cosas que te saltan a la vista sin tú desearlo; y si vuelves a ver a esas personas en la calle, no reconoces sus rostros, no, pero seguro que dices: «Mira, ahí va la dama de los dedos artríticos y uñas color sangre que sólo bebe vodkas con limón... ¿Y ese gordo con una verruga en el cuello?, ¡ah, sí!, es aquel que me pidió unas cerillas para su puro; estos labios húmedos sólo pueden fumar cigarros muy grandes». ¿Comprendes ahora lo que te digo, Néstor? Para mí las personas son trozos, partes notables que las definen por completo: uno lo aprende en este oficio más que en ningún otro, y luego la apreciación, como es natural, se contagia a todas tus relaciones personales. Supongo que por eso he vuelto a pensar tanto en ella...

Estas últimas palabras sí parecieron interesar a Néstor, pues por un momento dejó de revolver el caldero.

—¿Ella?

Y Carlos continuó. En realidad ya no parecía estar haciendo una confidencia a un amigo, hablaba para sí.

—No es que yo haya dejado de recordarla ni un solo día, ¿sabes?, pero el problema es que ahora, desde que me dedico a esto, creo descubrir sus manos en las manos de otras mujeres y la línea de su escote en cualquier desconocida. ¿Nunca te he hablado de la mujer del cuadro? —preguntó, para luego añadir—: No, supongo que ni a ti ni a nadie, y hoy tampoco pienso hacerlo. Nunca hablo de ella con otras personas, no vale la pena.

Néstor no dijo nada. Continuó revolviendo los calderos, pero otra guinda al coñac fue todo lo que necesitó Carlos para acabar contando una historia y un secreto muy viejo, uno que lo había acompañado desde niño.

5

I. La mujer del cuadro

—¿Tú crees —comenzó diciendo Carlos, creyendo haber encontrado la introducción ideal— que uno puede pasarse la vida entera buscando en todas las bocas una sonrisa que nunca ha visto? ¿Y qué te parece el hecho de que dedique mis horas de trabajo, y también las de ocio, a perseguir detalles como la sombra de un cuello de mujer o la curva del lóbulo de una oreja? Estúpido, ¿no? Eso sólo le ocurre a los ilusos; y sin embargo, yo los busco en todas partes.

—Dale nomás, Carletto —había dicho entonces Néstor al oír tan extraño discurso—; ánimo y no te preocupes si lo que vas a contar te da un poco de vergüenza: las tonterías que uno piensa a veces, parecen no tener ni pies ni cabeza, pero en realidad el Destino raramente da puntada sin hilo, ¿entiendes, Carletto?

Pero Carletto no entendió nada, como tampoco comprendía por qué el peculiar deje de Néstor se acentuaba o decrecía, variaba del español al napolitano, según el tipo de cometario que hiciera, o su estado de ánimo. De todos modos, aquella famosa tarde, los dos solos en la cocina de La Morera y el Muérdago, y una vez decidido a contar su historia, a Carlos le importaba un corno (como hubiera dicho Néstor) el fluctuante acento de su amigo: que hablara como le diera la gana. Él, mientras tanto, iba a buscar las palabras adecuadas y justas para relatar una vieja obsesión que casi se remontaba a su nacimiento.

Explicó entonces por qué desde muchos años atrás, pero con más intensidad en los últimos meses, vivía obsesionado por la imagen de una mujer. Y realmente le resultaba imposible no detenerse en recorrer el contorno de unos labios adolescentes, o tal vez no exactamente sus labios, sino una particular sonrisa. Porque aquella boca que tanto lo atormentaba, sonreía siempre. Si alzaba un poco la mirada, descubría un rostro de ojos azules algo inexpresivos, que no eran fríos ni estáticos, sólo ausentes. Luego estaba el pelo —de un rubio metálico— recogido en la nuca con el fin de insinuar el perfil de una oreja que apenas se adivinaba desnuda. Y más abajo los hombros, sobre los que una mirada podía detenerse una vida entera si no se sintiese inmediatamente atraída por las manos, ambas tan distintas: la derecha serena, con los dedos algo separados, como si esperaran reposar muy suaves sobre una veranda, mientras la izquierda, próxima al pecho, sostenía una esfera, una joya, una especie de camafeo de un verde intenso.

Se trataba, naturalmente, de un retrato.

El cuadro de aquella muchacha cuyo nombre e historia Carlos ignoraba, siempre había estado en la casa de su abuela Teresa, en Madrid. Sólo que hasta que él llegó a heredarla —hacía unos tres o cuatro meses—, no había entrado allí más que en dos ocasiones. Y fue al llegar por tercera vez a aquella casa, ahora suya, poco antes de comenzar a trabajar como camarero por horas para Néstor, cuando todo un montón de recuerdos de la infancia volvieron a rondarle.

Nadie cuenta qué esconden las historias familiares cuando ya no quedan testigos, cuando sólo las paredes podrían explicar, por ejemplo, que la abuela y el padre de Carlos apenas se trataban. Padre e hijo vivían lejos de Madrid, en una pequeña ciudad cerca de Portugal. Abuela Teresa no era la madre de Ricardo García —un modesto médico de familia poco locuaz que había pasado por la vida sin causar más revuelo que el que produce un cuerpo bello enfundado en una bata blanca—, sino que era su suegra, es decir, la madre de Soledad. Soledad: la madre de Carlos, muerta muchos años atrás.

Tantos, que para un niño que aún no había cumplido los cuatro años, el recuerdo de su madre no era más que un sonido: el cling, cling de unas esclavas en la muñeca, un tintineo que intentaba ser alegre sin conseguirlo y que se completaba con otro sonido, el de una frase que Carlos no lograba decidir si la había escuchado realmente o si formaba parte de ese cúmulo de primeros recuerdos que uno no sabe si son verdaderos o una fabricación posterior a partir de lo que nos cuentan otras personas. Sea como fuere, en su memoria de adulto, al cling, cling de las pulseras quedó sumada una voz que le decía al oído: «Carlitos, dale otro beso a mamá que se va de viaje; otro más, tesoro». Ahí acababa el recuerdo: no había en su memoria rasgos para aquella cara. Soledad, su madre, no tenía rostro, a pesar de que a ese amable fabricador de recuerdos falsos que todos llevamos dentro le hubiera sido muy sencillo regalarle, una a una, todas las facciones maternas, pues en el salón de la casa de Carlos había diversos portarretratos. Unos, con marco de madera. Otros, que parecían de plata. Y en cada grabado un nombre, una fecha y un lugar: Soledad en San Sebastián, 1976... Soledad en Galicia, 1977... así, hasta el más reciente: Soledad en casa de los abuelos, 1978. Desde todos ellos sonreía la misma cara, un rostro desconocido para Carlos y que en nada se parecía al suyo, pues la madre había tenido el pelo muy oscuro y más negras aún las cejas, rectas pero hermosas. Una mujer de aspecto tranquilo en todas las fotos en las que —aunque no lo mencionaran las inscripciones grabadas en los marcos— aparecía también Ricardo García. El marido estaba siempre junto a la esposa. Como en «Soledad en San Sebastián, 1976», por ejemplo, donde podía verse a ambos en ropa de verano, compartiendo una cerveza en el paseo de La Concha. En «Soledad en Galicia, 1977», en cambio, la pareja reía tomada del brazo mientras que a la izquierda podía verse a otra mujer que aparentaba huir del cuadro por lo poco que parecía interesar a los otros dos retratados. Cualquiera de estas imágenes de su madre le habría servido para confeccionar un falso recuerdo, y ponerle rostro a aquel único real de las pulseras o al más dudoso de la voz que reclamaba un beso; pero no ocurrió así, de modo que la única evocación que Carlos conservaba tenía sonidos y quizás una voz, pero carecía de rostro.

Aparte del santuario de las fotos, la casa paterna presentaba todas las virtudes y los defectos de un lugar sólo habitado por varones. Es frecuente que un viudo con un hijo de poco más de tres años acabe por recurrir a algún método para llenar un vacío femenino. O bien se casa por segunda vez o, tarde o temprano, acaba por delegar ciertos aburridos problemas domésticos en alguna allegada, una hermana, quizás una tía segunda, que se ocupa de lo cotidiano y también de remover de vez en cuando los rescoldos del recuerdo —bueno o malo— de la madre muerta, ya sea por cariño, o por todo lo contrario. De este modo, las muertas siguen vivas en sus hogares, con la ayuda de congéneres femeninas. Pero no ocurrió así en el caso de Soledad.

Porque desde un principio Ricardo García iba a optar por una vía muy distinta a las habituales. Jamás mostró la menor inclinación por casarse (a menos que una unión muy íntima con el aguardiente y más tarde con el anís pueda considerarse un matrimonio) y también rechazó en seguida la ayuda que dos primas lejanas hubieran estado encantadas de prestarle: su luto por Soledad era, en todo caso, muy privado y poco estridente; se reducía a atesorar una colección de portarretratos.

Los problemas domésticos acabaron solucionándose de forma mercenaria y simple. Cuando tuvo edad, Carlos marchó interno a un colegio, mientras que las necesidades de la casa se cubrían con la ayuda esporádica de chicas locales que nunca conocieron a Soledad y que se limitaban a cocinar, a hacer las camas y a pasar de vez en cuando un plumero apresurado por la sala y los dormitorios. De este modo y muy lentamente, fue borrándose de la vida de Carlos, y también de la casa entera, todo vestigio de presencia femenina, más aún de presencia femenina de ultratumba: los muertos se convierten con demasiada facilidad en fotografías anónimas que ennegrecen junto a la chimenea del salón si no hay ni un amor ni un odio que los mantenga vivos.

En cambio, la muchacha del retrato que había en casa de Abuela Teresa, con sus dedos largos y su pelo rubio, corrió suerte bien distinta. Quizá porque ella sí tenía rostro. Carlos recordaba muy bien cómo se habían encontrado. Más aún, podía revivir toda la escena, incluso con detalles, pues aquel encuentro era su más antiguo recuerdo de infancia. Y real a buen seguro; no podía tratarse de uno falsificado por lo que cuentan otros; esta escena debió de suceder exactamente así, pues ningún adulto se detendría a contársela; no son cosas que interesen más que a los niños.

Él se encontraba sentado en el suelo, tal vez jugara con algo, o simplemente estuviera entretenido en seguir con un dedo el dibujo de los arabescos de la alfombra, cuando de pronto, unos pies desconocidos se acercaron y unos brazos apoyaron contra la pared cerca de donde jugaba Carlos el retrato al óleo de una mujer joven y rubia. Al cabo de unos instantes, esos mismos brazos situaron otro cuadro junto al retrato, uno mucho menos interesante. Parecía el dibujo de un árbol o tal vez fueran varios árboles, pero en cualquier caso, esta segunda pintura no tardó en desaparecer: fue izada en sustitución de la dama rubia, arriba, muy arriba, demasiado alto para que Carlos pudiera haberla visto antes.

Ahora, en cambio, estaba tan cerca, a su misma altura... y esos ojos azules indiferentes le sonreían, mientras que a él le hubiera bastado con alargar la mano para tocar la de ella, maravillosamente blanca, que sujetaba un objeto entre los dedos. De pronto un murmullo y una larga discusión ininteligible le obligó a mirar hacia arriba. Se trataba de voces, unas masculinas, otras femeninas, a las que Carlos no atendía, pues estaba fascinado por la extraña aparición, allá abajo, sobre la alfombra, en el territorio de los niños, donde nunca hay mujeres de dedos largos que sonríen con ojos azules, sino que sólo puede verse la mitad menos gloriosa del reino de los adultos: patas de muebles, pliegues de mesas camilla, alguna telaraña inaccesible al más concienzudo de los plumeros, y todos los pies de aquellos que forman el mundo de los mayores. Pies displicentes que parecían señalar ahora hacia el cuadro de la muchacha, también zapatos femeninos que se ponían de puntillas para subrayar algún punto importante. Y mientras tanto a ella, ahí, con su aire indiferente y su extraña sonrisa, no parecía importarle en absoluto el estar por los suelos ni ser el motivo de discusión de tantos pies airados.

Pocos minutos más tarde la hicieron desaparecer. Esta vez fueron cuatro brazos con otras tantas manos desconocidas los que se inclinaron hacia la dama —qué fuertes, qué afortunados— y se la llevaron allá arriba, al mundo de los adultos, para que él no la viera más.

Si con el tiempo Carlos llegó a reconstruir la fecha exacta —febrero de 1982— de aquel primer encuentro con la muchacha del cuadro, fue porque todo lo antes descrito tuvo lugar muy pocos días después de otro acontecimiento, éste sí, preñado de innumerables recuerdos falsos. Se trataba de la noticia de la muerte de su madre. Pero este suceso, a pesar de su trascendencia, no resultaba nítido en su memoria y tampoco tenía imágenes, porque Soledad había muerto inesperadamente, y muy lejos, durante un viaje por Sudamérica. No había pues, para el niño, ni el dolor de una enfermedad que recordar, tampoco un cadáver al que dar un último beso de despedida, ni siquiera un entierro, y si lo hubo, alguien consideró que no era lugar para una criatura tan pequeña. Y quienquiera que fuese esa alma sensible, también le evitó la escena de su madre desapareciendo entre un cúmulo de flores blancas. Y las paletadas de tierra sobre la madera. Y los padrenuestros. Y las avemarías; salvándolo así de toda remembranza.

De los días posteriores, en cambio, Carlos sí conservaba recuerdos. En un corto espacio de tiempo que más le parecía un siglo, se agolpaban en su memoria infantil un montón de escenas verdaderas o falsificadas, pero en cualquier caso ingratas. Como los besos húmedos de personas desconocidas y muchos «pobre chiquitín» afligidos y anónimos; lágrimas, quejas y suspiros hasta tal punto pesantes que todo ello, unido al regreso al pueblo, solos su padre y él, marcaba el fin de una época. Carlos, con menos de cuatro años, se figuraba que aquello debía de ser el fin de la infancia o algo así: él ya era mayor porque, al fin y al cabo, ni a sus primos, esos que conoció brevemente en casa de Abuela Teresa durante los días de luto, tampoco a los amigos del pueblo, a ninguno de ellos, les habían ocurrido cosas tan adultas.

Pasaron los años y hubo un segundo encuentro con la mujer del cuadro, éste mucho más difícil de situar en el tiempo. Por más que lo intentase, Carlos sólo recordaba que debió de suceder durante unas vacaciones de Semana Santa, pero no conseguía precisar si tenía siete, ocho, nueve o diez años cuando lo invitaron de nuevo a Madrid. De lo que sí estaba seguro era de que la visita coincidió con un viaje de su padre al extranjero, y que por esta razón él debía quedarse unas semanas en casa de la abuela. Su padre nunca se movía del pueblo; en realidad, ésta iba a ser la primera vez que se ausentaba después de aquel viaje a Sudamérica en el que Soledad perdió la vida. En los primeros años, cuando Carlos era más pequeño, su padre evitaba siempre hablar de ese largo recorrido que los llevó por Uruguay, por Argentina, y también por Chile; pero de pronto, coincidiendo con la fecha de la segunda visita a casa de Abuela Teresa, comenzó a mencionar muchos detalles del primer viaje y los contaba una y otra vez, sobre todo cuando la dosis de aguardiente con anís superaba la habitual. Entonces (Carlos recordaba especialmente una larga conversación durante el trayecto en tren hacia Madrid) Ricardo se detenía en repasar todo lo que habían hecho Soledad y él durante su estancia en Buenos Aires: los lugares que conocieron juntos; la felicidad de la esposa muerta y otras cosas que revivía con tan rara insistencia y minuciosidad que, muchos años más tarde, cuando Carlos ya era mayor y había aprendido a vérselas con recuerdos no deseados, llegó a comprender que si su padre actuaba de ese modo, era con la secreta esperanza de que todo aquel pasado doloroso se desgastara, como quien usa día y noche una prenda de la que no se atreve a prescindir con el inconfesable deseo de que por fin se caiga a pedazos, proporcionándole la coartada perfecta para arrinconarla en un cajón y olvidarla para siempre.

En cuanto a las fechas exactas de la segunda visita de Carlos a casa de la abuela, si se las hubiera preguntado a su padre (lo que no hizo en el pasado y ahora ya resultaba imposible), quizá éste le habría explicado que tuvo lugar en abril del 86, cuando Carlos tenía ocho años. Ocho años, la edad de los descubrimientos, de los fantasmas y de las excursiones secretas en las que, detrás de cada cortina hay un misterio y cada armario es la puerta a un mundo del que se sabe cuándo se entra pero difícilmente cuándo se va a salir.

Y la casa de Abuela Teresa era especial para todo tipo de misterios.

Aun así, Carlos, hasta muchos años después, no se había detenido a pensar en los motivos por los que a su padre no le fue permitida la entrada el día en que lo llevó a la casa y tampoco por qué la abuela, en vez de besar al yerno, sólo había posado fríamente una mano sobre su brazo; porque en realidad ésos no eran misterios de niños sino cosas de mayores.

En cambio, había allí muchas otras cosas que descubrir.

En primer lugar, aquélla era una casa de ricos, eso se veía en seguida, muy diferente a todas las que Carlos había conocido: la de su padre, tan triste, la de sus amigos, que olían a verdura hervida y necesitaban siempre una mano de pintura; todo lo contrario de este piso luminoso de techos muy altos: la casa de Almagro 38, así la llamaba su abuela, y se refería a ella como si fuera una persona.

—Pórtate bien, Carlos, te vendré a buscar en cuanto regrese.

—Sí, papá.

—Come todo y procura madrugar más los domingos.

—Sí, papá; claro, papá.

—Obedece a tu abuela, haz lo que ella te diga...

Y su abuela, sin dirigirse al padre sino al niño, sólo había dicho: «Sábete guapín que en Almagro 38 tendrás que dormir siesta todas las tardes», lo cual hizo que Carlos la mirara a los ojos por primera vez.

Entonces pensó, o mejor aún, lo fue imaginando poco a poco en los escasos días en que convivieron, que Abuela Teresa era igual que aquella casa: estaba llena de rincones. Y es que ambas eran muy grandes, angulosas, tenían esquinas imprevistas y también recovecos. Las personas se parecen mucho a sus casas, al menos cuando quien observa es un niño; por eso Carlos llegó a identificar el estado de ánimo de su abuela con cada una de las habitaciones de Almagro 38, según se abriera una puerta del pasillo y no otra, o según lloviera o fuera de noche. De este modo, algunas mañanas de sol, a Carlos se le antojaba que Teresa se parecía a su cuarto de vestir y, al pensarlo, ambos le olían a lavanda. En esas ocasiones veía a su abuela tan frágil que creía que su pelo rubio algo metálico casi lograba anular el negro profundo de sus ojos. Y de modo idéntico se comportaba su vestidor, que estaba pintado en un tono ocre muy pálido en el que resaltaban dos oscuras ventanas, siempre cerradas. Por las noches, en cambio, los ojos de su abuela se encendían con un brillo duro que hacía desaparecer todo vestigio de fragilidad, y cuando esto sucedía, Carlos pensaba que Teresa era igual que el vestíbulo, un túnel adamascado en el que reinaba el rojo.

Sin embargo, todas estas impresiones infantiles no eran más que un equívoco preámbulo de lo que venía a continuación: la imagen más habitual de Abuela Teresa y del cuarto amarillo, ambos tan iguales.

En ese cuarto, una habitación casi circular con un solo balcón que se abría sobre un cielo no siempre azul, Abuela Teresa pasaba la mayor parte de su tiempo sin recibir nunca una visita, sonriendo levemente mientras hacía solitarios ante la chimenea, sin ocuparse para nada del niño y apenas alzando la vista de las cartas cuando él entraba a darle un beso de buenas tardes. Entonces, en vez de mirar a Carlos, parecía perderse en la contemplación de un cuadro muy poco interesante que había en la pared de enfrente, un paisaje con un árbol, mientras sus dedos larguísimos amontonaban jota sobre dama y luego ocho sobre siete... y no le dedicaba ni una palabra. Pero Carlos descubrió muy pronto que ésa era la gran virtud de Abuela Teresa y también la de su cuarto amarillo: ambos eran, la mayoría del tiempo, tan amables como indiferentes y sólo se iluminaban unos minutos hacia las tres de la tarde: la habitación con la entrada de un sol vespertino desvaído y Teresa con la única cantinela autoritaria que Carlos le conocía: «Ya sabes guapín aquí, en Almagro 38 has de dormir siesta».

Y fue durante una siesta cuando Carlos —curioseando en una de las habitaciones del fondo— reencontró a la joven dama del cuadro minutos antes de ser sorprendido por una criada llamada Nelly. La siesta era la hora de las escapadas y de las exploraciones prohibidas, y Carlos llevaba varias tardes esquivando el sueño cuando, por casualidad, fue a topar otra vez con aquel retrato de mujer que tan bien recordaba de la primera visita tras la muerte de su madre. Sin embargo, ahora el cuadro no estaba en el salón, tampoco en ninguna de las otras habitaciones, y Carlos jamás lo habría descubierto si, al oír los pasos de Nelly, no hubiera buscado escondrijo dentro de un armario. Y ahí estaba el retrato entre otros cachivaches polvorientos, semioculto, cubierto a medias por una manta. En ese preciso momento Nelly abrió la puerta del maldito armario, pero qué más daba que lo regañaran o le chillasen; a Carlos ya le había dado tiempo de despojar a la dama del paño que la cubría para desnudarle el torso con una emoción extraña. Antes de que lo sacaran a empujones «Niño travieso, sal de ahí, pillastre», y antes de que le tiraran de una oreja «Ven aquí, no te escapes», él aún había alcanzado a pasar una mano por aquel cuello cubierto de polvo. También a deslizar sus dedos hasta donde comenzaba el vestido, negro y blanco, un poco más, un poco más a la derecha para rozar con los suyos esos tres largos dedos que sujetaban una esfera de color verde. «Ya verás cuando sepa tu abuela lo que haces en vez de dormir la siesta, niño tonto», gritaba Nelly. Y mientras duraba la regañina, los ojos azules del retrato miraban a Carlos como si se rieran a carcajadas. Fue por eso, por la risa de la dama, que a él no le importó enfrentarse a Nelly, sacarle la lengua y chillar haciéndole burla: «¿tonto?... tonta tú, Nelly, tonta y mil veces tonta; yo no he hecho nada malo».

Sin embargo, sí debía de ser algo muy malo aquello, pues la puerta del cuarto del fondo se cerró con doble llave y ya no hubo manera de hablar del asunto con su abuela; ni siquiera cuando la encontraba en el cuarto amarillo y ella sonreía porque acababa con éxito un solitario. ¿Me escuchas, abuela?, por favor, Abuela Teresa... Pero lo más que logró sonsacarle un día fue: «Te equivocas guapín; no hay ninguna mujer metida en un armario en esta casa, vaya ocurrencia». Y luego otra sonrisa dedicada a un as de corazones, o quizá fuera a un rey de tréboles, que de pronto se eclipsó para decirle: «Si sigues con esas pesadillas, tendremos que decirle a Nelly que no te dé potajes a la hora del almuerzo, se acabó: hace una temperatura estupenda, ya se pueden comer platos de verano, cosas fresquitas».

Y ésa fue la única orden doméstica que Carlos le oyó a su abuela aparte de las instrucciones sobre las siestas, que seguían siendo obligatorias en Almagro 38, aunque, curiosamente, desde el día de su descubrimiento, Carlos tuvo oportunidad de hacer otro feliz hallazgo relacionado, en esta ocasión, con la tan odiada cabezadita de la tarde. Porque desde entonces supo que las siestas que se tienen a los ocho años a veces les regalan a los niños algún sueño del que despiertan muy agitados, en ocasiones jadeantes, o con un calor nuevo entre los muslos que se escapa demasiado, demasiado rápido, tanto como huye la imagen de tres dedos largos y muy blancos, ¿Y qué es lo que sujetan? Carlos lo ignora, pero quizá llegue a adivinarlo en el próximo sueño, como también puede que alcance a acariciar aquel cabello rubio que a veces le recuerda muy remotamente a otro, ¿pero a cuál?, ¿al de Nelly?, ¿será al de su abuela? Tantas incógnitas, demasiadas, y sin embargo, a los ocho años también se aprenden otras cosas importantes.

Se aprende a tener la boca callada.

Quince años más tarde, su abuela había muerto. El vestíbulo color púrpura, el vestidor ocre, también el cuarto amarillo y todo lo que contenía Almagro 38 era suyo. Dinero no, ni una peseta; la anciana debió de estirar sus ahorros hasta el último día para seguir haciendo solitarios en el salón como una gran señora. Y durante esos muchos años de separación, Carlos había crecido hasta convertirse en lo que ya apuntaba ser de niño, alguien a quien le interesaban más los sueños que la realidad, más las películas que el primero de Derecho (aunque éste, según se mire, debía de interesarle muchísimo puesto que lo repitió tres veces). Quince años, pues, para hacerse tan alto como su padre, con el mismo aire oscuro y algo trasnochado como si el destino hubiera querido hacer con él un ensayo: injertar el aspecto y el porte de un personaje del siglo XIX con unos pantalones Levis 25 onzas. Por eso Carlos tenía el pelo ondulado, largas las patillas y la piel tan clara que se le traslucían unas venas azules en las sienes. «Si hubieras nacido en otra época serías un húsar de Pavía», le dijo una vez Marijose, la enfermera de su padre, que no entendía de órdenes militares pero sí mucho de telenovelas y de películas románticas. Sin embargo, ahora Marijose ya no trabajaba para ellos: el doctor García había muerto diez meses antes de que llegara la salvadora noticia de que la casa de Abuela Teresa iba a ser para ellos.

Ya sólo faltaba que Carlos se trasladara a Madrid para tomar posesión de Almagro 38. Cómo le habría gustado que su padre pudiera verlo, sobre todo para que en esta ocasión Ricardo García no hubiera tenido que quedarse en el umbral ni recibir un saludo helado o una palmadita en el brazo, pero Carlos marchó solo. Una vez en Madrid pudo comprobar que lo que heredaba se encontraba en peor estado de lo que cabía esperar. En la casa, cubiertas por sábanas blancas, yacían cada una de las viejas camas, los muebles, y todos los innumerables enseres que resultaron ser los mismos que Carlos recordaba de su última visita. Nadie en todos estos años parecía haberse tomado la molestia de cambiar ni un detalle, ni un cenicero de sitio, con la decadencia austera que caracteriza a las personas que desean que sus objetos mueran también con ellas. Sin embargo, Carlos no se detuvo en observar nada de esto. Como si fuera un niño, como si fuese una vez más la hora de la siesta, con el manojo de llaves de su abuela en la mano, buscó la puerta prohibida y luego el armario, y allí seguía estando como siempre la muchacha del cuadro entre un sinfín de cachivaches inútiles... Entonces, tal como habían hecho casi veinte años atrás unos brazos desconocidos, Carlos alzó el retrato para devolverlo a su lugar de privilegio en el cuarto amarillo, donde durante tanto tiempo lo sustituyera ese paisaje de árboles que a su abuela le gustaba mirar mientras jugaba a las cartas. Sólo entonces pensó en lo que había heredado. Almagro 38 era todo suyo. Aparte del piso, no parecía haber nada de gran valor, pero qué más daba: cuando pudiera venderlo tendría mucho más dinero del que había disfrutado nunca. Hasta entonces, se dijo, sólo era cuestión de administrarse bien y conseguir en Madrid un trabajo fácil que —al menos en teoría— le dejara tiempo libre para continuar con sus estudios de Derecho. Y mientras encontraba comprador para la casa, podría vivir en ella, e intentar descubrir sus secretos.

—A ver si lo entiendo, *cazzo* Carlitos —le había interrumpido Néstor cuando la historia llegó a este punto y el almíbar de las guindas amenazaba con desbordarse de uno de los calderos de cobre, en la cocina de La Morera y el Muérdago.

Pero es que la confesión de Carlos había sido tan extensa que Néstor temía haber perdido el tema central y tuvo que revolver el almíbar al revés, cosa que no debe hacerse nunca, so pena de convertir las guindas en cerezas pónticas.

—A ver si lo he entendido bien. Tú acabas de instalarte en Madrid porque has heredado una casa que ni por asomo puedes mantener. Además, para complicar un poquito las cosas, no conoces a nadie en la ciudad, pero tienes una romántica historia con una dama que vive en un armario. ¿Voy bien?

—¡Vamos, Néstor...!

—Pero si te entiendo perfectamente: una herencia inesperada... un sueño de infancia... un amor romántico... supongo que ahora irás a decirme, como todos los incautos que llegan a la gran ciudad, que crees que quizá un día te encuentres a la muchacha misteriosa paseando un perrito por el Retiro o comiendo hamburguesas en un McDonald's. Mira, Carlitos, creo que los vapores de las guindas se te han subido demasiado a las meninges...

—Ya sé que nunca encontraré a esa chica, no soy tan imbécil, pero te aseguro que encuentro trozos de ella por todos lados —respondió Carlos.

Y entonces se vio obligado a repetir su explicación de que, desde que comenzara a trabajar para Néstor, se había dado cuenta de que la profesión de camarero le permitía descubrir en otras mujeres las partes que más amaba de aquella dama: un busto muy blanco aquí... allá su maravillosa sonrisa... y con eso se daba por satisfecho. Al fin y al cabo, quién era y en qué época vivió la joven del cuadro, si se trataba de una persona real o tan sólo era producto de la idealización de un pintor, eran para Carlos incógnitas insolubles.

Sin embargo, el alcohol hacía de las suyas, y no sólo en Carlos, sino también en alguien tan prudente como Néstor. Porque inesperadamente, y llegado a este punto de euforia, el cocinero cambió de actitud. De pronto empezó a decir que a él no le interesaban nada las mujeres ideales pero sí los presagios que a veces se tienen en la vida y cómo el destino se comporta de modo tan extravagante. Luego, bajando el volumen de la voz como si fuera a pronunciar un extraño conjuro, añadió:

—Vamos, Carletto, no me digas que no te gustaría averiguar quién fue esa muchacha. ¿Qué tal si la buscamos?, es muy romántico todo eso de encontrar en otras mujeres los atributos que has visto en la dama del cuadro, pero me parece una tontería pudiendo invocar a la de verdad.

—Atributos que *veo* —le corrigió Carlos, igualmente borracho—, no te olvides de que la dama ahora es mía y puedo mirarla todos los días si quiero, aunque nunca sabré de quién se trata ni qué es esa joya verde que sujeta entre los dedos.

Pero Néstor pensaba ya en otras cosas más prácticas que adorar a un cuadro. Y así se lo dijo a su amigo, hasta que acabó por dar al chico una muda palmadita en el hombro que venía a confirmar algo así como: *forza*, Carletto, guindas confitadas y borracheras aparte, lo cierto es que la tuya es una bonita historia, o sea, que no te preocupes: yo conozco otra forma de averiguar secretos de familia cuando ya no queda nadie a quién hacer preguntas...

II. El caballero del pelo cortado al cepillo

—Una preguntita, *man*. Dígame, y no se le ocurra mentirme: ¿a qué hora es su cita con madame Longstaffe?

Era el rastafari, que llevaba horas limpiándose las uñas apoyado en el biombo japonés, el que ahora interrumpía los recuerdos de Carlos al dirigirse a Néstor con mirada de sospecha.

—¿No habrán quedado a las cinco, verdad? —dijo con aire terrible—, porque le advierto de que ésa es la hora en que madame me recibe a mí.

Y al decir «a mí», señaló hacia su pecho, con una larga uña, entre la abertura de la camisa (ajustadísima).

Como era su costumbre desde hacía unos meses, Carlos se quedó suspenso en ese punto de la anatomía del personaje de modo que, si alguna vez volvía a verlo por la calle, no serían sus trenzas en forma de maromas lo que recordaría, tampoco sus dientes, de un blanco desconcertante, dado el aspecto poco saludable de este cofrade de Bob Marley, sino esa larga uña.

—Mi turno es a las cinco, *man*, ni un minuto más tarde, *man*.

Pero Néstor le dedicó una sonrisa encantadora, asegurándole que de ninguna manera, que no se preocupara, nosotros tenemos hora a las cinco y media, y podemos esperar. Sin problemas, *man*.

El hijo de Rasta le devolvió la sonrisa y ya estaba a punto de recuperar su postura junto al biombo japonés cuando su paso fue interrumpido por un caballero muy nervioso que salía de la habitación de madame Longstaffe y que, equivocando su camino hacia la puerta de la calle, entró a la sala de espera.

El hombre se detuvo. Miró a derecha e izquierda. Primero a la dama que ocupaba el sofá *aubusson*, luego a la otra que estaba junto a la ventana, y pareció aliviado al no reconocer sus caras. A continuación descartó rápidamente la presencia del rastafari, pero sufrió un notable sobresalto al descubrir a Néstor en el sofá vecino. El cocinero, en cambio, lo saludó como a quien se conoce muy someramente: «Adiós, señor Tous», y el hombre desapareció por la puerta, tan rápido que, de toda la escena, Carlos sólo retuvo un rasgo del caballero: una cabeza gris y venerable con el pelo cortado al cepillo.

—Paciencia, Carlitos —le oyó decir a continuación a su amigo Néstor con un suspiro, pero obviamente no se refería a la fugaz aparición del caballero del pelo al cepillo, sino a la lentitud de madame Longstaffe para desplegar sus artes adivinatorias: eran las seis menos cuarto de la tarde y aún les quedaban por delante tres clientes, incluido el amigo Bob Marley—. Tengamos paciencia —repitió, y acto seguido Néstor volvió a sumirse en el mismo silencio tranquilo del que había hecho gala desde que entraron en casa de la adivina. Así, Carlos pudo evocar las últimas palabras de su amigo, interrumpidas por el incidente:

—...Sí, sí... todo lo que acabas de contarme es muy rommántico —había dicho Néstor aquella tarde con un acento que se italianizaba al calor de las últimas guindas al coñac—, pero te repito: quedarse colgado del recuerdo de una dama inexistente, enamorarse de un fantasma y buscar en otras mujeres parte de su persona es cosa de locos y de gentes poco prácticas... Mira, Carletto, yo tengo otra teoría mucho más lógica. Las obsesiones de este tipo no son más que una anticipación de algo venidero, ¿me comprendes? Esa joven del retrato no es real y, aunque lo fuera, eso a ti no te afecta, porque a estas alturas estará muerta o, en el mejor de los casos será una anciana. Sin embargo, si te fascina de ese modo, significa que en alguna parte encontraremos a otra igual, ¡igualita! —gritaba Néstor muy acalorado.

En ese momento fue cuando exclamó aquello de que él conocía un sistema para averiguar antiguos secretos de familia e invocar idealizaciones de la infancia y que todo era muy sencillo, pues se solucionaba simplemente con una visita a casa de la famosa vidente madame Longstaffe.

Cierto es que, una vez hecha tal revelación, y a pesar de los vapores del alcohol, Néstor Chaffino había rectificado inmediatamente, como empujado por un temor mucho más fuerte que la borrachera.

—...Vamos, Carletto, no creerás que hablaba en serio, ¿verdad? Consultar a una adivina, vaya tontería. Esas cosas del más allá sólo son bobadas... olvídate para siempre del nombre que acabo de pronunciar, no me vas a decir ahora que, además de añorar mujeres fantasma, también crees en las brujas, ¿no?... te lo aseguro, jamás ha existido un conjuro que haga aparecer en carne y hueso una idealización como la tuya... basta, no insistas; no pienso acompañarte, todo es mentira, yo no creo en los hechizos, las adivinas son unas farsantes, unas embusteras... pero lo que es aún más peligroso es que encima son terriblemente *tramposas*. Y madame Longstaffe es la peor de todas, te lo digo yo...

Quizá fue por culpa de las guindas confitadas. Quizá fue porque las historias románticas siempre resultan irresistibles, o tal vez la claudicación se debió a otra causa que aún no se puede revelar a estas alturas de la historia; pero lo cierto es que Carlos, al final, había logrado ser más persistente que todas las reticencias de su amigo. Por eso estaban allí los dos, esperando turno en la salita color aguamarina. Y por eso Néstor al llegar le había recriminado tan duramente.

—*Cazzo* Carlitos, tú te has empeñado en consultar a una bruja y de aquí no nos movemos, pero te lo advierto: no me hago responsable de lo que pueda pasar de ahora en adelante.

6
Lo que vio la vidente

Madame Longstaffe estaba tumbada en una *chaise longue* y desde allí se dirigió a ellos con un marcado acento de Salvador de Bahía:

—Agotada, chico, realmente *muehta* —se le oyó decir.

Y era lógico: pasaban de las ocho y media de la tarde, había empleado a fondo toda su energía humana y esotérica en iluminar el camino de cuatro casos muy difíciles (sobre todo el de la dama misteriosa que no se separaba de la ventana, un caso en verdad extenuante), y tanto esfuerzo la había postrado en la posición que ahora contemplaban Néstor y Carlos, de pie junto a la puerta sin atreverse a entrar. Desde el ángulo que ellos tenían, sólo alcanzaban a ver las piernas de madame Longstaffe, delicadamente cruzadas sobre la tumbona: suave muselina verde las envolvía, y los pies, enfundados en unas babuchas que habrían despertado la envidia de un dux veneciano, temblaban de vez en cuando con un leve estertor.

—Qué tarde monstruosa, pasen, caballeros, los atenderé en unos segundos.

Pero la figura no se movió de donde estaba y Carlos y Néstor decidieron tomar asiento en unas sillas que había al fondo, junto a la mesa de trabajo de la adivina, un par de tronos bastante imponentes que impedían que las cortas extremidades inferiores de Néstor Chaffino llegaran al suelo. Una suerte: a los pocos segundos hizo su aparición un perrito blanco y lanudo que se interesó vivamente por los tobillos del jefe de cocina; un verdadero empecinamiento el suyo, a juzgar por la forma en que ladraba intentando alcanzarlos, y Néstor, retrepado en su silla, no sabía si protegerse o largarle una patada que seguramente lo habría hecho callar.

—*Fri-Fri, tais-toi* —dijo la voz de madame Longstaffe, desde la *chaise-longue,* y luego *sit!* y luego *raus!* dando en un instante una demostración de poliglotía que sin duda habría asombrado muchísimo a los dos amigos, si éstos no hubieran estado ocupados en dirigirse una mirada telepática de conmiseración hacia el perrito, un diálogo mudo que podría resumirse así: «Néstor, ¿oíste cómo ha llamado al chucho?» «Ya, *Fri-Fri* debe de ser hijo de *Fru-Fru,* está clarísimo...» «Pobre criatura, gracias a Dios que los animales no se dan cuenta de ciertas cosas aterradoras, porque... ¿te imaginas que...?» «¡Ni lo menciones!, estoy completamente de acuerdo contigo: a mí también me horrorizaría tener un pariente (posiblemente un padre) momificado en lo alto de una columna de alabastro con una plaquita identificadora en la base...» «Y luego existe, no te olvides, el peligro de acabar igual algún día...» «Atroz.» «Lo mismo pienso yo: atroz.»

Y ambos cortaron la comunicación telepática con un escalofrío.

Este recuerdo al perrito maltés disecado de la sala aguamarina inmediatamente los hizo mirar en derredor sólo para comprobar que en la estancia en la que ahora se encontraban, el peculiar estilo de decoración Longstaffe lucía en todo su esplendor. Repararon, por ejemplo, en que, a pesar de que la habitación estaba apenas iluminada por una lámpara Bloomsbury, la poca claridad permitía intuir la presencia de varios animales inmóviles que los miraban con sus ciegos ojos de vidrio desde distintas vitrinas: una o dos iguanas de gran tamaño; a su derecha posiblemente un búho, también una raposa de mirada glauca, y otros exponentes del amor de aquella dama por la taxidermia. Sin embargo, la inspección hubo de terminar de forma abrupta sin tiempo para fijarse en otras vitrinas desde las que escrutaban más inmóviles fieras, porque en ese momento madame Longstaffe se levantó de su diván (no sin ciertas dificultades) para ir hacia ellos con una mano extendida.

—Buenas noches, caballeros.

Lo más notable de tan famosa adivina no era su imponente

masa de cabellos rubios, ni aquella túnica de muselina verde transparente que la envolvía, tampoco su altura, que rondaba el metro ochenta, sino otra característica que los dos amigos tardarían algo más en percibir.

—Ustedes dirán —entonó con esa cadencia bahiana que tan mal cuadraba con el resto de su personalidad, claramente germánica—: ¿prefieren caracoles, cartas o bola? —Y al decir «bola» giró la cabeza. Entonces fue cuando Carlos comenzó a darse cuenta de que, vista de frente, madame Longstaffe cambiaba de cara, se parecía a Gunilla von Bismarck.

—Veamos, ¿qué quieren? —reclamó impaciente, tal vez aburrida del fulminante efecto que su presencia producía siempre entre los desconocidos—. No se crean que tengo toda la noche para escucharlos. Estoy demasiado cansada para tirar los caracoles, de modo que usted elige: ¿cartas o bola, señor?

Y luego, viendo que Carlos dudaba, añadió, más amable:

—Todos los sistemas de adivinación vienen a ser más o menos igual, ¿sabe? Cultivo un método ecléctico yo, de modo que elija lo que prefiera, pero que sea rapidito.

Y Carlos respondió:

—Bueno, no sé... supongo que cartas —comenzó a decir.

No obstante, no llegó a redondear la frase, pues en ese momento, Néstor, que ya había decidido tomar las riendas de la conversación, en pocos minutos hizo un resumen bastante certero de la historia de la muchacha del cuadro que madame Longstaffe escuchó en gran silencio, interrumpiendo sólo de vez en cuando para decir: «Una historia muy linda», y en otras ocasiones: «Pero qué divino», y a veces también: «*O belleça*». Y cuando llegó al final del relato, madame Longstaffe, que mientras tanto había aupado hasta sus rodillas al perrito maltés para acariciarle la cabeza al compás de la narración, suspiró, al tiempo que giraba el cuerpo hacia la izquierda como para buscar algo en el cajón de su mesa.

En ese momento Carlos tuvo ocasión de reparar en la extraña cualidad de la adivina que la diferenciaba del resto de los seres humanos: madame Longstaffe tenía dos perfiles completamente distintos. Por ejemplo, ahora, con la frente baja y el pelo retirado de la cara, ya no se parecía a Gunilla von Bismarck, sino que, de repente, había sufrido una imprevista metamorfosis que la convertía en la doble de Malcolm McDowell, lo cual, para Carlos, que había visto hacía poco *La naranja mecánica* en la televisión, resultó un verdadero shock. Volvió a mirarla incrédulo y, en efecto, ahí estaba Longstaffe —con un terrible aspecto al que sólo le faltaba el detalle del estilete y la única pestaña postiza bajo el ojo izquierdo—, muy concentrada en revolver en los cajones de su mesa de trabajo, hasta que, una vez encontrado lo que buscaba (un mazo de cartas manoseadas), volvió a girar la cabeza para ser una vez más la réplica de la Bismarck, un aspecto que resultaba mucho más tranquilizador.

En resumen, madame —le oyó decir a su amigo Néstor, quien impelido por el silencio reinante, se había visto en la necesidad de repetir el final de su discurso—, por eso hemos venido a verla. Ya le digo, más que leerle el porvenir en el tarot o cosa similar, lo que este chico desea es un filtro, usted ya sabe, algún conjuro que le permita encontrar a una mujer lo más parecida posible a esa muchacha del cuadro, un capricho, comprenderá, pero es que yo tengo muy buenas referencias de sus poderes, señora.

—¿Qué sabe de mí? —le interrumpió de pronto la vidente, y su cara de vieja Barbie alemana parecía asustada—. Usted sabe mucho de muchas personas, demasiado, diría yo...

Néstor al principio sonrió alargando una mano por encima de la mesa hasta tocar el brazo de la pitonisa, mientras le dedicaba un montón de palabras de halago. Pero luego fue cerrando su mano más y más, como quien intenta expresar con un gesto algo que la buena educación no permite formular con palabras.

—Bueno, bueno, como quiera —se sorprendió Longstaffe, poco acostumbrada a que sus clientes reaccionaran así—. Perdóneme... no quiero parecer entrometida, pero... Pero —añadió de pronto, con renovado brío, y girando la cara para parecer McDowell— déjeme que le desvele algo muy brevemente. Olvidemos al chico y hablemos de usted: me ha parecido ver cierto acontecimiento de su futuro que le convendría saber.

A la mano de Néstor, aún sobre el brazo de la pitonisa, no debió de darle tiempo a reanudar la presión conminatoria, pues ella continuó en el mismo tono:

—Usted sufre una enfermedad incurable, eso se lo habrán

diagnosticado; cáncer, ¿verdad? Bueno, pues entonces le alegrará saber que no morirá de...

Palmadas contundentes ahora por parte de Néstor, una especie de morse amenazador que debió de ordenar algo así como «cállese de una vez, vieja bruja, y no diga nada», pues la señora retiró el brazo con la misma sorpresa que si hubiera recibido un picotazo de uno de sus pájaros disecados. Aun así, segundos más tarde, como si en vez de ser una pitonisa de cara cambiante fuera un *boy-scout*, obligado a decir siempre la verdad por encima de todo, agregó:

—Permítame al menos que lo alerte, señor. ¿De veras que no desea que hablemos del estado de salud de sus pulmones, ni de los grandes peligros que entrañan las neveras o las trufas de chocolate...? ¿Y las recetas de cocina? ¿Qué me dice de las libretas de tapas de hule? ¿Tampoco desea saber nada sobre ellas?

La vieja desbarra, está clarísimo, pensó Carlos, pero naturalmente no dijo nada.

Si hubo más morse entre Néstor y la vidente, Carlos nunca lo sabría, pues *Fri-Fri* en ese mismo momento, con sus ladridos y lametazos, se ocupó de rellenar los breves segundos que separaron las últimas palabras de madame, hasta oírle decir:

—...Muy bien, es inútil intentar ayudar a alguien que claramente prefiere no saber. Además —y otra vez parecía muy cansada—, *isso não é comigo*, ¿qué puede importarme? Se hace tarde, de modo que acabemos de una vez y vayamos a lo fácil: a ver qué le damos a este muchachito. —Y dicho esto, madame volvió nuevamente a sumergirse en los cajones de su mesa con aire profesional.

En esta ocasión a Carlos no le pareció tan evidente la metamorfosis. Sin duda se habría equivocado antes, al pensar que la vieja dama tenía la virtud de cambiar de cara cada vez que se agachaba o giraba la cabeza, pues lo cierto es que ahora, con la puntita de la lengua asomando entre los labios en señal de gran concentración, madame Longstaffe era sólo la viva estampa de esa aristocrática y famosa alemana de Marbella, ni rastro de naranjas mecánicas. Afortunadamente.

—Aquí está —dijo mientras emergía de las profundidades envuelta en una nube de polvo no precisamente mágico—. *Sta bon* —añadió luego al erguirse y dejar sobre la mesa un frasquito del tamaño de un dedo meñique que a continuación entregó a Carlos con un: «Escuche bien, *filhinho*», recomendándole que bebiera cuatro gotas cada noche de luna llena hasta acabar el frasco.

—Y cuando termine el tratamiento, muchacho, alégrese: ya se habrá cumplido el conjuro, que es de lo más sencillo y elemental.

—¿Tanto? ¿Tan habitual es? —preguntó Carlos.

Madame Longstaffe le dirigió un aburrido revoloteo de sus mangas verdes.

—Tesoro, si hay algo que detesto en esta profesión es su monotonía. En estos tiempos aburridísimos la gente sólo pide dos tipos de conjuros amorosos: uno para encontrar una pareja acorde con sus sueños y otro para mantener en sus redes a alguien contra su voluntad. Claro que de vez en cuando aparece un caso verdaderamente original. Alguien, por ejemplo, que lo que ansía es olvidar para siempre una terrible pasión o algún deseo inconfesable —dijo Longstaffe con aire fatigado, como si ya no hablara a sus clientes sino que sólo reflexionara sobre los acontecimientos del día—. ¿Han visto a ese caballero tan respetable de pelo cortado como un boche de la Gran Guerra que acaba de salir? Bueno, pues ese caballero me ha regalado una perla: desea que le borre del corazón una pulsión intrusa —añadió en un rasgo de indiscreción tan imperdonable e inconsciente que sólo podía atribuirse al cansancio, al tiempo que reproducía sobre la cabecita de *Fri-Fri* un simulacro de pelo cortado al cepillo; sin embargo, en seguida rectificó—: Pero basta, Marlene. (Marlene ¿sería ése el nombre de pila de la famosa vidente, Marlene Longstaffe?). Lo único que pretendo decir es que hay una gran falta de imaginación en temas amorosos, porque usted comprenderá que encontrar la réplica de la mujer idealizada no es muy original que digamos, pero en fin... si eso es lo que quiere, criatura, aquí está: son quince mil, y ahora, si no les importa, digámonos adiós.

Dicho esto, con mucha más agilidad que en la ocasión previa, madame Longstaffe abandonó su mesa de trabajo para tumbarse otra vez en la *chaise longue* con sólo un comentario que no incluía una despedida sino más bien un suspiro.

—*Virgem* María Sacrificoso. Ha sido un día muy *lahgo.* Pero las palabras, a juzgar por su leve deje yoruba, posiblemente no estuvieran dirigidas a los clientes, sino a su fiel *Fri-Fri.*

Si alguna vez el sacrosanto silencio de la habitación de la adivina se había visto roto por la intrusión de los clientes, si alguna vez el sonido de los cajones donde dormían multitud de frasquitos tan secretos y diminutos como el recibido por Carlos había alterado el original ambiente de la estancia, una vez reinstalada su dueña en la *chaise longue,* todo volvió a ser exactamente igual que antes.

La escasa luz de la lámpara Bloomsbury... los ojos vidriosos de los animales... cada cosa era tan íntima, que permanecer allí una vez acabada la consulta, tenía algo de profanación de iglesia.

Y por eso, porque nada hay tan irresistible como una profanación, Néstor no pudo evitar llevarse un dedo a los labios pidiendo silencio a su amigo.

—Sólo unos minutos más —le dijo en un susurro apresurado—, en seguida nos vamos, Carletto, pero compréndeme: no todos los días puede uno ver a una hechicera en su cueva.

—Me pareció entender que no querías saber nada de sus profecías, Néstor.

—Y no quiero. Sólo me interesa curiosear qué hace una bruja cuando no hay nadie mirando; apuesto a que se pondrá a hablar inmediatamente por un teléfono portátil y no precisamente con el más allá.

Dicho esto, el cocinero volvió a llevarse el dedo a los labios, y ambos amigos retomaron la misma posición junto a la puerta, como a su llegada.

—Shhh, sólo serán unos minutos.

Al otro lado de la habitación, *Fri-Fri,* de un salto, se había hecho un hueco entre los pliegues de la túnica de su ama, una escena encantadora. Madame se estiró. Igual que al comienzo de la entrevista, Néstor y Carlos sólo alcanzaban a ver las piernas, y más concretamente el pie derecho de la pitonisa que, desnudo dentro de su babucha, oscilaba al compás de una música inexistente, arriba y abajo. Y la babucha iba y venía sobre el borde de la *chaise longue,* amenazando con caer sobre la alfombra mientras el resto de la figura permanecía inmóvil.

—Marchémonos de una vez —cuchicheó Carlos—, este sitio empieza a ser agobiante. Además, no hay nada de interés.

Apenas había dicho esto cuando vieron que madame Longstaffe, como una meretriz que, tras las labores amatorias del día, se reconforta con el más burgués de los placeres, alargaba una mano para servirse, de una mesita contigua, una diminuta taza de té de agradable aroma.

—Vámonos ya, el dichoso perrito puede descubrirnos en cualquier momento.

Pero no pasó nada.

El olor a té, que se extendió muy pronto por toda la habitación flotando por encima de los muebles, hizo estornudar a *Fri-Fri* y cantar a madame Longstaffe una vieja canción que sonaba algo así como *mamba umbé yamamabé, o* cosa parecida, con una voz de vieja mezzo que no impresionó demasiado favorablemente a los dos espías ocultos en las sombras. *Omi mambambá, amba umbé yamamabé,* desafinaba madame. Entre la música y el olor de la cocción, que era fuerte, a Carlos casi se le antojó ver un destello de vida en los ojos de la apolillada raposa que había en la vitrina de la izquierda. Agarró con más fuerza el frasquito de la bruja, no fuera que por descuido (o por la impresión) lo dejara caer y alertara a la dama, que aún sorbía su té en una taza tan diminuta que Carlos llevaba contadas ya tres las veces que la dama la había tenido que rellenar. Fue al servirse la cuarta taza cuando la adivina comenzó a hablar. Pero en ningún momento se volvió hacia ellos, sino que, tumbada en la misma posición de abandono, simplemente dejó oscilar aún más su babucha veneciana, de modo que ésta parecía tener vida propia, o al menos hablar con la eficacia de un muñeco de ventrílocuo al que le hizo decir:

—Quien cree que está mortalmente enfermo, no morirá del mal que le hiere, sino de hielo; y quien cree que las palabras matan, no debería llevarlas tan cerca de su corazón.

Carlos miró a Néstor, que ya no reía.

En ese mismo momento, una carcajada, que no provenía del muñeco de ventrílocuo sino de la maestra de títeres, llenó la estancia.

—Sabía que no iba a marcharse tan fácilmente —dijo—. Ni siquiera los que, como usted, amigo Néstor, juran no creer en los presagios, pueden resistir la tentación de averiguar qué les depara el destino, ¿verdad? Pero el destino es tan tramposo...

Y la figura de madame Longstaffe se incorporó en ese momento en su *chaise longue;* recogió las piernas sobre sí mismas y ya no dejaba ver sus pies ni las babuchas parlanchinas; bien al contrario, todo el efecto era sólo el de un tronco de mujer, un busto parlante erguido en el frontal de la *chaise longue,* con una taza de té en la mano.

—No. No se vaya aún —le dijo a Néstor, como si leyera sus pensamientos. Sólo le haré una advertencia, y créame que si sigue mis consejos, tendrá mucho que agradecerme.

—Hay futuros que es mejor ignorar, madame. Sobre todo cuando uno sabe que no pueden cambiarse.

Pero la vieja insistió:

—Sólo le diré esto, escuche: Néstor no morirá. Usted haga lo que quiera: disfrute amigo mío, ame, escriba una novela indiscreta, aprenda a tocar el fagot, cualquier cosa. No se preocupe por su futuro porque madame Longstaffe lo ha visto claro: Néstor no ha de temer peligro alguno hasta que se conjuren contra él cuatro tes —dijo.

El cocinero hizo intento de protestar, pero la bruja, más erguida que nunca, mostraba su tacita como si dentro de ella flotaran todos los misterios.

—A usted le aqueja un mal incurable, pero no tiene nada de qué preocuparse, se lo aseguro.

—Vamos, madame...

—...demasiadas casualidades —continuó ella—. Para que su suerte se vuelva adversa, antes han de juntarse... cuatro tes, y eso es imposible, ¿no cree?, aunque las casualidades son bromas que los dioses gastan a los mortales.

Madame Longstaffe volvió a reír y también pareció hacerlo el perrito, pero luego:

—No debió quedarse escuchando tras la puerta, amigo Néstor —y ya no había risas—, verdaderamente no debió hacerlo. Si su único deseo era comprar un filtro amoroso para nuestro joven amigo, habría sido más práctico llevar al muchacho a otra adivina; de esas bobadas se ocupan las videntes de tres al cuarto, pero usted buscaba algo más, ¿me equivoco? Sí, sí, porque en realidad vosé (*vosséh*, había pronunciado madame Longstaffe, con una «e» expirada como si no fuera una pitonisa de rasgos europeos, sino la mismísima Mae Senhora, o por lo menos Aspasia Guimarães do Pinto, famosa yarolixá de Bahía, sólo que sin el respetable aspecto yoruba de ésta, y mientras despedía a sus clientes con un impaciente aleteo de la mano)... vosé ha venido aquí a conocer su propio destino y ahora ya lo sabe: ningún peligro debe temer hasta que esa conjunción de cuádruple mala suerte se produzca.

Lo dijo y lo volvió a repetir ahora con cierto asco de *hooligan* británico: cuatro tes, qué cocción más infame.

Es posible que su voz fuera la de madame Longstaffe o la de Mae Senhora, o incluso la de Aspasia Guimarães do Pinto, pero la cara... la cara era la de Malcolm McDowell, el de *La naranja mecánica,* esta vez no había duda. Incluso les guiñó un ojo al decir: *ningúm* peligro.

7
Un lamentable accidente

Tramposa, embustera, charlatana y, lo que es aún peor, amante de las medias verdades que tanto engañan, haciéndonos creer que el futuro se va a desarrollar según sus profecías. Ladrona de ilusiones. Maldita-bruja-fullera.

Todo esto pensó Carlos, arrodillado junto al cadáver de su amigo Néstor, mientras la cocina de los Teldi se iba llenando de ruidos y de gente. Pobre amigo. Allí estaban todos ahora mirándolo. La pequeña Chloe Trías, descalza, y posiblemente también desnuda bajo una larga camiseta en la que podía leerse *Pierce my tongue dont pierce my heart*. Detrás de ella, Serafín Tous, el amigo de la familia, en una prudente retaguardia, como si un reparo supersticioso le hiciera temer que el finado fuera a resucitar de improviso como un Lázaro cualquiera. También estaba Karel Pligh, intentando explicar a los dueños de casa dónde y cuándo había encontrado al cocinero. Y junto a él, Adela (tan hermosa, a pesar de lo intempestivo de la hora, pensó Carlos, con su cara lavada y los ojos brillantes y muy sabios como si toda aquella desgracia no fuera sorpresa para ella), mientras que su marido, el señor Teldi, escuchaba las explicaciones de Karel, impaciente por hacerse lo antes posible con la situación, él, el amo.

—Bueno, bueno, tranquilicémonos. Se trata de un accidente muy lamentable, eso es todo —dijo, y luego—: En cualquier caso habrá que llamar a la policía, no hay más remedio… ¿Me prestan un bolígrafo? ¿Dónde habéis dejado el teléfono? Aunque como hoy es fiesta, seguramente no contestará nadie o estará comunicando; los milicos... la policía, quiero decir, es igual de incompetente en todo el mundo.

Y ya tenía el teléfono en la mano para marcar el número mientras paseaba el capuchón del bolígrafo sobre la mesa de la cocina, irritado al comprobar que, en efecto, la comisaría comunicaba. Volvió a marcar y observó, mientras tanto, otros objetos que había sobre la mesa: una batidora de mano perfectamente limpia, un juego completo de cuchillos nuevos y, en una esquina, un ejemplar del Brillat-Savarin, tapado por un paño de cocina como una palia sobre un altar pagano. Hay que admitir que el tipo era un cocinero de primera, pensó (y también un hijo de puta, un verdadero hijo de puta), pero esa segunda reflexión formaba parte de pensamientos que Ernesto Teldi había aprendido a encadenar al mundo de los sueños para que no lo molestaran, de modo que volvió a marcar... 0... 9... 1 con más brío 091, a ver si había suerte.

—¿Policía? Mire, vaya tomando nota... Al habla Ernesto Teldi, de la casa de Las Lilas, en el camino de Las Adelfas, número diez bis... Ha habido un accidente; no... nada dramático, en fin, que podría haber sido alguien de la familia, algo mucho peor, quiero decir.

Mientras hablaba, Teldi retiró el trapo de cocina que tan esmeradamente había colocado Karel Pligh sobre el Brillat-Savarin, pero la conversación se alarga, lo hacen esperar, transfieren la comunicación de un departamento a otro y Teldi, mientras tanto, pasea el capuchón del bolígrafo por las tapas del libro. Repara en que para ser un manual sobre el arte de la cocina está escrupulosamente limpio; no hay sobre él ni una mancha de grasa, ni una costra, limpio como un misal.

—¿Cómo?, que le repita una vez más el nombre de la casa? Ya, ya, el ordenador que va lento, claro. Vamos a ver: Las Li-las.

Otra vez el capuchón del bolígrafo reinicia su paseo sobre la cubierta del libro, ahora contornea las letras doradas del volumen, se adentra en los suaves surcos de la piel antes de bajar por el canto de las hojas y tropezar con algo que sobresale; se trata del folio de papel que Karel Pligh ha guardado entre sus páginas, una vez descubierto el cadáver de Néstor.

—No, no, el diez *bis* del camino de las Adelfas: B de burro, I de Italia, S de... Eso es, se trata de una bifurcación del camino de Las Jaras...

Y Teldi juguetea con esa hoja intrusa, la tañe con el dedo como si fuera la cuerda de una guitarra, pero nadie observa sus movimientos. Hay cosas más importantes que hacer: Serafín Tous sugiere que alguien abra una ventana, mientras Chloe Trías, con un encogimiento de hombros (y tras una mirada de Karel, su novio, fácilmente interpretable), decide subir a ponerse al menos unos pantalones. Adela, por su parte, aprovecha los cristales opacos de la ventana, el más benigno de los espejos, para retocarse un mechón de pelo antes de mirar a Carlos y de comprobar que él es el único que piensa en el muerto, ya que se ha despojado de su chaqueta y cubre con ella la cara del amigo.

Es una lástima, piensa Carlos, que la prenda no sea lo suficientemente larga como para tapar todo el cuerpo, pues el cadáver de Néstor parece haberse desparramado de alguna manera; tiene los brazos y las piernas en forma de aspa como si todos los músculos, al deshelar, hubieran decidido abrirse como una flor mortuoria, incluso los de los dedos, tal como delata ese pulgar derecho muy tieso y manchado de azul. Pobre amigo, repite Carlos, y la frase es ya casi como una letanía. Tal vez Néstor antes del accidente haya aprovechado para anotar algo en su cuaderno con ese mismo bolígrafo con el que ahora juguetea Teldi. Quizá haya aprovechado la tranquilidad de la madrugada para añadir unas líneas en la libreta de tapas de hule que lo acompaña a todas partes. ¿Dónde la habrá dejado? Por ahí estará, sobre la mesa de la cocina o junto a los fogones. Ya la buscaré cuando Teldi termine su conversación telefónica, piensa Carlos. Le gustaría guardarla como recuerdo.

—¿Cómo? —se sulfura ahora Ernesto Teldi—. ¿Tampoco conoce el camino de Las Jaras? ¿Pero en qué mundo vivimos? Señorita, mire usted, hasta los tontos saben que está a la altura del kilómetro veinticuatro de la comarcal Coín-Ojén... Eso es, parece que ya vamos entendiéndonos. ¿Qué otro dato necesita?... Vaya, vaya, tampoco lo apuntó, ¿eh? Se lo repito: me llamo Ernesto Teldi... Seldi no, le he dicho Teldi, T-e-l-d-i... sí, eso es, con te de tortuga.

Carlos lo mira y se sonríe tristemente: el tono, la insistencia, lo ridículo de la comparación. Es el tipo de comentario que hubiera hecho reír a Néstor.

Pobre amigo. El muchacho echa otro vistazo por la cocina, pero ya no piensa en la libreta de hule, tampoco en Teldi y en su llamada telefónica; tienen razón los otros: hay cosas más urgentes de que ocuparse, pero entre sus pensamientos se cuela una vez más la voz del gallego Teldi, que casi parece improvisar la letra de un extraño tango, aunque él no sea argentino.

—La vida, ¿vio? Cosas que pasan, morir congelado, una macana.

SEGUNDA PARTE

Seis días de marzo

ADIVINO: ¡Guárdate de los idus de marzo!
CÉSAR: Es un visionario, dejémosle.

SHAKESPEARE, *Julio César*, acto 1, escena 2

Día primero
La libreta de hule

Varias semanas antes de que Néstor apareciera muerto en casa de los Teldi, y también antes de que todo lo ocurrido fuera vaticinado del modo más délfico (falsario, dirían algunos) por madame Longstaffe, las vidas de los personajes de esta historia transcurrían por caminos muy alejados los unos de los otros. «Las casualidades son bromas que los dioses gastan a los mortales», había dicho la adivina la tarde en que fueron a consultarla; pero aquéllas no eran más que palabras de brujas que tanto Néstor como Carlos olvidaron rápidamente. No todas, es cierto: las relativas al conjuro para encontrar a la doble de la joven del cuadro, por ejemplo, sí fueron escuchadas; y aunque sin toda la fe que es aconsejable en estos casos, Carlos García tomaba cada noche de luna llena cuatro gotas del filtro amatorio que le habían recetado. Por si las meigas.

En cambio, meigas o no, el resto de lo escuchado aquella tarde en casa de madame Longstaffe se fue diluyendo en las pequeñas naderías que conformaban la vida diaria y la gerencia de La Morera y el Muérdago. Y la vida diaria de aquella empresita de comidas transcurría de la manera más errática, con meses de gran actividad, especialmente los de verano y primavera, seguidos de otros sumamente aburridos, como los de febrero y marzo. No eran más que tres los miembros fijos del personal, Néstor, Carlos García y Karel Pligh, el culturista checo; aunque hacía poco se les había unido Chloe Trías, una ayudante algo estrafalaria pero, en todo caso, muy barata, pues no exigía sueldo alguno.

Así, con temporadas de trabajo frenético y otras de clara hibernación, según las definía Néstor, La Morera y el Muérdago iba sobreviviendo, ayudada sobre todo por la maestría del dueño a la hora de hacer postres y tartas caseras que famosos restaurantes de la capital compraban para servir luego como especialidad de la casa. De este modo, cuando en época de vacas flacas el teléfono sonaba poco, cuando las tardes eran especialmente aburridas sin nada que hacer, Néstor Chaffino bajaba el cierre metálico de la tienda con un *porca miseria,* despedía a sus empleados hasta el día siguiente y se quedaba mirando los blancos azulejos de la pared.

Porque todo era blanquísimo en el interior de La Morera y el Muérdago, un local alegre y bien situado que constaba de dos salas. Al fondo, estaba la más importante: la cocina, que era amplia y ocupaba la zona preferente de la casa, con tres ventanas a la calle, abiertas a modo de escaparate para que todos pudieran admirar tan cuidada zona de trabajo. Y lo que se veía desde las ventanas era una estancia amplia cubierta de azulejos de arriba abajo —incluidos poyetes y muros— que invitaba a la creación más industriosa. De la pared colgaban peroles y sartenes de cobre y sobre la mesa central, grande y con encimera de aluminio, podían admirarse los más excelentes aparatos de cocina, esperando turno, cada uno con un cartel bien visible, en el que se resumían sus instrucciones de uso. Limpieza, orden, higiene perfecta, éstas eran las características básicas del reino de Néstor Chaffino. En la segunda parte del reino, es decir, en la otra estancia del local, destinada a salita o recepción de clientes, el ambiente era más bohemio. Néstor, que no había escatimado gastos en las instalaciones, eligió darle a esta zona un aire... *Ritorna a Sorrento,* así lo llamaba él, y sin saber bien qué podía significar aquello, los visitantes se daban cuenta de que se trataba de una cuidada escenificación teatral que tenía algo de casa siciliana y algo de *trattoria* sin mesas de restaurante, pero con todo el resto del ambiente culinario que, de forma subliminal, presagiaba las excelencias que podían salir de ese agradable lugar. Porque si la cocina de La Morera y el Muérdago estaba perfectamente impoluta, la recepción resultaba encantadora. Si la trastienda olía a una suave mezcla de jarabe de frambuesa combinada con algún refinado detergente de esos que tienen nombre de hada en inglés, en la entrada reinaba el aroma de las ceras más caras y los mejores limpiametales, cosa comprensible dada la calidad de los muebles. Objetos y recuerdos de viajes a lugares remotos decoraban el lugar: aquí una barquichuela con un *Sole mio* grabado en la popa; allá un poncho olvidado con un descuido muy estético sobre el sofá destinado a las visitas; a la izquierda una colección de pisapapeles de Murano, a la derecha una colección de conchas marinas, cajitas e imágenes de santos. Y sobre todos estos enseres, riendo o reinando desde las paredes, podía apreciarse un buen número de fotos con dedicatorias manuscritas de personajes más o menos famosos, más o menos caídos en el olvido, más o menos muertos, pero que tenían en común el haber disfrutado alguna vez de los deleites de la cocina de Néstor Chaffino.

Las caras fotografiadas en la recepción de La Morera y el Muérdago miran risueñas desde las paredes a los clientes que entran a contratar sus servicios (si es que entraran, cosa que, de momento, no sucede). Allí está el retrato de Aristóteles Onassis con su dedicatoria: «*Efjaristó* mil veces, amigo Néstor, qué espléndido invento el sorbete a la Churchill». Y también una de Ray Ventura: «*Ah, ton bavarois, mon cher, ça vaut bien mieux que d'attraper la scarlatine, dis donc!*», y de María Callas: «¡Bravo, Néstor, bra-vo!» Oh, ella sí que sabía apreciar mi chocolate *fondant*, solía recordar Néstor, en esas tardes solo en el local, cuando sus ayudantes ya se han marchado y él, al repasar las cuentas, descubre que el mes de febrero ha sido aún más flojo que el de enero. Guarda la calculadora en su estuche, suspira, ojalá llegue pronto el buen tiempo y con él las primeras comuniones, las fiestas al aire libre y también la época de los huevos de Pascua (que eran la sorpresa preferida de la Callas y una de tus mejores especialidades, mi pobre Néstor), pero... aún falta mucho para Pascua. *Porca miseria* una vez más.

Y así debió de ocurrírsele, entre el aburrimiento de la inactividad profesional de los meses fríos y la nostalgia de tantos buenos clientes, famosos o no, la idea de escribir un pequeño compendio de secretos culinarios en una libreta con tapas de hule.

Una libreta cuya existencia, de momento, todo el mundo ignora, salvo sus más cercanos colaboradores, y cuya redacción (letra diminuta e impecable, tres secretos por página y algunos diagramas indispensables) comenzaba de la siguiente manera:

PEQUEÑAS INFAMIAS
(UN LIBRO DE SECRETOS CULINARIOS)

POR NÉSTOR CHAFFINO, JEFE DE REPOSTERÍA

Prólogo

Todos los chefs del mundo le dirán a usted que no sirve de nada dar recetas, que el secreto de un postre excelente reside en el talento del cocinero, en eso que llaman «buena mano para la cocina» y que cuando se habla de una pizca de jengibre o de vainilla, esto viene a ser lo mismo que una brizna o un pellizco. Permítanme que les cuente la verdad: todos los reposteros, igual que todos los jefes de cocina, se reservan siempre un minúsculo pero significativo secreto que marca toda la diferencia en el resultado, una pequeña trampa o infamia que yo ahora me propongo revelar al mundo.

PEQUEÑAS INFAMIAS

PRIMERA ENTREGA: LOS POSTRES FRÍOS

Trucos que tratan de las particularidades de los postres fríos y también de los errores más frecuentes cometidos por los reposteros legos.

Dense cuenta de que, por ejemplo, para hacer una perfecta isla flotante es absolutamente fundamental que los huevos sean frescos. La batidora puede ser de varillas o eléctrica; el truco para montar las claras puede incluir o no una pizca de sal, pero la fórmula infalible es un grano de café. Procédase de la siguiente forma

Sin embargo, llegado a este punto, la redacción de libro tan interesante se vio interrumpida para que Néstor escribiera una carta a un viejo amigo.

Don Antonio Reig
Pensión Los Tres Boquerones
Sant Feliu de Guíxols

Madrid, 1º de marzo de...

Te parecerá raro, querido Antonio, recibir estas líneas después de tantos años y más aún cuando te confiese que al recibirlas yo ya estaré muerto... o casi.

Néstor muerde el capuchón de su muy antigua pluma estilográfica, una Parker 1954 de baquelita azul y metal dorado, adquirida, casualmente, en un pequeño puesto de la feria de San Telmo, con Antonio Reig, su amigo y colega, durante aquellos años en los que ambos vivían y trabajaban en Buenos Aires. No le resulta fácil escribir una carta de estas características, pero hace semanas que piensa en hacerlo. «Cuando la recibas yo ya estaré muerto... o casi.» Qué novelesco suena aquello, sobre todo el «casi», pero un cáncer de pulmón no tiene nada de novelesco y lo mejor es ir preparándolo todo. Por eso, porque cada uno tiene su particular forma de hacer testamento, de un tiempo a esta parte Néstor ocupa sus ratos libres en escribir un singular libro de cocina, algo que podría considerarse como alta traición hacia una de las logias más herméticas que existen, la de los chefs y, muy especialmente, la de los reposteros, que jamás dan la receta exacta de sus manjares. Y porque se trataba de una traición, y porque sonaba de lo más literario, había pensado en llamar a su compendio *Pequeñas infamias.* En él iba a contar los trucos mejor guardados, la pequeña nadería que separa un suflé voluminoso de uno chato, el secreto y la trampa nunca confesada que convierte en arte los placeres de la repostería.

...Como ignoro hasta dónde podré llegar, dado mi estado de salud, me gustaría, Antonio, irte mandando este breve testamento culinario poco a poco. De momento lo estoy escribiendo a ratos perdidos, en una libreta, pero en cada carta pienso enviarte diez o doce trucos. Te agradecería que los fueras juntando para una publicación póstuma. ¿No te parece una deliciosa venganza sobre todos esos colegas tan famosos y distinguidos que se dedican a coleccionar estrellas en la Guía Michelin mientras que cicatean al público los más elementales secretos que tú y yo sabemos? Pequeñas infamias... me parece un título magnífico. El otro día comenté la idea con mis ayudantes y los pobres pensaron que se trataba de otra cosa. «¿Vas a descubrir las Pequeñas infamias de toda esa gente tan importante que has conocido antes de instalarte por tu cuenta?» Eso me preguntó Chloe, una muchachita que trabaja para mí, y yo le dejé creer que así era. Comprenderás que, considerando lo delicado del tema que nos ocupa, prefiero que todos ignoren lo que estoy haciendo, que es algo mucho más trascendental (inmortal, casi me atrevo a decir, y eso me encanta) que cotorrear sobre las miserias ajenas. ¿Te imaginas si tú y yo escribiéramos contando lo que hemos visto y oído en todos estos años de profesión? Sería un escándalo, ¿no crees? ¿Te acuerdas, por ejemplo, de nuestras épocas en Buenos Aires? ¿Cómo se llamaba aquel matrimonio para el que trabajabas entonces?: ¿Seldi? ¿Teldi? Me pregunto qué habrá sido de ellos. Ahora que los menciono, fíjate qué curioso: ayer mismo me acordé de ellos, no porque hoy pensara escribirte, sino porque en su casa se hacía un magnífico budín del cielo. Tú debes de tener copia de la receta, ¿te importaría mandármela exacta?, a mí me faltan ingredientes. Por cierto, ahí estaba yo intentando hacer memoria cuando de pronto, esta chica Chloe de la que te hablo vino a interrumpirme. «Vamos, Néstor, cuéntanos qué estás escribiendo, cuéntanos alguno de esos infames secretos.» Entonces yo, recordando lo que nosotros presenciamos por casualidad aquel día en casa de los... ¿Seldi? se me ocurrió decirle: «Claro, querida, claro, mis Pequeñas infamias es un libro que trata de los pecados de la gente, pero no te creas que voy a hablar de gente famosa, no, no, nada de eso. Cuando seas un poco mayor descubrirás que las personas que tú y yo llamamos normales tienen historias más horribles que mu-

chos de esos personajes que ves en las fotos: resulta sorprendente adentrarse en sus secretos».

Tú te preguntarás, Antonio, por qué le mentí de ese modo a la chica diciéndole que estaba escribiendo un libro de escándalos y chismes ajenos cuando yo nunca he pensado hacer tal cosa; pues lo hice simplemente para desviar su atención de mi verdadero *propósito: los jóvenes son tan indiscretos... Pero el caso es que una vez que me había puesto a contar una mentira tan alejada de la realidad, continué adornándola y adornándola: no lo puedo evitar, es la deformación profesional; empiezas cualquier cosa, incluso la narración de un embuste, y al cabo de un rato, te sorprendes decorándolo lo más artísticamente posible, como si se tratara de un gran pastel de bodas: un poco de caramelo picado por aquí... un* coulis *de frambuesa por allá. Por eso mirando fijamente a Chloe, que estaba tan interesada en mis palabras, añadí: «Tú eres aún muy joven, pero ya te irás dando cuenta de que existen en este mundo muchas personas que han cometido en su vida una pequeña villanía; a ver si me explico bien: un adulterio sin mayor importancia, por ejemplo... una traición... un pequeño robo... quizás incluso algún desliz homosexual muy contrario a las tendencias habituales de esa persona. En otras palabras, un acto del que ellos se avergüenzan pero que es, en realidad, perfectamente perdonable... Lo malo es que muchas veces, más adelante, tal vez años y años más tarde, para que no se descubra esa pequeña infamia, se ven obligados a cometer otra mucho mayor, una* gran *infamia, ¿me comprendes, querida? Oh, te sorprendería ver lo frecuente que es: yo conozco varios casos así». No te imaginas la cara que puso la chica, la dejé totalmente convencida de que esta pobre libreta mía está llena, no de postres, sino de pecados suculentos, pero qué importa. El caso es que desde entonces no intenta husmear en mi verdadero propósito, y yo la entretengo prometiendo contarle alguna vieja y escandalosa historia de esas que ya no interesan a nadie y que seguramente morirán cuando yo muera.*

En cambio los secretos de un perfecto chocolate fondant, *¡ah!, eso no merece irse conmigo a la tumba. ¿Verdad, amigo Reig? ¿Aceptas mi oferta, entonces? Si estás de acuerdo empezaré a mandarte recetas en mi próxima carta.*

Por cierto, tal vez te divierta saber que la jovencita Chloe de la que te hablo, al final no se conformó con palabras y se puso tan pesada que tuve que contarle una pequeña infamia. La cosa se desarrolló del siguiente modo: como ya estaba pensando en ti y en nuestras épocas de Buenos Aires, se me ocurrió relatar una pequeña vileza que tú conoces de sobra: la historia de la señora Teldi. Te juro, Antonio, que me sentía como Oliveira da Figueira, ese personaje de Tintín *que reúne a su alrededor a muchos y atónitos oyentes y les cuenta un viejo y olvidado chismorreo para alejar su atención de otros datos que le interesa mantener ocultos. Allí estaba tu amigo Néstor hablando con énfasis de la señora Teldi o Seldi o como demonios se llamara. Tenía delante a Chloe, con los ojos muy abiertos, y a Carlos García, mi hombre de confianza, y también a Karel Pligh, el checo que me ayuda con los repartos a domicilio. Y durante un buen rato (tenemos tan poco trabajo estos días, desgraciadamente) evoqué con un realismo del que me siento orgulloso, te confieso, el... accidente que tuvo lugar en aquella casa allá por el año 82: la visita de la hermana menor de la señora Teldi con su marido. No mencioné ni un nombre; ya sabes que siempre he preferido pasarme de discreto que de lo contrario, pero sí les conté con detalle la llegada de unos cuñados de los dueños de casa venidos de España, y primero hice una descripción somera de ambos: ella era hermosa, dije, pero con un aire melancólico, sí, ésa fue la palabra que me vino a la cabeza, triste casi, y su marido —les conté a los chicos— me pareció uno de esos raros ejemplares de hombres bellos que ni siquiera saben que lo son.*

Luego pasé a hablar del coqueteo que todos notamos que se traía la señora Teldi con su cuñado. ¡Pero los adulterios se llevaban tan bien en Argentina en aquellas épocas! Resultaba algo habitual y nadie le dio mucha importancia: ni nosotros, ni el marido, nadie... salvo la hermana traicionada, claro está. «Porque debéis saber, queridos míos», les dije a mis ayudantes, «que, por fin, un día ella *los sorprendió en una de las habitaciones altas de la casa, allí donde nadie subía jamás pues eran cuartos que ya no se usaban...»*

Todo esto se lo conté a los chicos, que me miraban con ojos como platos. Es curioso, Antonio, pero los relatos de adulterios siguen fascinando incluso hasta a los jóvenes de hoy en día; ¡a ellos!, que casi todos han vivido ya cantidad de amoríos convencionales, homosexuales, quién sabe si también incestuosos; pero es que los amores lejanos, esos que huelen a secreto y a naftalina, siguen siendo irresistibles. Además, te confieso que yo estaba inspiradísimo esa tarde, como cuando expliqué con todo lujo de detalles cómo pocas horas más tarde encontramos muerta a la hermana menor de la señora Teldi, «estrellada contra las baldosas del patio trasero de la casa, como si la pobrecilla se hubiera dejado caer silenciosamente, muy silenciosamente, desde esa habitación que presenció su derrota». Después añadí: «Todos pudimos verla con la cara destrozada por el golpe y, sin embargo, en los ojos, nítido aún, el dolor de lo que nunca hubieran querido presenciar. Las historias entre hermanos siempre son complicadas, muchachos, no sé si vosotros sois hijos únicos o no, pero la relación fraternal es algo aparte, convergen tantas y tan viejas cuentas no saldadas: "Esto es mío... tú siempre lo quisiste... no, nunca fue tuyo..." El hermano fuerte y el débil. Siempre es igual, hasta que uno de los dos sale ganando... De todos modos, en esta historia queda claro que la hermana fuerte llevará para siempre el peso de una pequeña infamia, porque una infidelidad pasajera, un tonto devaneo como hay tantos, no habría tenido la menor trascendencia si su hermana no hubiera abierto la puerta de una de las habitaciones altas; pero la muerte tiene la virtud de sobredimensionar hasta el más insignificante de los deslices: pequeñas infamias. Y desde entonces, el cuñado y la hermana sobreviviente habrán tenido que convivir ya para siempre con la imagen de esos ojos acusadores que los miran desde el fondo del patio, la cabeza rota contra las baldosas, y la falda obscenamente arremangada sobre unas piernas tan blancas, tan inocentes, que nunca debieron subir hasta aquella parte de la casa».

¡Pero qué digo, Antonio!, no me explico por qué me he alargado tanto reproduciendo esta historia que conoces de sobra y que, en ningún caso, tiene que ver con lo que ahora me interesa, ni puede impresionarte de modo alguno, como hizo con mis muchachos cuando terminé el relato. Y los impresionó, te lo aseguro. Carlos se quedó mirándome fijo, Karel Pligh no dijo nada, mientras que Chloe era la única empeñada en conocer más detalles: «¿Y cómo se llamaba la hermana muerta?» «¿Y no sería que ella sospechaba que la otra y el cuñado se la pegaban desde hace siglos, desde antes de casarse, Néstor?» «¿Y el otro marido, el cornudo?, parece que la

historia no le importó un coño, pero claro, a lo mejor, cada uno buscaría rollos por su lado, como mis amados viejos.»

«Basta, Chloe», tuve que decirle, «se acabó la charla por hoy», y ella torció la boca, cosa que en otra persona no tendría la menor importancia, pero que en esta chica, que lleva dos aretes de metal, uno de ellos en el labio inferior y el otro en la lengua, que asoma cuando sonríe (me dicen que son la moda; un horror), la hizo adquirir un aspecto inquietante. «No es más que una vieja historia que a nadie afecta, y sólo la he contado para entretener estos ratos muertos», dije, pero ella no contestó. Se quedó mirando mi libreta de hule, como si allí se encerrara un gran tesoro. Una chica rara, te lo juro Antonio, y si yo estuviera en realidad escribiendo un libro sobre infamias ajenas, tarde o temprano tendría que incluirla. No es que piense que ella haya podido cometer ya su primera pequeña canallada, es demasiado joven aún, pero soy viejo y puedo intuir cuál puede ser el destino de ciertas personas... En fin, no quiero alargar innecesariamente esta carta ya de por sí kilométrica. Si tuviera tiempo y ganas te contaría lo que sé de Chloe Trías, pero no vale la pena. Es el más típico ejemplo de oveja negra de familia rica que te puedas imaginar, en este caso punk, pasota y con novio culturista checo, nada muy original, en realidad, y a ti y a mí no nos interesa la vida del prójimo, ¿verdad, querido Reig?, hemos sido testigos de tantas... En cambio —y volviendo a lo verdaderamente importante— aquí va algo que sé que te va a encantar, mi truco número tres, que habla de la mousse *de chocolate. Por cierto, ahora que lo pienso: las personas son como los postres, ¿no crees?, qué curiosa asociación de ideas. Si alguien me pidiera una descripción de esta muchachita, Chloe, diría que es precisamente eso: una* mousse *de menta con chocolate... con chocolate muy amargo y menta demasiado picante. Sí, creo que escribiré esta reflexión en mi libreta de hule, me parece de lo más acertada.*

Día segundo
Karel y Chloe

—Tiene que quedarte completamente rectangular, tío, así, tú déjame la navaja a mí; cuidado tío, no te muevas, que puedo rebanarte la yugular, y ni se te ocurra mirarte al espejo, ¿eh? Cualquiera diría que te estoy esquilando como a una oveja; vas a quedar dabuten, tío, no me rayes.

Karel Pligh reclinó la cabeza en la silla, se dedicó a contar las veces por minuto que Chloe repetía la palabra «tío» en la conversación y así entretuvo el miedo de ver pasar una y otra vez cerca de su labio inferior tan afilada cuchilla. Según pudo comprobar ese día, transformar una barba clásica como la que lucía desde su llegada de Praga en un diminuto felpudo que ocupe el rectángulo de carne que hay entre el labio inferior y la barbilla, es una operación delicada que lleva su tiempo, veinticinco minutos por lo menos: sesenta y tres «tíos» contabilizados en total, treinta «dabuten» y varios «coños». Afortunadamente, el español es un idioma muy pobre, pensó Karel Pligh, antes de responder él también «dabuten» a una pregunta intrascendente de Chloe. A este paso, se felicitó, en dos o tres meses hablaré castellano como un nativo.

Y así había sido. Gracias a sus amores con Chloe Trías y también a su eterna pasión por los sones latinos, a los pocos meses de estar en España, Karel hablaba con toda soltura un español muy moderno en el que se mezclaban expresiones actuales con otras sacadas de viejos boleros y congas.

Menos sencillo, en cambio, le había resultado aprender los secretos códigos del amor en Occidente. Muy pronto había podido comprobar cómo Chloe (y antes que ella otras chicas) irrumpían en su vida como un meteorito. En concreto, este dato no tenía nada de particular: también muchachas checas se habían instalado en su vida sin que él tuviera tiempo de decir este cuerpo es mío, pues en lo que se refiere a los prolegómenos de una conquista, las cosas en España eran muy parecidas a como eran en su vieja Checoslovaquia. Siempre igual: vas a una disco, se te acerca una chica, ¿bailas?, ella te invita a una copa, tú aceptas y cuando quieres darte cuenta ya estás metido en una cama ajena, llena de ositos de peluche o almohadoncitos rosa que afirman «tendrás que besar a muchas ranas antes de encontrar a un príncipe azul», mientras Brad Pitt, o alguno de esos actores capitalistas, te espía desde un póster en la pared como si quisieran asegurarse de que cumples como todo un hombre. Sin embargo, había otros detalles del amor en Occidente, otros protocolos, que resultaron más complicados de comprender para un recién llegado. Por ejemplo, qué clase de besos son los que marcan de modo inconfundible la frontera entre una aventura y un enamoramiento.

—K, tío, ni se te ocurra moverte ahora, porque este hoyuelo tuyo a lo Michael Douglas es muy sexy, pero afeitarlo tiene su coña, aguanta un pelo.

Chloe había empezado a llamarle K la primera vez que consintió en darle un beso de amor, y a Karel le había emocionado ese aparente homenaje que lo remitía a uno de sus compatriotas más famosos. Tuvieron que pasar muchas semanas hasta descubrir que K no significaba para Chloe un recuerdo a Kafka, sino a un betún de zapatos de dudoso parecido con su nombre de pila. Pero para entonces el amor había crecido hasta hacerse adulto. Se habían conocido meses antes, y rápidamente superaron las primeras entregas, las divinas exploraciones sobre el cuerpo del otro, todo ello sin que sus bocas se juntaran jamás; porque en Occidente, se admiraba Karel, uno puede abrazar muchos cuerpos, lamerlos y besarlos o follarlos por distintos orificios, sin que ni una sola vez se plantee la posibilidad de un beso en la boca.

—No, hermano, no. No es que aquí las cosas sean diferentes que en tu país —le explicó un día un joven borracho filosófico en un bar, en una de esas confesiones muy íntimas que los hombres hacen sólo a las personas que no conocen de nada—. Lo que pasa es que las tías jóvenes, las yogurcitas, que así las llaman, ¿te enteras?, se han vuelto cantidad de raras. Sexo conseguirás todo el que quieras, pero para que acepten darte un beso de tornillo, casi tienes que pasar por la vicaría. Majaras perdidas, te lo digo yo. Para mí que se rayaron todas en masa al ver esa chorrada en *Pretty woman;* ahora resulta que un chumendo en la boca significa «te quiero para siempre jamás, amén», hay que joderse.

Tal vez por eso para cuando Chloe le había dicho «Bésame, K», ella y su novio ya habían puesto en práctica el *Kama-sutra* completo.

—Cuidado, tío, que esta navaja está afiladísima, a ver si se me va la mano.

La mano no, pero sí la lengua —en el más literal sentido de la palabra— se le había escapado a Chloe una noche que Karel Pligh recordaba a menudo. Desde que se habían conocido una mañana en un supermercado mientras él compraba nuez moscada para una emergencia culinaria de Néstor y ella una bolsa de ganchitos al queso con dos coca-colas classic para el desayuno, la chica le había confesado muchas cosas de su vida que resultaron ciertas. Que vivía realquilada con dos amigos marroquíes en una buhardilla sin luz eléctrica desde hacía unas semanas; que le gustaba la música de Led Zeppelin, también la de Pearl Jam y moderadamente los AC DC (qué pena tener gustos tan dispares); que odiaba a sus padres, que despreciaba el dinero, y que jamás en la vida se subía a una moto. Pero otra noche inolvidable, poco después de conocerse, cuando Karel ya se había hecho amigo de los colegas de Chloe (Anuar y Hassem, a la sazón de ramadán), habría de descubrir algunos matices completamente desconcertantes sobre la vida de Chloe. Y todo se debió precisamente al ramadán... y a un beso.

—Vámonos de aquí —le había dicho Chloe esa tarde en su

buhardilla—; los chicos se ponen pesadísimos con el ayuno religioso.

Y fue así cómo Karel descubrió la otra verdad de su amiga Chloe. Anochecía, y un taxi (porque Chloe se empeñó en ir en taxi, teniendo él su moto a la puerta) los dejó frente a una casa de esas que Karel imaginaba que sólo existían en las películas de Hollywood de los años cuarenta. Antes de que pudieran llamar a la puerta, apareció un criado que se hizo cargo del taxi, mientras Chloe le preguntaba por encima del hombro si los viejos estaban en casa.

Los viejos deben de ser sus ancianos padres, interpretó Karel, y así lo siguió pensando hasta el día en que conoció a los viejos: ella, con cuarenta y algunos años, se parecía a Kim Bassinger y él era la encarnación de un anuncio de Marlboro Light. He aquí otra lección que se aprende al llegar a Occidente —pensó entonces Karel—: los padres de las niñas ricas y rebeldes ya no son padres, sino *spots* publicitarios.

La razón de por qué Chloe, teniendo una casa más grande que la Sportovní Skola en Praga, prefería vivir en una sucia buhardilla con la frecuente compañía de cucarachas, con papeles de periódico por alfombra o *lebdas* algo mugrientas que se desplegaban varias veces al día en dirección a La Meca, y de por qué se alimentaba sólo a base de ganchitos al queso con coca-cola, debía de ser otro insondable misterio del mundo capitalista. Pero esa noche, la primera que Karel pasaría con Chloe en casa de sus viejos, aún le quedaba por superar una prueba iniciática mucho más difícil: aquel primer beso de amor largamente retrasado. Y ahora, al recordarlo, ahí —ante la forzada inactividad a la que le sometía su chica con ánimo «de ponerte un poco presentable, tío, ¿dónde vas con esta barba jurásica?, siéntate aquí que te voy a dejar nuevo, dabuten, te lo juro»—, Karel miró hacia el espejo y, sin fijarse en su nueva pilosidad sublabial, ni tampoco en unas finas y larguísimas patillas que Chloe empezaba a dibujar sobre sus mandíbulas con la navaja, pensó en aquel primer beso.

Recordó el tacto húmedo de su tierna boca y luego un sabor metálico, mezcla de cobre con estaño quizá. ¿Iré bien?, pensaba Karel. Veamos, más profunda la lengua, tanto que por un momento creyó que iba a rozarle la campanilla. Sin embargo, corrigió el rumbo justo a tiempo, prefiriendo pasar la punta sobre los perfectos dientes de Chloe: molares, premolares, caninos, incisivos; un beso demasiado detergente, se dijo, minucioso en extremo y de una precisión poco romántica, pero ¿cómo demonios se besa a una chica que lleva un *piercing* en la lengua y otro en el labio inferior?

Tal como era de prever, la cama de Chloe estaba llena de ositos de peluche. Faltaba en cambio el almohadón con las instrucciones sobre cómo besar ranas, y en vez de Brad Pitt, era todo el grupo Nirvana el que, desde las paredes, vigilaba con ojo crítico el comportamiento sexual de Karel en este momento estelar.

La puerta se cerró. Estaban de colados en casa de sus padres y Chloe acababa de darle su primer beso de amor. Te quiero, K —le dijo entonces—, quiero que estemos siempre juntos, siempre, siempre; no quiero volver más a esta casa, ni de visita, joder. Eres lo único que tengo en el mundo. ¿Me llevarás a vivir contigo?, ¿podré trabajar en donde tú trabajas? Yo sé cocinar, también servir la mesa, y gratis; no me importa el dinero, sólo estar contigo. ¿Me aceptará tu jefe en La Morera y el Muérdago? Dime que sí. Mira, para que veas que te quiero de verdad, voy a enseñarte algo, es un secreto, sabes, no se lo he contado a nadie, continuó atropelladamente, y de pronto comenzó a sacar de su mochila un estuche rojo algo estropeado por el uso; sin embargo, de súbito debió de cambiar de idea, pues sólo extrajo un par de *compacts* de Pearl Jam.

—Coño, no merece la pena.

A Karel le había intrigado qué podría ser eso que pensó enseñarle, posiblemente la foto de un viejo amor; las chicas siempre guardan retratos de lo que más aman, incluso cuando todo ha muerto. Pero al final no se había atrevido a hacer preguntas. Ahora, frente al espejo, con Chloe como barbero tampoco había intentado inquirir si de veras a ella le parecía tan dabuten ese felpudo bajo el labio inferior y esas patillas finas como una hilera de hormigas en la que se había convertido su pobre barba. «Al país donde fueres, haz lo que vieres», habría pensado Karel de conocer el refrán castellano. Como no lo conocía, sólo pensó que le faltaba mucho para entender cómo eran las cosas en el mundo occidental. Pero hasta aclimatarse del todo, su ilusión era ayudar a Chloe en lo que ella le pidiese; si quería trabajar en La Morera y el Muérdago sin cobrar, no sería difícil convencer a su jefe. Le diré a Néstor que necesito ayuda con los repartos y que no le costará nada; él lo comprenderá, es un buen tipo.

—¿Sabes montar en moto, Chloe?

—En moto irá tu puta madre, tío —había dicho Chloe, pero en seguida, con esa facilidad que tenía para pasar sin escalas de la ira al amor, añadió—: Bésame, K, bésame mucho.

Y así lo hizo Karel Pligh, no sólo porque aquello sonaba como un bolero, sino porque, para entonces, ya se había acostumbrado al sabor dulce de su boca.

Día tercero

Pequeñas infamias

Segunda entrega: Los postres al huevo

Para hacer una tortilla no hay más
remedio que romper los huevos.
(Dicho popular)

(Nota para enviar a mi querido amigo Antonio Reig, junto con las recetas.)

Esta noche estoy cansado, querido Reig; no he hecho demasiados progresos, es tarde y no tengo ganas de escribir. El caso es que hoy se me ha ocurrido la peregrina idea de visitar a una pitonisa, y aunque no creo en pamplinas, te confieso que ha logrado perturbarme. ¿Tú crees que todos llevamos nuestro destino y nuestra muerte escritos en la cara? Parece un disparate, pero... en fin, que para olvidar las cosas del más allá, esta vez me limitaré a mandarte solamente una receta que se me vino a la cabeza mientras observaba a los clientes de madame Longstaffe, y en concreto a uno de ellos. (Longstaffe, como habrás adivinado, es la pitonisa en cuestión.) Creo que llamaré a esta delicia Oeufs Intactes, *¿qué te parece? Claro, claro que suena ambiguo, lo sé de sobra. Pero eso mismo es lo que pretendo, hay por ahí tantos huevos intactos... En fin, allá va la receta:*

Oeufs Intactes:

Tómense dos huevos muy, muy frescos y

Huevos intactos, o Serafín Tous se compra un piano

Aquel día, después de abandonar la consulta de madame Longstaffe, Serafín Tous decidió volver a casa dando un paseo. Eran las seis de la tarde, aún temprano; podía haber llamado a un amigo o amiga por teléfono y preguntarles si tenían planes para cenar, alguien de confianza con quien no tuviera que ser simpático, ni siquiera cortés e interesarse por su salud, como manda la buena educación: no tenía ganas de hacer esfuerzos. Sabía que Ernesto y Adela Teldi estaban en la ciudad; él le resultaba un tipo poco simpático, pero con Adela había compartido tantos años y tantas confidencias a lo largo de su vida, que sería fácil encontrar esa soledad acompañada que a veces requieren los estados de ánimo más desconcertantes. Serafín Tous podía haber recurrido a ella sin peligro: Adela no iba a interrogarlo sobre nada que él no estuviera dispuesto a contar. Llevaba un teléfono portátil en el bolsillo, no tenía más que elegir uno de los números de la memoria, el guardado en tercer lugar para ser precisos, y... ¿Tienes la noche libre para aguantar uno de mis silencios, Adela? Pero en vez de marcar número alguno, Serafín desconectó el teléfono como quien hace una declaración de intenciones: aguántatelo solo, como un hombre, se dijo, y continuó caminando calle arriba.

Dobló la primera esquina, abandonando la plaza de Celenque, en la que vivía madame Longstaffe; luego enfiló la calle del Arenal en dirección oeste hacia el Palacio Real, todo ello sin saber adónde lo conducirían sus pasos y sus pensamientos. Porque últimamente tanto unos como otros tenían ideas propias, lo cual era muy turbador. Pasos y pensamientos lo habían llevado hasta la puerta del club Nuevo Bachelino, pocas semanas atrás, y del mismo modo inconsciente, hoy lo habían traído hasta la casa de madame Longstaffe, aunque esta vez se alegraba de que lo hubieran hecho.

—Hemos venido —le dijo a la bruja, como si él, sus pasos y sus pensamientos fueran tres extraños colegas— en busca de su ayuda, señora.

Y a continuación le contó su desazonante visita a aquel club de muchachos, para acabar suplicando:

—Debe de haber, *tiene* que haber alguna manera de que yo vuelva a ser la misma persona sensata que era antes de la muerte de mi esposa. Hágase cargo: no es justo que de pronto uno vuelva a sentir ciertas inclinaciones... Dígame que se trató sólo de un espejismo, dígame que es normal que cuando uno encuentra, de pronto, la foto de un chaval que se parece mucho a alguien que uno ha conocido en la juventud se le revuelvan en su interior ciertas pasiones inconvenientes y en todo caso pretéritas, madame, y le juro por lo más sagrado que completamente olvidadas. Dígamelo usted. Asegúreme que esta fiebre que me quema desde el día en que visité ese horrible club pasará. Debe de existir algo que usted pueda darme para que yo vuelva a ser como Nora deseaba. Nora era mi esposa, ¿sabe?, murió hace apenas unos meses, una gran pérdida...

La calle del Arenal transcurre ruidosa con su marea de viandantes, que arrastra incluso a los peatones más pensativos, como si fueran corchos a merced de la corriente. Allá van todos a una: turistas con sandalias que consultan mapas, artistoides apresurados camino de un café, carteristas, paseantes, pasantes, charlatanes y mendigos, moviéndose como una masa humana líquida que se encauza entre la calzada y los muros de las casas y que a veces deriva hacia los escaparates de comercios tan dispares como una tienda de pelucas o un Seven Eleven.

—¿Y por qué quiere usted olvidarse de ese muchacho? —le había preguntado madame Longstaffe, sin esperar el final de su súplica—. ¿Por qué? Pero si el señor incluso mantiene sus dedos bellos y jóvenes como de pianista... el señor es un hombre respetable... el señor es un caballero.

Las pitonisas bahianas, maldita sea, a veces se dirigen a sus interlocutores en tercera persona, con la deferencia que se reserva a los grandes señores, pero eso no cambia nada. Serafín Tous no se tiene por un caballero, ni siquiera por un hombre respetable; si lo fuese, obviamente no sentiría esa punzada al recordar a un muchacho del Nuevo Bachelino. Había sido como verse frente al pasado: mírate, Serafín, sigues siendo el de entonces —piensa ahora—, no has cambiado realmente, aquí estás, vuelves a sentir lo mismo que cuando conociste a Pedrito Martínez. Dieciocho años mal contados tenías en aquella época y te pasaste un año entero tocando sonatas y otras cosas a escondidas en una entreplanta de la calle de Apodaca. Martínez, tu jovencísimo alumno de piano. Pedrito Martínez, recuerda, un nombre tan común el suyo, pero qué bello cuerpo... Tanto remordimiento como éxtasis, Serafín, reconócelo, también hubo éxtasis y pasión y... no. No es lo que querías para tu vida, una existencia sórdida, siempre temiendo ser descubierto: Martínez... casi un niño. ¿Qué habrían dicho tus queridos padres si hubieran llegado a enterarse?, ¿qué habrían dicho tus amigos? Lo sabes de sobra: sarasa, puto, culero, jula, parguelas, porculeado, recogepelotas, maricón, maricón, maricón.

En la calle del Arenal existe una tienda de trajes de novia con modelos en raso brillante y muchas florecillas de tela para los tocados. Nora jamás habría elegido uno de aquellos vestidos para su boda; el suyo había sido un maravilloso y sencillo vestido de seda salvaje que la hacía parecer más alta, casi guapa incluso, con esa serenidad de las mujeres que saben hacer felices a sus maridos. Hay muy pocas mujeres así, y él había tenido la suerte de topar con una justo a tiempo. Nora inteligente, Nora compañera, enamorada de su hombre, adivinándolo todo y sin decir nunca nada, que Dios la bendiga. Usted no parece comprenderlo, madame Longstaffe, ella era perfecta, perfecta para mí, ¿entiende?

Pero hace rato que Serafín Tous ha abandonado la casa de la adivina y no es madame Longstaffe sino la marea humana que lo arrastra calle del Arenal arriba la que contesta: «Déjate llevar, muchacho, no te frenes, asume lo que eres por una vez en la vida».

¿Pero qué tontería es ésa? Él ya no es un muchacho y no quiere dejarse arrastrar a parte alguna, por eso había ido a consultar a madame, y ella se había quedado mirándolo con la cabeza ladeada, con su pelo rubio cayéndole sobre el hombro izquierdo.

Por todos los diablos, qué situación, incluso madame Longstaffe a veces parecía tener cara masculina, era la viva estampa de un actor de cine, uno cuyo nombre Serafín no recuerda. No me mire así, señora, ayúdeme, algún remedio habrá para que después de tantos años no vuelva a molestarme la sombra de alguien que nunca quise ser, nunca, y encima ahora a mis años, imagínese, un viejo bujarrón, un posible pervertidor de menores, quién sabe... Gracias al cielo, los escaparates de las tiendas de la calle Mayor le echan, en ese momento, un cabo como un cable salvavidas a un náufrago: «Artículos religiosos», así dice el letrero de la próxima tienda, y lo expuesto en la vitrina le resulta tranquilizador: pequeñas figuras en escayola de diversos santos, Antonio de Padua, un santo tan milagrero; el Cristo de Medinaceli, otro campeón de las causas perdidas; Judas Tadeo, patrono de los imposibles. De los imposibles.

—Es muy interesante el problema del señor —le había dicho madame Longstaffe, con un tono en el que Serafín creyó adivinar un rayo de esperanza; pero luego la vieja añadió—: Permítame que hoy no le recete nada; necesito más tiempo para estudiar un caso tan extraordinario. No se preocupe, muy pronto lo llamaré por teléfono para concertar otra cita.

—Pero madame, venir otra vez aquí, yo no soy hombre que frecuente adivinas; soy magistrado, ¿sabe?, una profesión muy delicada, que tiene poco en común con sus... artes adivinatorias (magníficas artes, no me cabe la menor duda), pero compréndalo, alguien podría reconocerme y pensar. Arriesgo mucho viniendo aquí.

—¡Cállese!, cállese, *meu branco,* y espere mi llamada —lo había interrumpido madame Longstaffe, cambiando la respetuosa tercera persona por quién sabe qué familiaridades bahianas del todo fuera de lugar. Y luego, aún más irrespetuosamente, había añadido—: Deje ya de meter bronca, *vai, vai, vai*.

A ritmo de samba o de *bossa nova*, otras veces de vals y tango, así se camina por la calle del Arenal antes de llegar a la plaza de la Ópera. Una ventana abierta sobre la acera regala a los viandantes todas las notas de una academia de baile de salón acompasadas por los un-dos-tres, un-dos-tres del maestro de baile.

«Usted no puede dejarme ir así, madame, sin prestarme ayuda. Debe de ser relativamente sencillo recetarme algún filtro o frasquito de esos que la han hecho tan famosa. Después de todo, lo único que yo busco es olvido, señora, busco no pensar en unas manos jóvenes sobre un piano, dedos infantiles que vuelan sobre las teclas», recuerda Serafín, mientras sus pasos se aceleran a ritmo de *bossa*. Afortunadamente, las sonatas que antaño le enseñaba a Pedrito Martínez en la calle de Apodaca no se parecen en nada a la canción de Vinicius de Moraes que escapa de la academia de baile, y otra vez Serafín sigue el camino que sus pasos y sus pensamientos le marcan, alejándose de todo recuerdo musical. Un poco más allá hay una tienda de pijamas, luego un Pans & Co.; a continuación, el antiguo y hermoso Café del Real; más lejos, un bar desde donde el sonido inconfundible de Pajaritos anuncia que una máquina tragaperras acaba de dar un premio. Voy bien, se dice Serafín Tous, voy muy bien. La marea de viandantes me aleja por fin de la música, me empuja hacia el olvido, podré sobrellevarlo, al menos hasta que repita mi consulta con madame Longstaffe. Tranquilo, dentro de unos segundos toda esta confusión se hundirá en ese no pienses-no sientas-no hables, Serafín, que ha marcado tu vida durante tantos años. Ya está, pronto no quedará nada del recuerdo del club Nuevo Bachelino, ni del muchacho con el pelo cortado al cepillo de los ojos tristes y dedos nerviosos; nada de Pedrito Martínez en aquel triste refugio de la calle de Apodaca, del que lo rescató su muy querida Nora con años de amor y paz. Y la marea de viandantes que ahora lo arrastra acelera su paso, porque la calle del Arenal de pronto se estrecha, hasta desaparecer en una recién construida zona peatonal. Pero allí en un escaparate, mudo, sin emitir sonido, hay un piano.

Cuando dos días más tarde dos jóvenes muy bien parecidos instalan el instrumento en el salón de su casa, cerca de la chimenea, Serafín se dirige a la foto de Nora que, por pura ironía, alguien ha ido a colocar sobre la cubierta del nuevo piano como si siempre hubiera estado allí.

No pienses mal, Nora querida, no es lo que te imaginas —le dice el marido a la imagen de la esposa—. Fueron mis pasos y mis pensamientos los que me llevaron al Real Musical, yo no quería, pero... Además, se trata sólo de un préstamo, tesoro, ahora hasta los pianos de cola te los dejan a prueba. Estará en casa dos o tres días, es una especie de exorcismo, te lo juro, sólo eso, ten fe.

—¿Me firma la nota de entrega, jefe?

El muchacho aquel viste un mono azul sin mangas, sus brazos y manos no son de pianista, pero Serafín igual se queda mirándolos mientras le extienden una tablilla de pedidos: los músculos se tensan bajo la piel joven, los antebrazos suaves aparecen cubiertos de un vello rubio e infantil.

—Toma, mil duros, por las molestias —dice Serafín. Y al meterle el billete en el bolsillo superior del mono, añade dos palmaditas, como quien encierra allí un pajarito que teme que pueda escapar volando en cualquier momento—. Habéis sido tan amables...

Día cuarto

1. Comienzan una historia de amor, y un chantaje

Don Antonio Reig
Pensión Los Tres Boquerones
Sant Feliu *de Guíxols*

Madrid, 14 de marzo de...

Queridísimo Antonio:

No sabes cuánto lamento lo que me cuentas en tu carta. Un chef de tu talla arruinado, ¡proscrito! y condenado a cocinarse cualquier cosa en un infiernillo en el lavabo de una mala pensión; resulta verdaderamente terrible. Me hablas de tus problemas con la artrosis: desde luego es una maldición que acecha a los que cultivan nuestro arte. Por suerte, en mi caso, la fortuna ha decidido dispensarme al menos de esa lacra; algo es algo.

Desgraciadamente, yo no puedo ofrecerte trabajo, Antonio. Mi empresita apenas da para cubrir gastos, sobre todo en estas fechas, pero no te preocupes, ya encontraremos algo. Me pides en tu carta (por cierto, la artrosis se nota especialmente en tu forma de escribir, pobre amigo mío, cuánto dolor hay en esas líneas torcidas y en esa letra infantil que tú adornas con coquetería escribiendo en tinta verde) que te ayude a encontrar la dirección del matrimonio Teldi, del que tanto te hablé en la mía. ¿Para qué la quieres? Imagino que será para solicitarles ayuda en este trance. De momento no sé dónde buscarlos, pero fíjate lo que son las casualidades: hace dos o tres días los vi fotografiados en una de esas revistas exquisitas y extranjeras. ¿Te acuerdas del aspecto que tenía el gallego Teldi, allá por los años setenta, cuando empezaba a crecer su fortuna? Debo decir que, al menos de físico, no ha cambiado mucho, sigue conservando un aire distinguido y con cierta retranca, como dicen por allá. ¿Por qué te interesa tanto? Hablas mucho de él en tu carta y no sé qué decirte. Es verdad que era un tipo extraño Ernesto Teldi; aunque ya por entonces la buena sociedad lo consideraba un personaje de lo más respetable, tú siempre insistías en que había algo dudoso detrás de tanta suavidad y buenos modales. En realidad, si le descubriste algún cadáver en el armario, nunca me lo comentaste y, en todo caso, a estas alturas debe de ser un esqueleto muy viejo y sin importancia; los pecados de los ricos se olvidan tan fácilmente... ¿verdad? Peccata minuta*, amigo Reig. De todos modos, a ver si te sirve alguno de estos datos: según la revista, ahora es un famoso marchante de arte; además se ha convertido en una especie de generosísimo mecenas que vive a caballo entre Argentina, España y, sobre todo, Francia. De hecho, en la foto que te menciono, aparece luciendo en la solapa la Legión de Honor; muy propio, ¿no crees? Le debe de haber ido bien con ese negocio de compraventa de cuadros que comenzó allá en Argentina cuando tú cocinabas para él y yo te iba a visitar de vez en cuando para charlar y tomar mate. Pero el tema central de esta carta no es hablar del pasado como otras veces, sino darte ánimo y ayudarte a encontrar a Teldi, si ése es tu deseo. De momento no tengo ni idea de dónde buscarlo, pero por eso mismo estoy seguro de que lo vamos a encontrar. Te parecerá raro lo que voy a decirte, Antonio, pero el caso es que, de un tiempo a esta parte, tengo la sensación de que mi vida corre por extraños pero inevitables raíles, tanto la mía como la de los que me rodean: es como si cada cosa que sucede o que está a punto de suceder, formara parte de un puzzle de piezas muy dispares que poco a poco se van acercando y amenazan con ensamblarse. No sé cómo expresarlo mejor. Pero creo que todo está relacionado con la visita que le hice a la vieja madame Longstaffe, de la que te hablaba en mi última carta. ¿Te conté entonces por qué se me ocurrió ir? En realidad no fue más que para acompañar a uno de mis muchachos, a Carlos García. Él estaba empeñado en que la bruja le proporcionara un filtro mágico para encontrar, en carne y hueso, a la* *mujer de sus sueños. Ya, ya. Yo también pienso que todas esas cosas son pamplinas, pero la verdad del asunto es que, desde ese día, tengo la sensación de que el Destino —mi destino, por lo menos— se divierte creando extrañas coincidencias. Te explico: de pronto veo a un caballero totalmente desconocido en una situación comprometida, y a los pocos días me lo vuelvo a encontrar en otro sitio inverosímil, de tal modo que con dos o tres datos conozco sus secretos más íntimos, ¿entiendes? Todo es raro. Y luego están las predicciones que madame Longstaffe se permitió hacer (sin permiso, claro) sobre mi estado de salud. Tal vez no me creas, pero eso también se está cumpliendo. Ella dijo que no tenía que preocuparme en absoluto por este cangrejo que me come las entrañas, y lo cierto es que desde ese día, para sorpresa de los médicos, he mejorado mucho, tanto, que alguien menos escéptico que yo pensaría que me estoy curando. Ahora sólo falta que Carlitos encuentre a la mujer de su infancia y que yo me tropiece con Ernesto Teldi en plena calle. Pero en realidad todo esto no pueden ser más que espejismos; tú, que eres una persona racional di: ¿crees realmente que al Destino le gusta jugar a las cajas chinas con la vida de las personas, juntar piezas extrañas de modo que todo apunte a un raro e inverosímil rompecabezas? No, yo tampoco lo creo. Figuraciones mías, sin duda, de ahí que, a pesar de mi anterior discurso, lo cierto es que sigo comportándome como si mi vida estuviera cerca de su fin: un cáncer no es pequeña cosa, por eso continúo trabajando en mi proyecto secreto. En esta ocasión, como me he extendido tanto, no voy a mandarte ninguna receta, tiempo habrá, amigo Reig; mi libreta de pequeñas infamias engorda cada día, y ahora discúlpame, suena el teléfono.*

—La Morera y el Muérdago, dígame... ¿Dígame?... *Allô?... Pronto?...* ¿Cómo que el número marcado no existe? Pero si yo no he marcado ningún número, *porca miseria,* en todo caso alguien me llamaba a mí. No sé qué pasa con los teléfonos últimamente. *Porca miseria* —repite Néstor con impaciencia—, *porco* teléfono, *porco governo,* seguro que se trataba de un cliente importante.

II. Carlos y Adela, o el amor químicamente puro

Adela colgó el teléfono. Era la tercera vez que marcaba el número y la tercera que una señorita metálica le contestaba que ese número no existía, aunque ella sabía muy bien que no era así; la amiga que le recomendó los servicios de La Morera y el Muérdago (lo mejor de lo mejor, querida, yo no daría ni un paso sin consultar con mi viejo amigo Néstor, es un genio organizando fiestas, él se ocupará de todo) le había repetido dos veces los datos para que no hubiera lugar a errores. Pero la señorita metálica era implacable: el número marcado *no* existe.

Por un momento Adela pensó en acercarse hasta el local. Al fin y al cabo, la dirección que figuraba en la tarjeta, Ayala casi esquina Serrano, no estaba tan lejos de donde ella se encontraba en ese momento, en plena calle de Miguel Ángel. Miró otra vez la tarjeta como si necesitara asegurarse, sí, sí, podía haber hecho el recorrido andando o tomar un taxi, y dejar solucionado el problema en pocos minutos. Es lo mejor realmente —se dijo—, en estas cosas lo más aconsejable siempre es el contacto directo con la gente. Y de pronto, como adivinando sus intenciones, un taxi se detuvo a pocos metros para dejar a una pasajera. Comenzaba a llover. Bien, eso lo resolvía todo, en cuanto se desocupe el taxi, nos vamos, se dijo. Primero pasaría por La Morera y el Muérdago, le pediría al conductor que la esperara y, una vez solucionados todos los detalles de la fiesta que pensaba organizar en su casa de campo, aún le daría tiempo de regresar al hotel Palace y de reunirse con su marido antes de las tres: Madrid se convierte en una ciudad antipática cuando llueve. Ahora sólo debía esperar a que la persona que en esos momentos ocupaba el taxi se apeara.

Una enorme masa de cabellos rubios emergió de las profundidades, y luego un pie enfundado en una babucha de seda. Extraño calzado para esta época del año, pensó Adela, pero no dijo nada, la vida le había enseñado a ser indiferente a toda extravagancia.

—Permiso —dijo entonces la voz de la pasajera y, por un momento, las dos quedaron mirándose—. Perdone que le pregunte, señora, pero ¿puede usted decirme si es ésta la calle de Almagro?

Qué pregunta más estúpida, pensó Adela, aquélla era la calle de Miguel Ángel, muy lejos incluso de Rubén Darío, y además, nadie se baja de un taxi sin saber dónde se encuentra; por eso, sin responderle, sólo murmuró con una sonrisa cortés:

—¿Me permite?

Estaba decidida a meterse en el taxi cuanto antes.

—No vaya, señora —dijo la voz de la babucha—. Vuelva otro día, quizá mañana. Sí, eso es. Lo que tenga que hacer hoy, déjelo para mañana por la tarde. Empieza a llover, ¿no se da cuenta?

Ya *está* lloviendo, vieja chiflada, pensó Adela, pero no le dio tiempo a decir nada porque aquella babucha extranjera añadió:

—Además, ¿sabe usted bien lo que hace? ¿Sabe usted por dónde tiene que pasar para llegar a la calle de Ayala?

—Normal —intervino en ese momento el taxista, callado hasta entonces, pero sin duda aburrido de la cháchara de sus dos clientas—. Lo más corto desde donde estamos sería atravesar la plaza de Rubén Darío, salir a la calle de Almagro y luego...

—Va a llover, vuelva otro día y por otro camino —insistió la mujer de la babucha—. No querrá que se le estropee el tapado de piel, ¿verdad?... es tan *bunito*.

Eso dijo: «bunito»; lo mismo que pronunciaba «va a chover» o «vuelva otro gía». Pero por fin se bajó del taxi para permitir que Adela pudiera hacerse con el vehículo libre.

Sin embargo, una vez dentro, Adela no volvió la cabeza. Nunca sabría qué aspecto presentaba la mujer aquella desde lejos, tampoco sabría si la lluvia se ocupó de aplastar la masa de pelo rubio inmediatamente, ni si, para cruzar los charcos que se iban formando, tuvo que recogerse la falda verde de modo que asomaran bien sus babuchas de seda. Cuando Adela se instaló por fin en el taxi y aun antes de arrancar, ya había decidido cuál sería su camino.

—¿A la calle de Ayala, entonces? —preguntó el taxista.

Ella negó con la cabeza (sin mirar atrás, siempre sin mirar atrás).

—No. Lléveme al hotel Palace —dijo, y luego añadió—: Dígame: para llegar allí no es necesario pasar por la calle de Almagro, ¿verdad que no?

A lo que el taxista, que era locuaz y le gustaba la precisión, dijo otra vez:

—Normal —por lo visto, para él todo era normal—, desde aquí, si prefiere, podemos bajar directamente a la Castellana, atravesar Colón y luego todo tieso hasta llegar al hotel.

Entonces Adela añadió de modo completamente innecesario:

—Perfecto, porque me espera mi marido, ¿sabe?

Ya no volvió a mirar por la ventana hasta llegar a la fuente de Neptuno. Tenía razón la extravagante mujer del taxi, bien podía acercarse a La Morera y el Muérdago mañana y, sobre todo, hacerlo desde otro punto muy distinto de Madrid. Llovía demasiado.

Porque aunque a Adela Teldi siempre le gustaba regresar a Madrid, ciudad en la que había nacido, existían algunas calles que esquivaba cuidadosamente. Como la calle de Almagro, por ejemplo, con sus plátanos de hojas cubiertas de una fina pelusa que hacía estornudar y con aceras aún demasiado parecidas a como eran durante su infancia; tanto, que si alguna vez se aventurara por ella (cosa harto improbable), difícilmente podría refrenar ese infantil impulso que a veces obliga a reemprender algún tonto juego como caminar sin pisar línea o imaginarse mentalmente saltando a la rayuela. Pero Adela no necesitaba acercarse a esa zona de Madrid para nada. La ciudad se ha movido hacia otros barrios, y las tiendas, las peluquerías y los restaurantes, incluso las casas de los amigos, ya no estaban cerca de esa manzana antaño tan familiar. Afortunadamente. Por eso, al día siguiente, hacia las cuatro de la tarde y esta vez desde el hotel Palace, Adela no tuvo mayor dificultad en acercarse hasta la calle de Ayala, que era donde se encontraba la empresa de comidas a domicilio. Una vez allí, un chico la hizo pasar a una agradable salita de espera.

—En seguida estoy con usted, señora —le había dicho el muchacho—. Mi jefe no está. Es pura casualidad o mala suerte que haya tenido que salir, rara vez lo hace; pero no se preocupe, yo sabré atenderla, voy a buscar algo con qué apuntar. ¿Señora...?

Y como en una película antigua, Carlos interrumpió la frase para que Adela rellenara los puntos suspensivos.

—Señora Teldi, con te de Teresa —respondió—. ¿Y tú como te llamas?

—Carlos García, para servirla. Ya verá cómo le gusta nuestro establecimiento. Vuelvo ahora mismo.

Mientras entraba en la trastienda en busca de la lista de menús, y mientras escogía los álbumes con las fotos de bufets y mesas más hermosamente decorados a base de racimos de uvas y flores o bodegones, Carlos pudo ver a través de las cortinas cómo la señora Teldi se paseaba por la recepción de La Morera y el Muérdago mirando los retratos que colgaban de la pared. La vio sonreír ante los personajes allí fotografiados como si conociera a alguno de ellos y luego ladear la cabeza para leer mejor esta o aquella dedicatoria. Casi todo el mundo hace lo mismo mientras espera. Algunos encienden un cigarrillo, otros se dedican a dar paseos arriba y abajo como midiendo el terreno para hacerlo suyo. Y son muchos los que deciden ponerse cómodos, quitarse prendas de abrigo, desabrochar botones.

Un álbum más —piensa Carlos—. Que no se me olvide enseñarle a la señora las fotos de decorados con frutas, y mira algo culpable hacia Adela: no es bueno hacer esperar a las clientas. Pero ella se ha sentado cómodamente en el sofá, apartando para hacerlo un poncho criollo que le molesta, como también debía de molestarle su abrigo, aunque no hace excesivo calor. Con un gesto impaciente, la desconocida decide quitarse primero el abrigo y luego el pañuelo que le cubre la garganta. Y lo hace tan rápido que, durante una fracción de segundo, la señora Teldi deja todo su escote al descubierto, un cuello blanquísimo y quebradizo que se hunde levemente al llegar a la línea del hombro.

Qué pena, hace unos años ése debió de ser un cuello especialmente inolvidable —se dijo Carlos, antes de volver a entrar en la recepción con los papeles y los álbumes.

Dos o tres días más tarde, cuando la puerta de la habitación 505 del hotel Fénix se cerraba, no existía otro mundo para Carlos y Adela. El hilo musical lo mismo podía entonar *Love me tender* o una canción de El Fari. Los recesos amorosos podían acompañarse de una Fanta limón o de un Bailey's pegajoso y sin hielo. Quizá fuera de día o tal vez no. Que hiciera frío o el más sofocante de los calores, todo daba igual: sólo sentían amor. Había sido el típico encuentro no buscado entre una mujer madura y un jovencito que comenzó con una charla profesional sobre cómo organizarían una fiesta, continuó luego comiendo sándwiches en Embassy y siguió más tarde con borrachera en el bar del hotel Fénix, hasta acabar en la cama. Todo casual, incluso previsible. Pero se habían vuelto a ver al día siguiente y también al otro y al otro, y una vez que la puerta de la habitación se cerraba, caían al suelo camisas con la insignia de La Morera y el Muérdago, faldas de Armani, corbatas de pajarita rojas y blusas azul pálido, todo en silencio, pues eran los besos los encargados de abrir camino hacia la carne desnuda. Y, siempre sin palabras, la iban descubriendo centímetro a centímetro con amorosa minuciosidad: «ya no queda un lugar que no te haya besado», canta Wilfrido Vargas en el hilo musical, pero ninguno de los dos se interesa por lo que entra por sus oídos: Carlos y Adela oyen, ven, huelen y sienten por la piel «ningún rincón sagrado me falta por andar», y para Adela es una fiesta recorrer con sus dedos dotados de los cinco sentidos esa piel tan joven que, un beso tras otro, más que deseo, evoca ternura. Qué suerte, qué suerte tienes, Adela —se dice—, bésalo mientras dure, sin preguntas, sin pasado, sin futuro, como aman los náufragos y los desahuciados, como sólo pueden hacerlo las viejas como tú. Pasea tus manos por los muslos, enrédate en su pelo y apura el sabor único de tantos rincones bellos mientras puedas; eres una mujer afortunada. ¿Y él? ¿qué pensará?... Es una bendición que la naturaleza no nos haya concedido el don de leer los pensamientos ajenos. Por eso añade: besa, lame y ama, Adela, y más tarde, olvida. Pero no te olvides de olvidar, por amor del cielo; es fundamental el olvido, pues el mundo se acaba más allá de la puerta 505.

Carlos se había dejado envolver en esa aventura sin mirar atrás. Al contrario que la mujer de Lot, en el amor jamás hay que detenerse a volver la cabeza, pues uno corre peligro de convertirse en estatua de sal. Sal estéril o impotente, sal demasiado sensata que se pregunta: ¿qué demonios pinto yo aquí tres tardes seguidas con esta mujer que podría ser mi madre? ¿La he mirado bien?

No. Carlos no la ha mirado bien, pues en el microcosmos de la habitación 505 no hay perspectiva suficiente. Resulta imposible apreciar algo tan extenso como la curva de un cuello, por ejemplo, o el lóbulo de una oreja; porque mientras se vive un amor químicamente puro, una pasión total, sólo se alcanza a ver milímetros de piel electrizada por el deseo, caminos siempre nuevos por donde se aventura Carlos sin brújula. «De tus caderas a tus pies quiero hacer un largo viaje...» Él no es lector de poesía, no le interesa especialmente Neruda, y sin embargo, los recorridos del amor son idénticos, tanto para poetas como para camareros. Unos y otros alguna vez han sorteado todos los accidentes geográficos de un viaje amoroso: dedos-penínsulas, rodillas-montículos, ingles-hondonadas, el camino es largo y la exploración lleva su tiempo hasta llegar al pubis, donde la lengua de Carlos se pierde y tiene ideas propias, por primera vez en su vida tiene ideas propias.

Con otras mujeres él había recorrido senderos similares, pero siempre lo había hecho representando un papel. «A las mujeres les gusta esto... lo otro... luego una exploración más médica que amorosa pero siempre eficaz...», y se consideraba un actor consumado, porque hasta llegar a la habitación 505, sus experiencias amatorias (además de ser una búsqueda de la mujer del cuadro) habían sido siempre como un examen de ingreso. Ingreso en el club de los amantes infalibles o incansables. En el de los amantes tiernos que abrazan a las chicas cuando lo que quieren es acabar de una vez por todas; está bien, está bien, la mimaré un poco antes de largarme, un besito aquí, un te adoro allá, todo medido... ojo no te pases, ellas se alarman en cuanto te sales del guión.

En la 505, en cambio, no hay guión ni hay brújula, como tampoco hay necesidad de excitarse imaginando en la curva de un cuello desconocido aquel otro perfecto que descubriera de niño dentro de un armario. Con las demás mujeres había sido fácil y a la vez tramposo: cerraba los *ojos y ya* está: Lola, Laura, Marta, Mirtha, Nilda, Norma... y así hasta acabar con su agenda tan ordenada como completa: todas ellas tenían el cuello de la mujer del cuadro.

Aquella piel en cambio, la de... Adela (Carlos apenas se atreve a decir su nombre, por un miedo supersticioso, como supersticioso es evitar mirar atrás: la estatua de sal), la piel de Adela no tenía más extensión que el microscópico sendero que marcan los besos. Y son tan diminutos los ojos del amor que jamás se detienen ante una arruga o una imperfección, son tan miopes que serían capaces de adorar una peca sólo porque es de ella.

Ella no es miope. Adela hace años que ha renunciado a pertenecer al club de los amantes complacientes, que en las mujeres tiene otros estatutos que en los clubes masculinos. Para las chicas, las reglas de oro son los jadeos fingidos y las palabras procaces inteligentemente utilizadas con el fin de aumentar la temperatura amorosa en el momento adecuado. El lenguaje de la pasión está siempre haciendo equilibrios en el alambre: mencionar el coño vale; chocho, nunca; polla, ok; picha, antes muerta... reglas infalibles; fingimientos más certeros que las verdades, pero hay que saber hacerlo, cuándo decirlos, cómo modular la voz o impostarla, pues en las obscenidades, como en los alimentos, hay afrodisíacos, pero también vomitivos.

Adela lo sabe todo, aunque hace tiempo que no usa estas artes, ni con amores pasajeros, y menos aún con el muchacho. Sin embargo, a pesar de que ella se considera una actriz tan veterana que se puede permitir el lujo de concentrarse en el placer de sentir sin preocuparse de fingimientos, los caminos que recorren sus besos sobre el cuerpo de Carlos no le parecen nuevos. Es como si sus manos hubieran explorado antes, hace muchos años, ese mismo territorio; qué tontería, qué sensación absurda, pero por primera vez en mucho tiempo, siente que no controla lo que le está sucediendo. ¿Cómo es posible que le ocurra semejante cosa a ella, que es experta en amantes, en amores pasajeros de todo tipo para matar la soledad?

El nombre de su hermana, Soledad, se ha deslizado de forma tan imprevista en sus pensamientos que Adela se sobresalta.

—¿Qué te pasa, estás bien?

—Claro, ven, bésame de nuevo.

Pero ya ni los besos logran difuminar del todo ese nombre ligado a una historia que ella pretende olvidar. Y ahora, abrazándolo con fuerza, Adela intenta usar con Carlos el mismo método que durante años le ha resultado tan útil. Lo ha probado con éxito desde aquel día desgraciado en que murió su hermana: la mejor manera de olvidar unas caricias culpables es ahogarlas en miles de otras caricias, porque para olvidar un pecado, lo mejor es despojarlo de todo contenido, cometiéndolo mil veces. Yeso es lo que Adela ha hecho durante estos años, amar a muchos cuerpos para olvidar a uno solo.

Por un momento la treta vuelve a funcionar. Adela sonríe: una vez más ha conjurado el peligro, y se siente una mujer muy sabia hasta que la acomete esa extraña y conocida sensación en los pulgares.

Por el picor de mis dedos sé que se avecina algo perverso —piensa de pronto—. Todo esto lo he vivido ya, conozco este cuerpo, estoy segura de haber amado antes esta piel... Vamos, Adela —se reprocha—. Lo único perverso de toda esta historia es que te estás enamorando de un muchacho de veintiún años. No lo hagas. Disfruta y calla, podrás amarlo mañana, también el viernes y quizá una tercera o cuarta vez, pero no pienses más allá; lo sabes de sobra, querida: los sueños existen, sí, pero sólo a condición de que no se intente convertirlos en realidad. La habitación 505 es perfecta mientras dure, dos, tres, cuatro días, incluso muchos más, piénsalo bien; podrías disfrutar de *meses* de amor siempre y cuando...

Siempre y cuando —se ordena a sí misma— seas inteligente y, sin perder un minuto, en el momento en que este muchacho se marche, llames a La Morera y el Muérdago para que cancelen irrevocablemente la organización de la fiesta; jura que lo harás.

Adela besa, Adela se deja abrazar por las manos, el cuerpo y, lo que es aún más delicioso, se deja abrazar por el olor dulce de esa joven piel.

En cuanto Carlos se vaya cogerás el teléfono para cambiar todos los planes. Pretender pasar un fin de semana en una casa llena de invitados con él es completamente estúpido, a quién se le ocurre; sólo una mujer ilusa intentaría vivir la pasión fuera de estas cuatro paredes, *carpe diem,* besa y no pienses, ama y olvida, Adela; los sueños se disuelven en contacto con la realidad. Disfruta ahora y paga luego renunciando a verle fuera de aquí, llama a ese cocinero sin falta.

Y tal como lo había planeado, dos horas más tarde, cuando la habitación del hotel Fénix se queda vacía, cuando el amor da paso a la sensatez, Adela se sienta sobre la cama aún deshecha para marcar el número.

—¿Hablo con La Morera y el Muérdago? ¿El señor Chaffino, por favor...? Encantada de conocerle, aunque sea por teléfono, soy la señora Teldi... Eso es, lo ha entendido usted muy bien, es *Teldi,* con te de Teresa. Verá, pasé por su establecimiento el otro día para contratar un servicio y, como usted no estaba, hablé con su ayudante, ¿le ha dicho lo que quería...? Bien, bien, pero ahora lo llamo porque he cambiado de opinión... (Adela pasea la mano por las sábanas y cierra fuertemente los ojos, cuando lo que intenta en realidad es cerrar otros sentidos mucho más tozudos. Tramposas, tramposas las sábanas de la habitación 505 que conservan intacto el olor de la piel de Carlos, aún más delicioso que cuando él está presente, Dios mío, el perfume de la ausencia es siempre más peligroso que el de los cuerpos a los que pertenece.)

Adela quiere encender un cigarrillo para no sentir ya ese perfume, pero algo se lo impide.

—...¿Cómo? Sí, perdone, aún estoy aquí, señor Chaffino, quería decirle que... (Ahora la mano se aventura un poco más lejos, sus dedos buscan y encuentran en las sábanas olvidadas tibiezas: cuidado Adela, por un hueco vacío en la cama se han cometido tantas imbecilidades... mujeres románticas, mujeres inexpertas que no conocen las reglas del juego.)

—¿Me oye usted, señor Chaffino? Perdone, estaba pensando... Verá, lo llamo porque... (no lo hagas, Adela, no lo hagas). En realidad lo llamo... para confirmar lo que hablamos —se traiciona Adela, porque la forma del cuerpo de Carlos está aún en las sábanas: no hace ni diez minutos que él se ha ido; y Adela todavía siente en sus labios el beso de «Hasta mañana, amor»... como también siente aquel inexplicable picor en los pulgares que advierte: *by the pricking of my thumbs something wicked this way comes*.

—Sí, sí, eso es, todo sigue en pie... sólo que en vez de un fin de semana, lo dejaremos en una única cena el sábado por la noche. (Eres una cobarde, eso no arregla nada, ¿qué diferencia hay entre que venga un día o un fin de semana?) ¿De acuerdo entonces? Mañana lo llamo para concretar detalles, ¿le parece bien? (Has perdido. Te han vencido. Estás cometiendo la misma torpeza que todas esas mujeres estúpidas de las que tanto te ríes.)

—Eso es, está decidido. Dígame, señor Chaffino, ¿usted y sus ayudantes, cómo prefieren viajar hasta allí?... Perfecto, perfecto, le mandaré un cheque. Será sólo un día de fiesta, pero qué gran día.

Día quinto

Pequeñas infamias

Tercera entrega: Los sorbetes y otros postres helados

Madrid, 25 de marzo de...

Querido Antonio:

Te lo dije. ¡Te lo dije! Sucedió lo que yo vaticinaba: han aparecido los Teldi. No lo vas a creer, pero el mismo día en que te escribí mi carta anterior, la propia Adela Teldi llamó a mi establecimiento; quiere que la ayude a organizar una fiesta en su casa del sur, que se llama Las Lilas. Al principio iba a ser un fin de semana completo con muchos invitados viviendo en la casa, comidas, cenas y desayunos, etcétera, ya te imaginas, pero al final se ha quedado sólo en una gran fiesta el sábado. No importa. Será menos dinero, pero lo increíble es que se ha cumplido mi corazonada.

¿Qué querrá decir todo esto? Bueno, en todo caso, esta casualidad te beneficia: ahora puedo mandarte la dirección de los Teldi tal como me pedías (la de Madrid es fácil, se hospedan en el Palace), y también te anoto la de su casa de Las Lilas, por si prefieres escribirles ahí. Y ahora vamos a lo nuestro porque, a pesar de tantas coincidencias y sorpresas, no conviene desatender los temas profesionales.

Prepárate a disfrutar con las delicias que te mando en esta carta. Se trata de los mejores trucos para hacer sorbetes, los reyes de los postres fríos. Pero antes de empezar con mis pequeñas infamias, un ruego.

Es lógico, Antonio, que yo te escriba cartas, puesto que van acompañadas de recetas, pero creo que sería más práctico si, a partir de ahora, tú me contestaras por teléfono. Naturalmente lo haremos a cobro revertido, faltaría más. Espero que no te entristezca lo que voy a decirte, amigo mío, pero apenas entiendo tu letra. Además, como siempre utilizas tinta verde, tu escritura se parece... se parece a una triste hilera de cotorras sobre un alambre. Incluso hay partes enteras que apenas consigo leer; por ejemplo, un párrafo en el que me confiesas un viejo secreto relacionado con Teldi, algo que, según creí entender, está vinculado con los desaparecidos en Argentina, y no sé qué más; lo cierto es que esa parte de tu carta casi no se entiende, aunque mañana durante el viaje te prometo descifrarla en su totalidad. Pero sea lo que sea lo que tengas que decirle a Teldi, te recomiendo que lo hagas esmerándote en la escritura: la gente no tiene paciencia para leer tres o cuatro folios de letra difícil y verde, se aburre en seguida, es el mal de nuestro tiempo, Antonio: todo el mundo se aburre.

Todos menos yo, debo decir. Éstos son mis planes inmediatos: me marcho a Málaga para organizarle a los Teldi la gran fiesta con un grupo de coleccionistas a los que quieren agasajar no sé con qué motivo. Ya te iré contando cómo se suceden las cosas, pues estoy seguro de que será interesante; me encantan las reuniones con la casa llena de gente diversa: ocurren tantos imprevistos. Para que me ayuden, me llevo a Chloe, la muchachita de la que te hablé en mi primera carta, que es bastante buena sirviendo la mesa, luego a Karel Pligh y a Carlos García. Los tres han trabajado antes en este tipo de cenas en el campo y yo no tendré que preocuparme de nada más que de la comida y de mis amados postres. Creo que incluso voy a inventar uno especial para la ocasión, algún sorbet surprise *digno de los Teldi: frío, caro y muy vistoso, ¿qué te parece?*

Y hablando de postres: aquí van mis dos trucos secretos de la semana que, esta vez, tratan de los sorbetes y los helados. Pero antes, acuérdate de lo que te he dicho: cuida más tu caligrafía, querido Reig... Por cierto: ¿no estarás pensando en hacerle algún chantaje a Teldi, verdad? Hay que tener cuidado con esas cosas. Si no es mucha indiscreción, me gustaría que me contaras qué te propones, ¿somos amigos, no?

Ahora sí: allá van mis dos infamias de la semana.

Truco del maestro Paul Bocuse
para mejorar la consistencia de un sorbete de mango

Para que no falle la textura de un sorbete de frutas, y en especial el de mango, es necesario tener a mano un ramo de caléndulas, o mejor dos ramos; procédase así

Día sexto
Ernesto Teldi y la señorita Ramos

La rotonda del hotel Palace ha sido fotografiada infinidad de veces como fondo sereno y respetuoso en reportajes periodísticos con personajes de lo más diversos. Sus alfombras de la Real Fábrica de Tapices han amortiguado los pasos gatunos de Julián Barnes camino de la butaca adecuada donde posar enseñando unos caros mocasines franceses. Las kentias del vestíbulo han servido para que Latoya Jackson ensayara posturas tan originales como asomar solamente el óvalo de su blanquísima cara entre las ramas, apareciendo así como una medusa de Versace. Y deportistas famosos, y actores que han hecho leyenda. También intelectuales de izquierdas y políticos de derechas (siempre moderados): todos han elegido en alguna ocasión ese acogedor vientre luminoso y único entre los hoteles madrileños, no sólo para salir más favorecidos en la foto, sino también porque los ambientes hablan por sí solos, y esta famosa rotonda añade a la personalidad de los fotografiados el siguiente mensaje mudo: tomen nota, señores, de que soy una persona a la que le gusta el lujo pero no la ostentación; el confort, pero siempre que incluya un toque de bien imitada decadencia. Venero la vertiente intelectual de la vida, es cierto, pero ah, la sensibilidad artística debe tener, necesariamente, una imperceptible pincelada de sofisticación, la justa, la equilibrada, la perfecta.

El ambiente único de la rotonda del Palace se expresa así, o al menos eso opina Ernesto Teldi, y he aquí la razón por la que ha citado en ella al fotógrafo y a la corresponsal de *Mecenas de las Artes,* una revista especializada que reciben cerca de 350.000 suscriptores o entidades muy escogidos en toda Europa; una publicación prestigiosa que hace meses que le solicita una entrevista «de tono profesional, pero con un toque humano, el lado tierno de los triunfadores, algo de mucha altura, en la línea de la revista *Fortune,* usted ya me entiende».

Hace rato que Teldi espera a la señorita Ramos y a su fotógrafo; y como en un escenario preparado al efecto, sobre la mesita que hay frente a él pueden verse los restos de un desayuno frugal: zumo de pomelo, una taza de té y algunas migas presumiblemente de tostada, mientras su dueño hojea el *Financial Times;* sólo las páginas de arte, naturalmente.

—Buenos días, señorita Ramos, Agustina Ramos, ¿verdad? —beso para ella, apretón de mano con palmadita en la espalda para el fotógrafo—. Permítame que me presente, soy Ernesto Teldi —añade con ese aire entre la camaradería y la distancia, que sabe es tan apreciado por los periodistas de élite, en especial por las señoritas Ramos de este mundo, que son, por lo general, muy cultas, en ocasiones zurdas, a veces bizcas, lo que les confiere una leve originalidad que el resto de su aspecto les niega. Suelen ser además, con asombrosa frecuencia, hijas, sobrinas o parientes muy cercanas de algún pintor ignoto o injustamente olvidado, pero de enorme talento (cuánta incultura hay en este mundo), razones todas estas por las que las señoritas Ramos se consideran mujeres poco afortunadas, conscientes de que su inteligencia está siendo miserablemente malgastada en una revista carísima pero pseudointelectual, como *Mecenas de las Ar*tes, y, sobre todo, muy pero que muy molestas por tener que ir a todas partes con Chema.

Chema suele ser el fotógrafo. Mucho más joven que la señorita Ramos y con la imperdonable costumbre de mascar chicle y vestir de una manera muy poco artística: una funesta combinación de nikis a rayas con pantalones a cuadros que, a pesar de demostrar su mal gusto, no le impide sacar fotos espléndidas, tanto, que suelen eclipsar los siempre brillantes textos de la señorita

Ramos, que en esta ocasión no piensa dejarse eclipsar de ninguna manera, por lo que ha preparado para Teldi una batería de preguntas incisivas (a veces ácidas, incluso impertinentes) pero siempre sólidamente documentadas: intelecto y pimienta a partes iguales, he ahí la receta infalible, piensa Ramos, ya verán sus imbéciles jefes en la revista *Mecenas*... lo que es una entrevista de primera.

—Buenos días, señor Teldi.

La señorita Agustina Ramos se ha hundido hasta casi desaparecer en uno de los enormes sofás tapizados en un tono lacre, muy cómodos sin duda, pero demasiado envolventes para alguien de pequeñas dimensiones como ella, lo cual no impide que prepare la grabadora.

—Uno-dos-tres, probando —dice, para luego añadir, a modo de referencia—: Entrevista a Ernesto Teldi, marchante y gran coleccionista hispano-argentino de arte.

—Yo diría más bien completamente hispano —puntualiza Teldi, con un acento americanizado que parece desmentirle—. Muchos piensan que soy argentino porque he vivido media vida en Buenos Aires y además tengo un apellido que suena a italiano, pero le aseguro que soy español por los cuatro costados.

A la señorita Ramos no le gustan las interrupciones, son una lata: la obligan a parar y rebobinar la cinta. Además, la puntualización es del todo innecesaria. Ella ha preparado a fondo la entrevista, sabe de sobra que Teldi era un joven madrileño con poco dinero y muchas ambiciones, que allá a finales de los años sesenta —y en contra de la opinión de todos— decidió abandonar un empleo seguro, para probar suerte en Argentina. La época no parecía la adecuada, los tiempos gloriosos de aquel país quedaban ya muy lejanos, pero a pesar de todo, Teldi logró hacer una fortuna, especialmente en los años sesenta y ochenta, comprando gran cantidad de obras de arte, que adquiría a un precio ínfimo, comparado con la cotización que luego alcanzaban en Europa: Sorollas, Gutiérrez Solanas, Rusiñoles, Zuloagas, incluso a veces pequeños Monets, Bonnards o Renoirs, magníficas piezas llegadas a la Buenos Aires de principios de siglo. Gracias a aquellos aciertos, Teldi es ahora un hombre de éxito, un profesional respetado, además de haberse convertido más recientemente en un generoso mecenas, todo lo cual lo hace el personaje ideal para la revista de arte con la que ella tiene la desgracia de colaborar, que sólo sabe hablar de ricos y de talentos consagrados por los dólares de quién sabe qué pandilla de analfabetos. Existen, sin embargo, ciertos puntos oscuros en la biografía de todo gran hombre —también en la de Teldi—, y la señorita Ramos piensa incidir sobre ellos, aunque vaya en contra de la política de sus jefes, intonsos infumables, ya verán lo que es una buena entrevista de arte. Pero aun así, antes de meterle el dedo en la llaga a su entrevistado...

—Dígame, señor Teldi, ¿qué es para usted el arte: ocio o negocio? —pregunta la señorita, porque esta original pregunta es preceptiva para todos los entrevistados de *Mecenas de las Artes*.

Vaya chuminada, piensa Ramos, maldiciendo mentalmente al señor Janeiro, promotor y dueño de la revista millonaria, y dueño también de una cadena de zapaterías que le permiten dedicarse a humillar a personas serias como la señorita Ramos, que se ven obligadas a plantear tales preguntas estúpidas: ¿ocio o negocio?

Teldi se ha recostado en su butaca. A él también le parece una majadería la pregunta: todo el mundo sabe que hoy en día el arte tiene mucho más de negocio que de otra cosa pero aun así responde adecuadamente.

—Ni ocio ni negocio, por supuesto. El arte es un placer estético, un bien para la humanidad; es lo que nos aleja de los animales, y nos acerca a los dioses.

Bien, piensa Ramos. Una vez cumplido el requisito indispensable, ya puede atacar a fondo: saca una libretita en la que ha tenido la paciencia de apuntar todos los datos y fechas importantes de la vida de Teldi. «Mírame, Teldi —se dice—, prepárate, allá va el primer Exocet.» Y comienza a formular una pregunta muy comprometedora, salpicada de inteligente vitriolo y sin embargo... Sin embargo, antes de enunciarla del todo, su concentración se ve perturbada por dos sonidos. El primero proviene de las mandíbulas del fotógrafo, que masca chicle acompasando el segundo sonido: clac, clac, clac, CLAC, mientras Chema evoluciona alrededor de Teldi disparando foto tras foto, cosa que siempre revienta a la señorita Ramos, pero no puede quejarse: el director de *Mecenas de las Artes* es partidario de que las fotos se realicen durante la charla «para darle movimiento y veracidad al reportaje, Ramos, usted no entiende nada, no se da cuenta de que la imagen es *fundamental* en el mundo moderno, un gesto vale más que mil palabras. Ramos, haga el favor de no rechistar».

Y Ramos no rechista ni siquiera cuando Chema se interpone entre ella y el entrevistado para inmortalizar la peculiar forma en que Teldi se acaricia la barbilla al responder a la peligrosa pregunta que la señorita dejó inconclusa.

—No, no. Se equivoca usted, querida. Le aseguro que la facilidad de comprar cuadros en aquellos años no tiene *nada* que ver con el problema político de Argentina en los setenta, nada que ver con la represión militar ni con los atroces crímenes de los milicos. El boom artístico es anterior a aquella época. Comprenderá usted que siendo como soy desde hace años miembro de una comisión investigadora de la UN... —Yu-En, dice Teldi, tal como se pronuncia Naciones Unidas en inglés, para dar un tono más cosmopolita a su labor humanitaria—. Soy miembro, ya le digo, de una organización investigadora sobre derechos humanos, y por tanto, jamás habría aprovechado esa coyuntura tan desgraciada para...

—Para hacerse rico a costa de las pobres familias que, aparte de otros terribles sufrimientos, vieron además devaluados sus bienes durante la dictadura militar.

—Muy cierto, querida —la interrumpe Teldi, que sabe que con este tipo de viragos lo mejor es ponerse al frente de la manifestación y cuanto antes mejor para ganarles la mano—, ésa es la razón por la que creamos la AFAVTE, la Asociación Filantrópica de Ayuda a las Víctimas del Terrorismo de Estado; es público y notorio que yo soy uno de los fundadores, y a costa de un gran riesgo personal, créame. Recuerde que hablamos de los años 76 al 83, y aquéllos no eran tiempos para hacerse el héroe, se lo aseguro.

La mira. Los ojos suaves del filántropo parecen posarse, tan tiernos, en los tobillos de la señorita Ramos, que son la parte más agraciada de su anatomía, «bonitos tobillos», dicen esos ojos, y la señorita Ramos casi sonríe, pues no es del todo inmune a los ojos masculinos, sobre todo si pertenecen a un *connaisseur.* Aun así —el deber antes que nada— logra continuar con la misma inquisidora firmeza de antes:

—Ya, ya, tal vez no fueran tiempos propicios para hacerse el héroe, pero sí muy rico con la situación tal como estaba. Era la época del terrorismo de Estado, le recuerdo. ¿Cuál es su secreto?

—No hay secreto —responde Teldi (la mirada ha descendido de los tobillos a los zapatitos de la señorita Ramos, que siente deseos de retirarlos de la vista, no vayan los galantes ojos a descubrir que parecen caros, pero son de imitación)—. Verá usted, Agustina (qué bien suena su nombre de pila en los labios de un hombre como éste), el único secreto que existe para salir adelante en épocas tan terribles como esa de la que hablamos es mucho trabajo y gran desprecio por los milicos. ¿Pero estamos aquí para hablar de arte puro y no de política, verdad, querida? Tal vez deberíamos centrar un poco el hilo de la conversación.

En ese momento Chema aprovecha la vehemencia puesta en la palabra *hilo* para atrapar al vuelo una imagen enfática de Teldi, una expresión tan rotunda y mayestática que, de pronto, hace exclamar por lo bajo a una señora que desayuna dos mesas más allá un «oh» acompañado de un codazo a las costillas de su marido.

—Mira, Alfredo, ¡un famoso! —dice la señora vecina—, fíjate, allá, a la izquierda, ¿no es ése Agnelli, el dueño de la Maserati? ¡Pero si parece un cardenal florentino!

Y el marido, enteradísimo, contesta que Agnelli nunca ha sido dueño de la Maserati, sino de la multinacional Olivetti, so burra, mientras Chema dispara más flashes y la señorita Agustina Ramos hace un gran esfuerzo por estrechar el cerco en torno a Teldi con sus afiladas preguntas.

—Está bien, es cierto, a usted jamás se lo ha podido relacionar con los militares, y eso habla a su favor, pues hubiera sido algo imperdonable. Volvamos entonces al arte y sólo al arte, pero sintiéndolo mucho, en torno a este tema también se han tejido algunas leyendas sobre su fortuna. ¿Es cierto, por ejemplo, que en una ocasión compró a un caballero, que más tarde acabaría suicidándose acuciado por las deudas, un magnífico Monet por una cantidad irrisoria para luego venderlo por veinte veces su valor?

—Sí —dice Teldi con una sonrisa encantadora—, el dato económico es correcto, pero el resto de la novela dista un poco de la verdad. El dueño del Monet no sólo vive, sino que es hoy un gran amigo y uno de los hombres más ricos del Cono Sur. Me precio de ayudar a los demás para que ellos me ayuden a mí, ¿tiene eso algo de censurable, Agustina?

A la señorita Ramos cada vez le parece menos censurable el señor Teldi. Sobre todo cuando sus ojos la miran, cosa que ocurre con poca frecuencia, sólo la necesaria para hacerse desear. En realidad, ella, que se precia de conocer a las personas con una intuición infalible, cada vez considera más admirable la actitud de ese hombre atractivo que, a pesar de sus preguntas mordaces, sonríe siempre, e incluso una vez (sólo una, Dios mío) ha alargado su mano derecha hacia el sofá en el que ella se encuentra, aunque no ha llegado a tocarla: todo un caballero, no hay duda. Vuelve a mirarla. La señorita Ramos cree derretirse y corre peligro de acabar como una mancha en el sofá color lacre, Dios mío, ninguna cámara logrará captar jamás el aura de este mecenas, de este filántropo exquisito. Además, se convence la señorita, por mucho que ella quiera ser mordaz, como es su obligación, los hechos cantan: allí está Teldi, detallando en qué ha invertido gran parte del dinero ganado honradamente gracias a su pasión por el arte.

—En dos escuelas para niños abandonados, sabes querida (y qué maravilloso suena ese tuteo y ese «querida»); también en becas para las personas de talento, y no sólo pintores sino también músicos, escritores; el arte lo merece todo, hay que devolver lo que la vida nos da, ¿no crees?

Y la señorita Ramos cree todo lo que diga ese hombre tan sensible, qué prodigio de sencillez y cuánta verdad hay en sus palabras.

—Ya lo tengo —dice la señora del hombre llamado Alfredo dos sofás más allá—. El fulano ese no es Agnelli. Es un actor. ¿Cómo se llama...? ¿Anthony Hopkins? ¿Sean Connery? No, no estoy segura, este señor tiene bigote y pelo canoso, pero vamos, que es del escenario no me cabe la menor duda, los actores actúan hasta en la vida real y quedan tan naturales, ¿no crees, Alfredo?

Pero Alfredo no cree nada. Le importa un pito. Es cierto que los hombres con aire distinguido y pelo cano fascinan a las mujeres, pero en cambio resultan muy poco atractivos para los maridos, sobre todo si éstos son calvos. Además, Alfredo no alcanza a oír la conversación, aunque está seguro de que el tipo no es Sean Connery, así como está seguro de que esa pobre chica, la entrevistadora, está cayendo en el mismo trance hipnótico que su mujer. Para mí que es sólo un estafador de poca monta —piensa Alfredo—, pero sólo dice:

—Vamos, Matilde.

—Bueno, bueno, no sólo quiero que hablemos de Arte con mayúsculas —le dice Teldi a la señorita Ramos en ese mismo momento—. Está muy bien hablar de Monet y congratularse por ser el afortunado poseedor de tantas maravillas, pero hay otras cosas en la vida que me dan mucho más placer, y que creo que puedo contárselas a alguien como tú. Te voy a hacer una confidencia, querida. Primero apaga la grabadora, esto no le interesa a una revista como *Mecenas*... aunque reparta trescientos cincuenta mil ejemplares entre... *Mercenarios del Arte* debería llamarse y no *Mecenas,* ¿estás de acuerdo?

La señorita Agustina no puede estar más de acuerdo. Apaga. Mira luego a Chema por ver si un intruso como él no entorpecerá la confidencia; pero Chema, que ha terminado con las fotos, masca chicle unos diez metros más allá, mientras inspecciona un fotómetro.

—Es una pequeña tontería, lo sé, pero disfruto tanto con estas cosas. Verás, sé que a ti te va a hacer gracia. Supongo que los grandes filántropos a los que entrevistas te contarán cómo son sus relaciones con otros mecenas, cómo se reúnen a hablar de los objetos que adquieren y organizan una fiesta sólo para que sus amigos y rivales admiren por ejemplo una virgen bizantina que acaban de comprar a un marchante especializado en sacar cosas de los países del Este; ya te imaginas, todos unos tramposos. No es que yo no me preste de vez en cuando a este tipo de pantomimas; al contrario, voy a sus cócteles y hago negocios con ellos, pero los que realmente me gustan son los enamorados del Arte con mayúsculas, querida, y cuando digo con mayúsculas, no me refiero a lo caro, sino a lo *raro*. Si tú supieras lo que estoy preparando para la semana que viene...

Si yo pudiera saber cosas de ti, Ernesto Teldi —piensa Ramos—, estaría dispuesta a olvidarme del mercenario *Mecenas,* también de las entrevistas incisivas y de todas esas informaciones turbias que gente desaprensiva se dedica a inventar sobre ti, y no son más que calumnias que se vierten sobre las personas verdaderamente formidables, si yo pudiera, si yo supiera... Todo esto piensa Ramos, aunque un prurito profesional hace que, al menos por fuera, mantenga aún el aspecto de una periodista inaccesible. Resiste, Agustina —se dice, como si sus reparos fueran las murallas de Zaragoza en 1808—; resiste siempre. Pero esta Agustina tiene la pólvora húmeda.

—Mira, estoy organizando una pequeña reunión para dentro de unos días, y tienes que venir —le pide entonces Teldi, como si la idea se le hubiera ocurrido de pronto y no se tratara de un método para neutralizar a un loro, o más bien cacatúa, llena de ínfulas artísticas y peligrosas preguntas sobre su pasado argentino—. Yo soy del pueblo y me gusta volver al pueblo. Verás, te explico: se me ha ocurrido reunir en mi casa de campo a un grupo de coleccionistas. Pero no de grandes coleccionistas, nada de acaparadores de Picassos y ricos estúpidos que coleccionan primeras ediciones de *Hamlet* sin haber pasado de la primera página, aunque eso sí, citan con mucha frecuencia *To be or not to be* sin conocer como tú y como yo ese maravilloso párrafo que dice: «¿Quién querría llevar tan duras cargas, gemir y sudar bajo el peso de una vida afanosa...?» etcétera..., en fin, tú ya me entiendes, gentes que no aman el arte sino la *posesión;* todo lo contrario que mis invitados.

Entonces Ernesto Teldi pasó a seducir a la señorita Ramos (o, lo que es lo mismo, a los 350.000 ejemplares de su revista que van a parar a las manos de toda la gente más interesada en el negocio de los cuadros) con una de sus originales ideas.

—Una idea que, por supuesto, no quiero ver reproducida en *Mecenas.* Para esos mercenarios del arte sólo reservaremos la parte políticamente correcta de mi personalidad, ya sabes, tú les cuentas cómo desarrollo mi trabajo de mecenazgo, mis esfuerzos para que el arte llegue al mayor número de personas, mis becas para jóvenes talentos, y nada más; total, ellos no tienen sensibilidad y no se merecen otra cosa más profunda. Tú y yo, en cambio, somos distintos.

Y como para ilustrar a qué se refería, pasó inmediatamente a explicarle que le haría muchísima ilusión si se unía a ellos el fin de semana siguiente, para conocer a coleccionistas originalísimos: amantes de los soldaditos de plomo; rastreadores de los más exóticos puñales, dagas y cuchillos; amén de enamorados de las jarras de cerveza o de animales disecados o especialistas en muñecas de porcelana y en libros de fantasmas o peroles de cocina. Personas —concluyó— que realmente veneramos los objetos por encima de todo, divinos cachivaches que son el paradigma de lo que yo llamo el auténtico amor al arte.

Con prudencia, Ernesto Teldi eludió explicar que, entre tan extravagante fauna (y con la ayuda que le proporcionaban los alcoholes de su bodega), a menudo lograba adquirir, a muy buen precio, piezas rarísimas que pocas veces salían al mercado; pero la señorita no tenía por qué conocer estos insignificantes detalles. Lo que una persona de la sensibilidad plástica de la señorita no dejaría de reconocer era su generosa iniciativa de reunir a *verdaderos* entendidos, a gentes de lo más dispar en el más artístico y sensible ambiente, muy lejos de todo esnobismo y afán mercantilista.

—Y tú podrías venir si te apetece —le insiste.

Y la señorita Agustina piensa que la vida es muy injusta. Aún hundida en el sofá color lacre, la envolvente tibieza de aquellos almohadones hace que imagine, por un segundo, cómo sería una reunión en compañía tan interesante. Lejos de pintores consagrados pero insoportables, de ricachones incultos que no saben distinguir un Monet de un Manet y de toda esa plebe que forma el ambiente del *Mecenas de las Artes*. La sensibilidad artística en estado puro —piensa—, mientras admira las bellas manos de Ernesto Teldi, que otra vez se han aventurado hasta el brazo del sofá; su dueño la mira esperando una respuesta.

—¿Y bien, Agustina? ¿Y bien, querida señorita Ramos?

La vida es en verdad injusta. Agustina, la querida señorita Ramos, daría cualquier cosa por decir que sí, pero para su desgracia, en esas fechas tiene que estar en la otra punta del mundo entrevistando a un coleccionista japonés dueño de un Van Gogh que muchos sospechan que puede ser falso. Ya vería ese tramposo las preguntas que pensaba hacerle, las peores que se le ocurrieran. Una aburrida cita en Japón en vez de una fiesta en casa de Teldi; nunca he sido una mujer afortunada —piensa—, nunca lo he sido.

—Cuánto, pero cuánto lo siento —dice Teldi, que ha elegido este momento psicológico para dar por terminada la entrevista—. La echaré de menos, pero no se olvide, querida, ni una palabra de nuestro secreto. La gente es tan *pequeña* —añade—, parece mentira, sólo les interesa saber cuánto dinero doy a los jóvenes talentos y cuánto me gasto en mis labores de mecenazgo. Mercantilismo, nada más que mercantilismo, pero démosles lo que piden, ¿no crees, querida?

Agustina se despide. Él le besa la mano, la misma que escribirá para el *Mecenas de las Artes* un aburridísimo pero elogioso y convencional perfil de Ernesto Teldi, el hombre que, en pocos años, ha llegado a convertirse en un filántropo de reconocimiento internacional.

—Es usted un ser humano extraordinario, señor Teldi —le dice, mientras él, con un guiño acariciador que casi parece un beso, la despide.

—Adiós, Agustina, nos volveremos a ver.

Y mientras el cerebro de la señorita Ramos, camino de la puerta, grita ¡¿cuándo?!, ¡cuándo!, y mientras Ernesto Teldi vuelve a sentarse con un suspiro de alivio como quien recupera el aliento tras una carrera de obstáculos, ocurren dos hechos casi simultáneos.

—Ya me acuerdo de quién es ese tipo. Es el actor que hacía de caníbal en *El silencio de los corderos* —exclama la señora del sofá vecino—. ¿Tú crees, Alfredo, que le importará si le pido un autógrafo?

—Señor Teldi —dice un botones salido de quién sabe dónde, con el sigilo propio de su oficio—: ha llegado una carta para usted, acaban de traerla.

La señora de Alfredo se va acercando a Teldi; muy pronto podrá oír su voz. También su marido podrá oírla.

—¡Carajo! —exclama Teldi, y se levanta demasiado bruscamente al ver el sobre que le tiende el botones: es la segunda carta de estas características que recibe en veinticuatro horas. Ambas escritas con letra difícil y en tinta verde, de modo que las líneas parecen una hilera de cotorras sobre un alambre.

—¿Has oído lo que ha dicho, Matilde? —dice el caballero llamado Alfredo a su mujer.

—¿Ves? Ya te advertí que éste no podía ser un actor de Hollywood.

Ernesto Teldi no logra descifrar la firma que hay al pie de la carta, pero una parte del texto, escrito en mayúsculas, es lo suficientemente claro como para identificar cinco palabras que ya figuraban en la carta anterior: «Teniente Minelli...» «Aeropuerto de Don Torcuato», y luego, garabateado en una letra burda que casi parece una carcajada, puede leerse: «¿Recuerdas, Teldi?»

TERCERA PARTE
La noche antes de la partida

Otros más lejos se sientan
En una retirada colina, e invadidos
De más altos pensamientos, razonan
Sobre la providencia, la presciencia
La voluntad y el hado, el destino
Inmutable, la libre voluntad
La presciencia absoluta, y no encuentran
Salida, perdidos en tortuosos laberintos.

MILTON, *El Paraíso Perdido,* libro II

NOTA DEL EDITOR: La receta que el lector encontrará a continuación es la última que Néstor Chaffino envió a su amigo Antonio Reig. Él pensaba que después de su viaje a casa de los Teldi reanudaría los envíos. Como bien sabemos, ya no habría más cartas; el destino ha querido que tan interesante obra quedara irremediablemente inconclusa. El capítulo dedicado a los *petit fours* tiene fecha 27 de marzo; por tanto, está escrito el día antes de la partida y, como siempre ocurre en las notas de Néstor, a veces se ven interrumpidas para contar algunas novedades.

PEQUEÑAS INFAMIAS

CUARTA ENTREGA: LOS PETIT FOURS DE SOBREMESA

Uno de los momentos mas deliciosos de una buena comida es la llegada de esos pequeños manjares de sobremesa que suelen servirse con el café. Trufas de chocolate, guindas caramelizadas, tejas con o sin almendra, milhojas de naranjas confitadas...; no existe un broche más apropiado para un menú que estos deliciosos bocados que, como en seguida descubriremos, también tienen su secreto, su pequeña infamia. Por ejemplo, la de los diminutos suflés del maestro Lucas Carton; he aquí la receta:

[...] pero antes, querido Antonio, permíteme un inciso que te prometo breve. ¿Recuerdas que en mi última carta te contaba que

tenía el presentimiento de que todo en mi vida se iba ordenando y comenzaba a formar un puzzle de casualidades muy extraño? (desconcertante, diría yo, malvado, añadiría, si no fuese medio italiano y, gettatore, gettatore, *contrario a despertar el mal fario). Bien, pues se acabó; el determinismo acaba de romperse. Una de las predicciones de madame Longstaffe, y que por tanto debía suceder inexorablemente, ya no tendrá lugar. Me refiero a un encuentro amoroso previsto para mi ayudante Carlos García, el único culpable de que mi vida se mezclara con la de esta adivina. Como tú recordarás, acudimos a ella para conseguir un filtro que le permitiera encontrar una réplica de su mujer ideal. Bueno, pues para mi gran alivio, ha sucedido algo sorprendente: antes de terminar el tratamiento, mi amigo no sólo se ha desinteresado de los filtros amorosos, sino que se ha desinteresado también de la dama del cuadro. Según me cuenta, se ha enamorado de una mujer real —de carne y hueso y, lo que es aún más importante, con sangre en las venas— que le ha hecho olvidar todas sus pasadas fantasías. Yo no la conozco y, por más que he intentado tirarle de la lengua, de momento no consigo que me diga cómo se llama, pero intuyo que debe de ser unos años mayor que él. Quién sabe, tal vez se trate de una treintañera divorciada, no me sorprendería, son tan atractivas... En todo caso, si sientes curiosidad, en mi próxima carta podré contarte más detalles porque esta noche es muy posible que la conozca. Verás, Carlos necesita con urgencia vender la casa que ha heredado de su abuela, y me ha pedido ayuda. Yo lo he puesto en contacto con un conocido mío que se ocupa de temas inmobiliarios y dentro de un rato nos pasaremos por ahí para echarle un vistazo. Hoy, pues, conoceré la casa, veré el retrato y, seguramente, también a la novia de Carlos, porque es muy probable que esté allí en un momento tan importante para el chico. Sería lo normal, ¿no crees?*

En fin, como siempre ocurre, me extiendo demasiado en mis cartas, ¿qué importan los detalles? Lo interesante es que se ha roto el conjuro que me llevaba por no sé qué camino ineludible. Se acabó el ¿determinismo? Sí, creo que así se dice cuando el destino está fijado de antemano. Pero ya ves. El filtro de madame Longstaffe no ha servido para nada y el chico se ha enamorado de otra *mujer, una que no tiene nada que ver con sus vaticinios y, en consecuencia, yo me siento libre. Verdaderamente es un alivio constatar que nadie conoce el destino ni puede fijarlo, ni siquiera las brujas tramposas. Por eso estoy muy contento, amigo Reig, tanto que antes de continuar con la receta de Lucas Carton voy a confiarte otra receta aún mejor. Se trata de mi infamia más preciada. Allá va:*

En 1911, el chef del Waldorf Astoria de Nueva York descubrió un secreto infalible para lograr un suflé frío que tuviera todo el aspecto de uno caliente. Hoy en día uno de los petit fours más interesantes es precisamente el suflé frío de pistacho; sus diminutas dimensiones son perfectas para

1
Néstor y la mujer del cuadro

—Estas pequeñas dimensiones fascinarán a mi cliente —dijo Juan Solís, el agente inmobiliario, mientras dejaba escapar un silbido de admiración—. Qué *hallazgo,* Néstor.

Néstor Chaffino y Carlos se miraron y luego miraron a Solís, que abría y cerraba los cajones de las cómodas, curioseaba el contenido de las cajitas de biscuit, medía las distancias con paso experto, paseaba y sopesaba, como haciendo inventario de todo. Juan Solís había roto una vieja costumbre para acompañar a Néstor y a Carlos hasta la casa de Almagro 38. Nunca, en sus veinte años de profesión, había aceptado hacer una visita en la noche de un sábado: tabú total. Los sábados los dedicaba al tai-chi, única disciplina que le permitía mantener el equilibrio emocional en tan agotadora actividad. Pero sin duda el sacrificio había valido la pena. Solís creía haber descubierto una perla y no se cansaba de repetirlo. Por eso fue elogiando una a una las virtudes del piso de Almagro 38: la altura de sus techos, lo bien orientadas que estaban las ventanas y la calidad de las maderas, hasta repetir con énfasis aquello de que «tan perfectas y diminutas dimensiones» eran ideales para su cliente.

Néstor no se quedó a escuchar quién podía ser ese cliente para el que doscientos cincuenta metros cuadrados en la calle de Almagro resultaban «unas diminutas dimensiones»: le daba igual. No obstante, mientras se alejaba del grupo, llegó a oír cómo la voz de Solís pronunciaba en un discreto, aunque intencionadamente sonoro cuchicheo, el nombre de alguien llamado Bigbagofshit.

—Un jovencísimo cantante de *heavy metal* —añadió el susurrador a modo de apostilla—, un monstruo, un fenómeno.

Lo será, qué duda cabe, pensó Néstor, antes de desaparecer discretamente por una puerta de la izquierda. Estaba desilusionado: Carlos había acudido a la cita solo, sin su nueva novia, de modo que esa pequeña curiosidad de Néstor se vio frustrada. Ahora podía hacer dos cosas: seguir a Carlos y a Solís de habitación en habitación, admirar la casa y hacer los comentarios pertinentes, o bien entregarse a algo más acorde con su estado de ánimo. Dejemos a Juan Solís descubriendo las inexploradas posibilidades de Almagro 38. Mientras tanto —se dijo— voy a sentarme a esperarlos en esta salita, así aprovecho para hacer unos apuntes sobre temas indispensables para el viaje de mañana.

Al encender la luz, Néstor se da cuenta de que allí no hay dónde sentarse. Los muebles de la habitación están cubiertos por sábanas, y la silueta de un gran sillón que se adivina debajo de la más polvorienta de todas ellas no parece acogedora, sino más bien la reliquia de un tiempo pasado. Entonces mira en torno y ve que se encuentra en una estancia semicircular de paredes que antaño debieron de ser amarillas. Al fondo hay una vieja chimenea y sobre el hogar, como quien se asoma al mundo a través del marco de un ventanal, descubre el retrato de la dama.

Néstor se acerca con curiosidad para ver sus facciones, ésta no puede ser otra que la muchacha de la que tanto ha oído hablar, la dama del armario... Sin embargo, la precaria economía de Carlos no permite más que una bombilla en toda la estancia; la luz es tan escasa, que el cocinero se ve obligado a abrir la puerta de par en par para que la claridad del corredor entre hasta el fondo e ilumine el retrato.

—A Bigbagofshit le va a fascinar este vestíbulo color púrpura, ¿porque este tono es púrpura, verdad chico? En tu casa no se ve un carajo —se le oye decir a Solís desde el vestíbulo.

Y es cierto. A pesar de la ayuda de la luz del corredor, Néstor tampoco ve un carajo. Busca entre sus ropas. Un cocinero, aunque no sea fumador, a veces lleva encima un mechero, o al menos cerillas; y Néstor, en efecto, encuentra en el bolsillo de su chaleco una cajita con el nombre de La Morera y el Muérdago decorada con un motivo entre floral y mágico. Un motivo muy acorde con su significado: la morera es el árbol de los gusanos de seda, y el muérdago, el talismán para encontrar tesoros escondidos. Cualquiera habría hecho un paralelismo entre estos datos y lo que está a punto de suceder, cualquiera menos Néstor, que inocentemente enciende una cerilla.

—Mi cliente querrá saber cuántos muebles se venden con la casa, chico, ten en cuenta que Bigbagofshit lo compra todo. Casi tiene tu misma edad, sabes, pero a él le salen los millones por las orejas. ¿Has oído su último éxito: *Kill me with the lawnmower*, chico? Es fantástico.

Solís llama a Carlos «chico» con una insistencia que se cuela una y otra vez por la puerta del saloncito amarillo. Néstor puede oír cada una de sus palabras, y son como un extraño contrapunto para lo que sucede dentro. A la luz de la cerilla, con la incierta precisión de quien no intuye que está a punto de hacer un extraño descubrimiento, el cocinero pasea la llama arriba y abajo por delante del cuadro. Así, el halo de luz ilumina primero una frente femenina, luego su pelo rubio metálico, a continuación se detiene demasiado en los azules ojos del retrato, y por eso, al reanudar su camino, la luz declina. Néstor intenta aprovechar el último fulgor para iluminar algún otro rasgo de la muchacha, llegar al menos hasta la boca, pero la llama languidece y muere, como si quisiera preservar un secreto. No hay secreto. Ya no hay ningún secreto. Mientras Néstor busca otra cerilla, juraría que esos labios burlones aprovechan la semipenumbra para modular, con una voz muy lejana en el recuerdo: «...Ah, Néstor, pero cómo, ¿usted por aquí?», o más escuetamente: «...Buenas noches, Néstor».

La llama de la segunda cerilla rasga la oscuridad del cuarto amarillo y entonces la voz enmudece inmediatamente, igual que todos los encantamientos cuando se enfrentan con la luz. Pero al acercarse, a Néstor se le antoja que los labios aún permanecen entreabiertos, como si acabaran de hablar.

—¿Qué hay en el cuarto de allá, ese de la puerta abierta, chico?

Es la voz de Solís, el adelantado, el descubridor de tierras ignotas, pero un ruego de Carlos lo detiene.

—Espere, señor. Dejemos esa habitación para el final. Mire, antes quiero enseñarle esta de la derecha: es un vestidor, tal vez le pueda servir de gimnasio a su cliente; creo que incluso tiene una antigua mesa de masajes.

—Perfecto, tienes suerte porque Bigbagofshit lo compra todo. Todo. Echémosle un vistazo.

Y aún una tregua para que Néstor termine de asegurarse de lo que ya está seguro: de que la muchacha rubia del retrato es Adela Teldi, la misma que él conoció con treinta y tantos años allá en Buenos Aires, la misma que protagonizó aquella pequeña infamia que él, tan imprudente, había relatado una tarde a sus ayudantes para que no le hicieran preguntas sobre el contenido de su libreta de hule llena de secretos culinarios. Néstor no necesita más datos, pero la tercera cerilla, como un notario minucioso, constata que, ocultos por la juventud, suavizados por su falta de experiencia, ahí están todos los rasgos de Adela. Su aire algo ajeno y esos mismos ojos azules que Néstor vio desmesurarse en Buenos Aires ante el cuerpo sin vida de su hermana Soledad. Incluso ahora, a la fantasiosa luz del fósforo, a Néstor le parece descubrir en ellos una mirada incrédula, idéntica a la que aquel día se cruzó con la suya después de que se descubriera el cuerpo sin vida contra las baldosas del patio. En casa de los Teldi, tres pisos en dirección al infierno, estrellada contra el suelo, Néstor, Adela y todos los allí presentes pudieron ver la cabeza de Soledad, diminuta y negra como un punto ortográfico, mientras que su cuerpo contorsionado dibujaba un estúpido signo de interrogación. Es la hermana, es la hermana menor de la señora, certificaban todos los ojos, mientras que el signo de interrogación, allá abajo, dejaba escapar una mancha oscura, primer indicio de su larga venganza sobre dos de los presentes: sobre Adela y sobre el marido infiel. Es obstinada la sangre de los suicidas, no se olvida nunca.

A medida que empiezan a encajar las casualidades, Néstor piensa en Soledad, la joven madre de Carlos, una mujer que no tiene rostro en el recuerdo del hijo. Y comprende que todo cobra sentido: la casa de Almagro 38, que un día se cerró para el padre de Carlos, la actitud distante de la abuela, los silencios de unos y otros... mientras que ese retrato, el mismo que ahora tiene delante de sus ojos, fue a parar al fondo de un armario, seguramente para que Abuela Teresa pudiera olvidar a sus dos hijas. A las dos por igual: a la muerta, para que no doliera tanto; a la viva, para no odiarla. Otra cerilla que se apaga. Néstor busca una cuarta, baja por los hombros del retrato, llega hasta las manos... ¿qué es esa esfera verde que sostienen sus dedos? Parece una joya, quizá un camafeo... Sin embargo no se detiene en su inspección, vuelve a subir la luz hasta los ojos de la mujer, y es con el último destello con el que acaba de ordenar los pocos datos inconexos que aún le faltan. Le sorprende sobre todo la ceguera de Carlos. En el cuadro, Adela no puede tener más de dieciséis o diecisiete años, Néstor la ha reconocido inmediatamente, pero es cierto que tiene sobre Carlos la ventaja de haberla visto en su juventud. En cambio, el muchacho, que atendió a Adela Teldi el otro día cuando él no estaba en la tienda, ignora quién es. Parece casi increíble que Carlos García, que la busca en todas partes, que cree adivinar sus ojos en los ojos de todas las mujeres, su cuello en tantos otros, que conoce cada rasgo y cada centímetro de su rostro, no la haya reconocido. «...Las personas son para mí solo *trozos* de personas, Néstor —le había dicho apenas unos días atrás, en casa de madame Longstaffe—. Sólo me fijo en pequeños detalles de sus cuerpos, que los identifican inequívocamente...» Igual que un hombre en la oscuridad alumbrándose con una diminuta cerilla —piensa Néstor, sin reparar en que eso precisamente es lo que ha hecho él para descubrir a Adela.

...Quien sólo ve segmentos de la realidad no alcanzará a ver el cuadro completo.

—Por cierto, chico, no sé si sabes que además de *Kill me with the lawnmower,* mi cliente también es autor de la famosísima *Eyeless in Caca.* ¿Cómo? Tú no vives en este mundo, chico, aterriza. ¿De veras que no la conoces? Ha vendido dos millones de copias. Y ahora piensa, piensa en que su próximo éxito lo escribirá aquí mismo —dice la voz de Solís—. Tu casa va a ser suya, con todo lo que hay dentro.

Sí. Ojalá ese Bigbagofshit se lo lleve todo; sería lo mejor. Y Néstor, al pensarlo, se entretiene en pasar la mano por el marco del cuadro que, a diferencia de los demás objetos de la habitación, parece no juntar polvo. Que se venda de una vez la casa —se dice— con todo lo que hay dentro, porque existen espacios perversos en los que se concentran demasiadas casualidades. El piso de Almagro 38. De él habría salido, presumiblemente, el cadáver repatriado de Soledad para ocupar una tumba que Carlos nunca visitaba. De él quedó prohibida la presencia del padre de Carlos, cerrándole sus puertas; pero en cambio, Almagro 38 acaba de abrirse para que Néstor descubra otras cosas inesperadas: una historia de adulterio entre cuñados, el triste fin de Soledad, la hermana de Adela... Ya eran bastantes muecas del destino para una sola vida, y sin embargo, veinte años después, la suerte se encargaba de añadir más ironías: un muchacho que no recuerda la cara de su madre acaba enamorándose del retrato de aquella que fue la causante de su muerte. Luego la mujer aparece en su vida (sin que él la reconozca, es cierto), pero... ¿qué otras coincidencias podrían producirse? —se dice—, realmente, ya no caben más.

En ese momento, Néstor, con la mano aún sobre el marco del cuadro como si fuera el alféizar de una ventana, piensa que ahora él y la dama del retrato forman una extraña pareja en una situación falsa, cada uno a un lado de un espejo; Adela lo mira sin ver, él ve demasiado y no le gusta lo que ve. Al destino le divierten las casualidades —piensa—. Sin duda la vida está llena de ellas. Cuántas veces habrá sucedido que dos personas, unidas por un pasado común, se crucen en la calle sin conocerse... o que dos hermanos separados desde la infancia compartan un día, sin saberlo, asientos contiguos en el autobús... personas —se dice— que se encuentran y no se encuentran, casualidades increíbles, sólo que muy pocas llegan a descubrirse. Y a veces es mejor así.

Cuando Néstor vuelve a reunirse con Carlos y Solís, que ahora se disponen a inspeccionar un cuarto que hay al fondo del pasillo, ya ha decidido lo que va a hacer.

—Mire, señor, ésta es una de mis habitaciones favoritas de la casa —está diciéndole Carlos a Solís en ese mismo momento—. Ya sé que no es muy bonita, pero ¿ve ese armario? Allí jugaba de niño, está lleno de cachivaches. Aún quedan cosas dentro. Al heredar la casa sólo me preocupé de rescatar de él un retrato de mujer que me gusta mucho.

Y allí has de volver, Adela Teldi, tú o, mejor dicho, tu historia —piensa Néstor—, porque ahora sabe que las casualidades, por muy terribles que sean, no llegan a convertirse en coincidencias a menos que haya un testigo externo que las ponga de manifiesto. Silencio, prudencia, ésa ha sido siempre la política que ha marcado su profesión, una forma de actuar que considera muy beneficiosa para alguien que conoce los entresijos de tantas vidas. La mayoría de las burlas del destino que se producen en esta vida —piensa— pasan inadvertidas, y ésta también. Por eso, Adela Teldi, tu historia no saldrá de esta casa. Aquí te quedarás, querida mía, igual que si aún estuvieras encerrada en el armario con tu pequeña infamia de consecuencias imprevisibles, con tu parentesco de tragedia griega, con tu escándalo de folletín, porque yo así lo quiero. Mañana, iremos a tu casa, serviremos a tus invitados, yo prepararé el mejor de mis postres... y nadie sabrá jamás qué extraños hilos unen a una distinguida cliente de La Morera y el Muérdago con este muchacho.

—Carlos, ¿estás ahí?

—Espera un segundo, Néstor, en seguida estoy contigo, déjame ver qué quiere el señor Solís.

—Me interesa este barreño de cobre, chico, y también esta lámpara vieja, pero sobre todo, me gustaría ver el retrato que encontraste en el armario.

Néstor prefiere no escuchar estas palabras; los acuerdos comerciales entre Carlos y Juan Solís deben de ir muy adelantados, pero él sólo piensa en su último hallazgo y en lo fácil que puede ser engañar al destino. Trampas a los dioses, concluye bastante complacido, y luego, en una inevitable comparación gastronómica, se promete que esta pequeña infamia nunca se sabrá, porque las casualidades son como los suflés: no crecen si nadie se ocupa de agitar, de batir o de encrespar las claras.

Néstor, desde donde está, alcanza ahora a ver a Solís, que sigue midiendo y tasándolo todo, como un mercader eficaz. Incluso se acerca para medir el cuadro de la dama. Y todo juega a favor del silencio —añade Néstor para sí, al verlo tan interesado—, esta casa se venderá y dentro de poco todo pasará al olvido. Existe además la gran suerte de que Carlos parece haber encontrado a otra mujer que le ha hecho olvidar a la dama del cuadro. Perfecto, porque así nunca sabrá que desde niño ha estado enamorado de

—Un cuadro muy bonito, chico, pero de poco valor. Yo te aconsejaría que lo vendieras con la casa. Tienes suerte, a Bigbagofshit le encantan las mujeres rubias. Espero que no quieras quedarte con otras cosas del mobiliario.

—Sólo el cuadro —dice Carlos—, porque es un recuerdo de infancia.

—No seas infantil —interviene Néstor, interrumpiendo por primera vez la conversación—. ¿No habíamos quedado en que ya no te interesaban las mujeres fantasma?

—Ah, estás ahí, Néstor —se sorprende Carlos—. ¿Dónde te habías metido?

Pero Néstor, en vez de contestar, sólo dice:

—Acabo de verla, Carlos; queda muy bien en ese cuarto amarillo, nadie debería mover el cuadro, déjalo donde está.

Carlos no entiende, no entiende nada... Incluso le hace gracia la reacción de su amigo.

—¿Pero qué pasa, acaso te has enamorado tú también de la mujer del cuadro?

—Tampoco es para tanto, creo yo —dice Solís—. ¿Cuánto pides por él?

—Es que no creo que quiera venderlo... —responde Carlos—. Ya le he dicho que se trata de un recuerdo de infancia; no se venden los recuerdos aunque ya no signifiquen lo de antes...

Pero tanto Solís como Néstor insisten de una manera desproporcionada:

—Vamos, chico, aprovecha, no seas tonto, ¿dónde vas a encontrar otro cliente así?

—Piensa un poco, *cazzo* Carlitos, puedes sacar un buen dinero por esa mujer que ni siquiera sabes quién es. ¿Qué te importa ya? Lo tuyo es un sueño de tontos.

—Es verdad, si fueras listo no desaprovecharías una ocasión como ésta —porfía Solís—, porque Bigbagofshit... Big-bag-of-shit —deletreó el vendedor de pisos deleitándose en cada una de las sílabas de su riquísimo cliente— se queda con todo, incluso con los recuerdos de infancia. Pagando, naturalmente.

2
Chloe Trías y los fantasmas

La noche antes de partir hacia casa de los Teldi, Chloe pensó que le vendría bien recoger algo de ropa. Posiblemente no tendría ocasión de ponerse un biquini, pero no era mala idea llevárselo, por las dudas. Marzo es un mes en el que todo el mundo está hambriento de sol, incluso las chicas como Chloe, que pasan de todo, incluso las que se han ido hace dos o tres meses de casa de sus padres dando un portazo y, de pronto, se ven en la necesidad de volver a entrar en su antigua habitación a escondidas para recuperar algo; pero joder, vaya coñazo sería encontrarse ahora con los viejos.

Chloe mira el edificio desde fuera: cinco ventanas iluminadas anuncian una gran actividad en el salón; en el piso de arriba, en cambio, dos oscuros balcones repletos de trastos negros y olvidados delatan que los Trías se han convertido en lo que ellos llaman con un sabio eufemismo «un matrimonio sin hijos». Desde que Chloe se marchó han adaptado toda la casa a esta circunstancia, por eso pueden verse grandes salones llenos de gente en la planta de abajo y ventanas clausuradas en la de arriba; es una forma como otra cualquiera de sobrevivir a las ausencias.

Chloe lo sabe y, además, lo comprende. La grava que hay junto a la puerta principal rechina bajo sus pies, pero afortunadamente ese sonido tan ligado a la infancia ya no la hace revivir sus juegos de niña, allí mismo, con su hermano Eddie. Todo se borra, todo logra exorcizarse siempre que uno tenga la precaución de ir tapando los recuerdos dolorosos con otros intrascendentes y reiterativos. Han pasado muchos años desde que él se fue, por eso Chloe no siente nostalgia al recorrer el camino, ni al escuchar el sonido de la grava; en realidad, sólo hay un lugar en toda la casa que resulta peligroso para la nostalgia, y allí no piensa entrar. Mira hacia arriba. La negrura de las ventanas resulta tranquilizadora.

Las habitaciones de aquellos que han muerto jóvenes son el santuario de su ausencia, pero también el reducto de la cobardía de los vivos. Son pocos los que se atreven a convivir con los recuerdos y asimilarlos al presente. Solamente los más fuertes son capaces de mantener la foto de un hijo muerto en el salón de su casa exponiéndose a las preguntas de los desconocidos y al peso de esa sonrisa infantil siempre idéntica que ignora el transcurso del tiempo. Todos envejecemos mientras que ellos, por comparación, rejuvenecen, haciéndonos sentir culpables por no haber apurado hasta el último segundo su fugaz presencia, por no haber adivinado que alguna vez se irían, dejándolo todo a medias. Dejando inconclusa no sólo su vida y sus ilusiones, sino, lo que es aún más doloroso, sin resolver lo ocurrido el día de su muerte, quizá una tonta discusión por cualquier cosa de la que sólo recordamos unas palabras desabridas que ya nunca encontrarán consuelo: «si yo no le hubiera dicho... si yo no le hubiera hecho...» Sin embargo, nada puede resucitar a los muertos ni completar su destino.

Por eso, muchas personas optan por olvidar a los que se han ido, sin traicionarlos del todo, y así, los borran d su vida cotidiana, aunque manteniéndolos presentes en algún lugar de la casa: un pequeño santuario culpable y a la vez tranquilizador, como lo es la habitación de Eddie Trías en casa de sus padres.

Igual que una herida muy profunda cicatriza, formando un cordón de carne dura e insensible, así cicatrizan las ausencias de los hijos —las de los muertos y también las de los que han desertado—; ellos no están, por tanto no existen. Mientras que de toda la casa han ido desapareciendo poco a poco las fotos, los libros y todas las pertenencias de Eddie y también las de Chloe; en cambio, sus habitaciones se conservan intactas, con las camas hechas y la ropa en los armarios, como si ellos aún fueran niños y estuvieran a punto de regresar del colegio: ausencia y a la vez presencia. Un buen método. Hay que continuar viviendo.

Chloe ha pasado de puntillas por delante de la puerta del salón para no tener que saludar a nadie. Sabe exactamente lo que está sucediendo detrás de la hoja de madera: es el día sagrado de la canasta en casa de los Trías. Habrá dos mesas de juego con tapetes verdes, una a cada lado de la ventana. La más ruidosa presidida por su madre y la otra por su padre —«la pareja ideal, de spot publicitario», como los había descrito Karel Pligh un día—. Y eso es precisamente lo que parecen: la perfecta imitación de un matrimonio de éxito: guapa ella, guapo él, moderadamente infieles los dos, moderadamente infelices y también moderadamente insomnes.

Al subir la escalera a escondidas, Chloe no puede evitar detenerse unos instantes frente a uno de los barrotes de madera, concretamente el quinto, que es más oscuro que los demás. Se trata de un rito de la infancia: cuando era pequeña lograba ver en el veteado de aquel barrote la cara de un gnomo, y era imprescindible descifrar si el duende mostraba una sonrisa o si estaba ceñudo para saber cómo iba a ser el día; hoy ríe, muy bien, eso quiere decir que aprobaré matemáticas; hoy está enfadado, mejor no tentar la suerte... Sin embargo, esta vez Chloe se da cuenta de que ya no sabe leer en las vetas de la madera: ha crecido demasiado, y al pasar, desliza un dedo a lo largo de ese viejo amigo como si fuera un talismán que ha perdido su eficacia, pero que ella acaricia sólo por cábala. Un escalón más, dos, tres y Chloe ha recorrido con éxito toda la escalera sin que la delate ni un crujido de las viejas maderas; llega al descansillo, pasa por delante de la habitación de sus padres sin detenerse, continúa, aún le falta un trecho para llegar a la suya y piensa en la ropa que quiere llevarse a casa de los Teldi: sólo necesita un biquini y un par de camisetas; dentro de unos minutos se habrá hecho con todo y estará fuera de la casa. Es fácil, cada cosa estará en su lugar correspondiente, limpia y planchada, porque su bella mamá de anuncio publicitario no permitiría que fuera de otro modo: «Ésta es la habitación de Chloe, éstos son los ositos de peluche de Chloe, aquélla la bonita ropa de Chloe, todo sigue igual, aquí no pasa nada».

Antes de acercarse a la puerta de su cuarto, la niña duda. Desde el salón suben las voces de los jugadores de canasta amplificadas por el hueco de la escalera. Se trata de un murmullo uniforme del que a veces se escapa una voz especialmente aguda, pues siempre hay un pájaro más chillón que los otros entre la gallinería.

—Joder, qué tropa —dice—, menos mal que no tengo que verles los caretos.

Es un careto harto conocido para ella el que asoma ahora por la puerta, allá abajo en el vestíbulo. Chloe puede verla a través de los barrotes. Se trata de Amalia Rossi, la vieja italiana amiga de su madre que debe de haber bebido más de lo habitual, porque ahora la oye decir:

—Déjame, Teresa, sabes que soy como de la familia, ¿qué más te da que suba? Si tu Carosposo hace una hora que se ha metido en el *pipí room*, no pretenderás que me haga pis en la alfombra, digo yo; vamos no seas tonta, conozco el camino: en un momentito llego hasta el cuarto de Clo-clo y ya está.

Y sube, la tía sube, joder; puede oír sus pisadas en la escalera, pasa por delante del gnomo silente, continúa, y Chloe se ve obligada a retroceder por el pasillo hasta la puerta del fondo, en la que nunca entra (tampoco ella es valiente con los recuerdos), y se ve intentando ocultarse en el vano de la puerta. Así, aplastada contra la madera, quizá logre pasar inadvertida; pero el refugio es estrecho, Carosposo tendría que estar muy borracha para no ver cómo sobresalen los hombros de Chloe. Por eso, cuando la pesada respiración se acerca demasiado, a la niña no le queda más remedio que abrir la puerta. Dios mío, joder, es la antigua habitación de Eddie, estúpida Carosposo, ¿y ahora? Bueno, qué otra cosa puede hacer, ya está dentro, cierra la puerta, enciende la luz... cuánto tiempo, coño, cuánto tiempo.

¿Es posible que el olor de alguien perdure siete años después de que haya muerto su dueño? Sí lo es. Por mucho tiempo que haya transcurrido, las habitaciones-santuario no huelen a encierro ni a naftalina; es mentira que el moho se adueñe de los rincones más inaccesibles, como tampoco se siente la vaharada del olvido, al menos no en la de Eddie. Quienquiera que se ocupe de mantener la ficción de que ésta es una estancia habitada, debe de ser un magnífico escenógrafo. Y Chloe avanza atraída por la sensación de vida que fingen las cortinas y la colcha de la cama en la que una mancha de tinta parece decir: pasen y vean, señores, aquí todo sigue igual, huelan, toquen, miren, sólo se necesita un mínimo de esfuerzo para imaginar que esta habitación pertenece a un muchacho que acaba de salir a tomar una cerveza con los amigos. No obstante, en un segundo vistazo, superada la impresión inicial, la rigidez de la muerte se delata en ciertos detalles, especialmente en un orden escénico demasiado perfecto. En este cuarto todo está en su sitio. La biblioteca de Eddie, de la que él solía leerle tantas bellas historias. Su colección de coches en miniatura, que se alinea con mortuoria perfección en los estantes; a su lado una bufanda rodea unos trofeos de deporte. Y también es demasiado escenográfico el despliegue de objetos que pueden verse sobre la que fuera la mesa de trabajo de Eddie, con sus papeles y carpetas escrupulosamente apiladas, mientras que una pluma y un lápiz dejados fuera de su lugar por una mano romántica no llegan a neutralizar el efecto de decorado teatral. Aun así, no es ninguno de estos dos efectos, ni el falso olor a vida ni el orden exagerado, lo que realmente fascina a Chloe. A ella, lo que la ha impresionado al entrar en el cuarto de su hermano es el tamaño de las cosas. Han pasado los años, y el tiempo se ha detenido de tal modo en la habitación de Eddie, que la niña descubre con asombro que cada uno de los enseres que hay allí ha menguado: la cama, la mesilla de noche, también un sofá en el que solía tumbarse Eddie con los pies sobre el respaldo; todo es mucho más pequeño de como ella lo recuerda. Y como una sorprendida Alicia en el País de las Maravillas, Chloe acaba descubriendo que en las habitaciones que no se frecuentan desde la infancia, se producen los mismos prodigios que en los cuentos en los que las niñas comen bizcochos misteriosos que ordenan en inglés: *eat me.* Ella debe de haber crecido en demasía, seguramente se ha vuelto enorme, porque antes las cosas eran de otro modo. Antes, su hermano era grande y ella pequeña; ahora, en cambio, la habitación entera parece hecha a su medida, y así lo comprueba Chloe sentándose en la que solía ser su silla cuando visitaba a Eddie, una silla diminuta. Y un paso más en la audacia hace que inicie otras exploraciones: abre un armario y allí está la ropa de Eddie, sus camisas pequeñas y sus zapatos pequeños, todo aún más reducido por contraste con lo que su imaginación ha sobredimensionado a lo largo de estos años. El orden de la muerte campea sobre la ropa perfectamente doblada bajo unos plásticos, pero aparte de este detalle, nada está inerte, pequeño sí, pero no muerto, pues ahí, atrapado en el envés de las telas, pervive el olor a Eddie de un modo tan real que la niña se ve impelida de pronto a retroceder, atónita, silenciosa, hasta chocar con la vieja mesa de estudio de su hermano.

E igual que ocurre con el resto de sus pertenencias, ahora la mesa en la que tantas veces había visto escribir a Eddie ya no le parece formidable, sino perfecta para ella. La niña Alicia se sienta en la silla, los pies le llegan cómodamente al suelo, del mismo modo que su mano alcanza a tocar los cuadernos de Eddie, esos que él nunca le permitía leer. Chloe abre uno, mira y hojea por primera vez sus muchos borradores de escritura, una veintena de páginas escritas con letra apretada e infantil a las que siguen otras líneas con tachaduras y correcciones que lo hacen todo ilegible. Aquello tan difícil de leer debe de ser su cuaderno secreto. Son, seguramente, las mismas páginas que él no había querido enseñarle antes de morir. «Por favor, por favor, Eddie —le había pedido tantas veces—, cuéntame qué estás escribiendo. ¿Se trata de una historia de aventuras y de amores y también de crímenes, verdad...?» Pero su hermano respondía siempre lo mismo: «No mires, Clo, espera. Algún día te dejaré leer lo que escriba, te lo prometo, esto no es nada, nada importante». Y en efecto, cuando ahora intenta leer los cuadernos de su hermano, Chloe logra descifrar apenas un puñado de ideas desordenadas, esbozos de tramas y muchas frases inconexas o inconclusas que carecen de sentido. «Bah, esto es basura, Clo-clo, supongo que antes de escribir una buena historia primero tendré que quemar muchas experiencias, emborracharme, tirarme a mil tías, cometer un asesinato, qué sé yo...» Y al escuchar la voz de su hermano en el recuerdo, la niña intenta neutralizar su influjo, pues no quiere acordarse de cómo había sido la despedida antes de que él partiera para no volver más. No, no, no quiero recordarlo, joder. Coño, Eddie, si no te hubiera dado esa rayadura de irte a buscar historias en una moto a doscientos por hora, ahora estarías conmigo; te odio, Eddie, no tenías ningún derecho a irte así... Chloe extiende una mano hacia la biblioteca de su hermano y luego hacia las carpetas. Como una niña caprichosa y contrariada, desbarata de un manotazo los papeles hasta hacerlos caer al suelo, desordenando los escritos de su hermano Eddie, sus intentos por juntar hermosas palabras y sus notas deshilvanadas llenas de frases torpes... todos esos esfuerzos inútiles que, según Chloe, le costaron la vida.

—Oye, Teresita —dice a lo lejos una voz imprudente que se cuela por las rendijas de las puertas y entra hasta en los santuarios de los muertos—. No me lo puedo creer, es realmente un prodigio, casi me muero del susto al verla...

A continuación un murmullo, alguien interrumpe a la voz lejana con una pregunta que Chloe no alcanza a escuchar. Y luego:

—Sí, querida, me refiero a esa foto de tu hija Clo-clo que acabo de ver en su habitación: una que hay sobre la mesa, una foto divina, y reciente además, ¿no? Bueno, pues me he quedado asombrada, hay que ver qué increíble es la genética, tesoro; si no lo veo no lo creo, Chloe se ha convertido en el vivo retrato de su hermano Eddie. Sí, hija, no mires con esa cara. Los ojos son distintos, es cierto, Eddie los tenía muy negros, pero salvo ese detalle, te lo juro: a pesar de la pinta de hare-krishna famélica que tiene, si Chloe se quitara todas esas argollas que se empeña en clavarse en los labios, estaría igualita a tu hijo, *poveretto mio*, que en paz descanse.

—Que en paz descanse —insiste la voz temeraria de Carosposo desde quién sabe qué remoto lugar de la escalera, abajo, y muy lejos de donde está Chloe.

Pero Chloe puede oírla perfectamente desde esa habitación cerrada y muerta que parece haber encogido hasta adecuarse a su tamaño. «¿...Y qué pasaría si no te apetece emborracharte, Eddie... y si no puedes tirarte a mil tías y tampoco te atreves a cometer un asesinato?» Es ahora el recuerdo de la última conversación que mantuvieron el que apaga los comentarios de Carosposo. Chloe puede oír su propia voz infantil interpelando al hermano, y, como en una respuesta inesperada, como si el conjuro de ese cuarto a su medida tuviera la virtud de trasladar al papel la contestación que Eddie le había dado a aquella pregunta, Chloe ve en una de las hojas emborronadas la letra inconfundible de su hermano que, entre mil tachaduras, ha escrito una frase de catorce palabras: «Entonces Clo-clo, no tendré más remedio que matar a alguien, o robar una historia».

—Igualita a su hermano —cree oír Chloe, pero ya no distingue entre las voces que suben de la escalera y las que se forman al conjuro de esa habitación que fue de él.

—Chloe va a cumplir veintidós años dentro de muy poco, la misma edad que tenía Eddie, ¿verdad? Mira, Teresa, no sé qué piensas tú, pero esta chica, dondequiera que esté y aunque se haya vuelto punkie y grunge y gilipollas y adicta al *piercing,* es la viva encarnación de su hermano, que Dios tenga en su gloria.

3
Serafín Tous y la pizza

La noche antes de partir hacia casa de los Teldi, dos de los personajes de esta historia se sentían solos. Uno era Karel Pligh, a quien Chloe había dejado en un bar, prometiéndole no tardar más de unos minutos, pero ya no había vuelto a aparecer.

El otro era Serafín Tous.

Es una suerte que nadie vea el comportamiento de las personas cuando están solas en la más estricta intimidad, porque, si así fuera, hasta las más cuerdas parecerían locas. Si un limpiador de fachadas, por ejemplo, o un vecino indiscreto hubieran mirado a través de las ventanas de la casa de Serafín Tous, habrían visto a un caballero de mediana edad, con barba de tres días, ataviado sólo con una chaquetilla de pijama muy sucia y unos zapatos con los cordones desatados, sentado ante un piano de cola y mirando fijamente a un teléfono, como si llevara meses en esa postura. En una inspección más minuciosa, el limpiador de fachadas o el vecino indiscreto repararían en que el hombre no estaba tan desnudo como podía parecer a primera vista. De tanto en tanto, sobre todo cuando, llevada por una inaudible música, su pierna basculaba arriba y abajo, podía verse asomar bajo la mugrienta chaqueta del pijama unos redentores calzoncillos a rayas. Pero en este segundo vistazo descubrirían también que el caballero no estaba sentado sobre una banqueta, sino en equilibrio sobre una incómoda pila de libros de arte; que tenía los codos sobre el piano y que abrazaba la caja de una pizza de ahumados a medio consumir que había sobre la tapa del instrumento. Todo esto añadía a la escena una nota de grasienta sordidez. Los ojos vidriosos del personaje, su pelo sudado y los hombros escurridos completaban una visión desoladora. En pocas palabras, Serafín Tous, con las manos locas y la mirada fija en el teléfono, era la viva estampa de alguien dominado por la inquietud y aquejado por un maldito insomnio. Y su aspecto se correspondía exactamente con la realidad: eran las nueve de la noche, llevaba tres días sin dormir y todo presagiaba que éste iba a ser el cuarto.

Una persona observadora sabe que existen dos maneras apremiantes de mirar a un teléfono. Una es la esperanzada-desesperada manera de quien anhela que suene, de quien desea con vehemencia que al otro lado surja por fin una voz amada o, quizá, una propuesta de trabajo tanto tiempo prometida. La segunda forma de mirar un teléfono la practicaba en esos momentos Serafín Tous: igual que si fuera un aparato maléfico, un imán maldito que atrae a quien *no* desea hacer uso de él, *vade retro*, Satanás o, lo que es lo mismo, Dios mío, aparta de mí este cáliz de perdición.

Mientras la pizza se mantuvo caliente dentro de la caja, a Serafín le había resultado relativamente sencillo refrenar el impulso de marcar un número que se había aprendido de memoria. Era un método absurdo pero eficaz: daba un bocado a la masa, se manchaba los dedos, chorreaba tomate... un trozo más, y otro... y así mantenía alejada la tentación; se diría que su comportamiento oscilaba entre dos impulsos contradictorios: odiaba la pizza, pero se obligaba a comerla; deseaba con todas sus fuerzas marcar ese número, y se prohibía hacerlo.

¿Cuánto tiempo llevaba en esa postura, delante de un piano que intentaba *no* tocar, comiendo algo que detestaba y evitando coger el auricular? Mucho. Era el sórdido colofón de noches enteras en las que, cuando intentaba razonar con cordura, invariablemente acababa colándose entre sus buenos propósitos la imagen de una puerta roja con una placa en la que, escrito en letras góticas, podía leerse «Nuevo Bachelino». Tragó otro trozo de pizza. El sabor a pescado le producía una mezcla de asco y placer. Ahora sabía cómo se gesta en las personas esa degradación mugrienta que puede verse en algunas películas norteamericanas: individuos que no se visten ni salen de su casa en varios días, encastillados en apartamentos malolientes, con ceniceros llenos de colillas, rodeados de botellas de bourbon vacías y cajas de comida a domicilio, casi siempre *chop suey* o pizza. Sus casas son la escenificación del sumidero por el que cualquier persona respetable puede caer el día menos pensado. Es tan fácil resbalar por esa pendiente, y el domicilio de Serafín Tous empezaba a acercarse demasiado a ella. Por fortuna, él no fumaba ni bebía; al menos se evitaba esa parte de la degradación: no había en ese escenario ni el olor acre de mil cigarrillos ni la presencia de envases consumidos con el ansia que se confunde con la sed más terrible. Pero el resto del descenso a los infiernos lo estaba sufriendo completo.

Cuando la noche se cierra, Serafín no enciende la lámpara, permanece ahí, en la misma postura, arropado por la oscuridad, con el único resplandor de las luces de la calle. Es preferible así; de este modo nadie, ni él mismo, podrá comprobar cómo crece su barba y se le vitrifican definitivamente los ojos. Qué estúpida situación la suya. Lo mejor que podría hacer, llegado a este punto, es marcar el maldito número de teléfono del Nuevo Bachelino: la única manera de combatir la tentación es caer en ella, decía alguien sin duda muy sabio. ¿Y por qué no hacerlo? En realidad es muy fácil. Se toma el auricular, luego el dedo forma sobre el teclado ese número que se ha aprendido de memoria, y a continuación sólo resta decir con voz firme e impersonal: «Buenas tardes. ¿Hablo con el Nuevo Bachelino? Mire, soy —y aquí Serafín duda: incluso tratándose de una llamada en su imaginación, no se atreve a vocalizar su propio nombre—, soy... un cliente —dice—; querría hablar con uno de sus muchachos, su nombre es Julián. ¿Está por ahí?»

Sí, sería muy fácil, incluso deseable, y sin embargo, la mano de Serafín Tous no va hacia el teléfono, sino que se agarra, igual que un náufrago, a la caja de pizza, como si ese endeble tablón de salvamento pudiera serle de utilidad. La abre, arranca un trozo de pizza fría que se le atora en la garganta, la masa parece hincharse, nota el sabor gomoso del queso y el regusto ácido del tomate... Una arcada se abre paso y le sube hasta la nariz, se siente tan mal que vomitaría todo, y ojalá lo hiciera, el vómito, al fin y al cabo, es una forma de limpiarse las putas entrañas.

Es esta expresión vulgar, muy ajena a su vocabulario, la que le hace reaccionar, y entonces se endereza, buscando con la mirada el retrato de su esposa. Como un niño culpable mira en derredor: la foto no está sobre el piano, como hace unos días, tampoco ante la chimenea, su lugar habitual durante tantos años. Nora, vida mía, ¿dónde estás? Y en ese preciso momento suena el teléfono.

Es tan imprevisto el campanilleo, que Serafín da un salto, como si fuera la mismísima Nora la que llama desde el más allá. Se limpia la mano en la chaqueta del pijama, preparándose para contestar, y un pensamiento loco viene a alterarlo: ¿y si fuera *él*? Valiente estupidez. La última persona que lo llamaría es el pequeño Julián, el muchacho de pelo tan corto y rubio; pero el teléfono suena con insistencia, tendrá que atenderlo, y Serafín alarga una mano.

—Dígame.

Al principio no identifica la voz de Adela Teldi. Se le hace ininteligible lo que ella le dice. Cómo, cómo, qué, qué, porque Adela se dirige a él con la voz rápida y sin modular que utilizan las personas cuando hablan con un amigo de muchos años; un torrente de palabras que Serafín consigue ordenar poco a poco hasta darles forma. Por fin logra entender a qué se refiere: se trata de un plan de escape, ésa es la mejor manera de definirlo. Su amiga quiere que la acompañe durante una pequeña fiesta de profesionales del arte que está organizando para su marido en la casa que tienen en el Sur, «y no aceptaré que me digas que no, tesoro, es justo lo que necesitas; luego, si quieres, te puedes quedar dos o tres días más tomando el sol y pensando en las musarañas; no me gusta nada tu aspecto últimamente, ya va siendo hora de que empieces a olvidar a Norita».

No es precisamente a su esposa a quien Serafín desea olvidar, pero la invitación suena igual de salvadora: el piano, la pizza, las manchas de tomate y su aspecto deplorable, la tentación del teléfono, todo eso podría quedar atrás en un momento.

—Sí, querida, con mucho gusto —dice, y se maravilla al ver que aún le queda un residuo de voluntad para escapar de esta situación.

—El plan es salir mañana mismo. ¿Quieres que pase por tu casa y te ayude a preparar la maleta?

Serafín tiembla: la mera posibilidad de que Adela o cualquier otra persona pueda entrar en aquella pocilga le resulta aterradora.

—De ninguna manera, querida, lo tengo todo organizadísimo, no te lo puedes imaginar —dice, y tras escuchar otra serie de explicaciones de Adela sobre la fiesta, cuelga de prisa, como si temiera que, a través del auricular, pudiera llegarle a su amiga el olor infecto.

Se queda unos instantes con las dos manos cruzadas sobre el teléfono, igual que si el auricular fuera el brazo de un buen amigo. Entonces Serafín piensa que la invitación ha llegado milagrosamente en el momento más oportuno. Salir de ahí... marcharse no importa dónde. Lo único que siente es que el plan incluya a Ernesto Teldi, pues nunca le ha caído demasiado bien el marido de Adela.

En la misma postura que antes, pero aún sin la energía suficiente como para separarse del teléfono o alejarse del piano, Serafín piensa que no sabe el porqué de su encono. Todo el mundo admira a Ernesto Teldi, y sin embargo él recuerda situaciones en las que su comportamiento no le ha parecido del todo correcto. Quizá le tenga envidia —piensa—, todo el mundo envidia a Teldi, y por eso yo no debería ser tan inflexible en mis juicios cuando el Destino mc acaba de regalar un cable salvador justo cuando las circunstancias eran más desesperadas.

Que Dios bendiga a Adela, que la bendiga y la preserve, como hasta ahora, de su horrible marido.

El odio o, mejor dicho, el desprecio son neutralizadores potentes de toda pasión. Por un momento, y ante su sorpresa, Serafín se da cuenta de que los escasos minutos que su mente lleva ocupada en pensar en Teldi son los únicos en los que se ha sentido bien. Mira la caja de pizza y piensa: «Tengo que poner orden». Acaricia el piano, incluso lo abre, y la visión del teclado, por una vez, no se asocia con su visita al club Nuevo Bachelino, ni a la irrupción en su vida de aquel muchachito angelical. Qué extraño, qué poderoso remedio este de los pensamientos mezquinos para apagar el deseo; y como para comprobar su eficacia, Serafín decide ahondar en ellos. Se incorpora sobre su improvisado asiento, deja bascular aún más las piernas y se recrea pensando en el estirado marido de Adela. Y nuevamente, oh, prodigio, logra olvidar su anterior estado de ánimo, hasta tal punto que su mano, muy serena, se posa sobre las teclas del piano sin que el contacto le provoque un escalofrío como tantas otras veces. Ya está. El descenso a los infiernos se ha detenido y, como para demostrarlo, sus dedos se deslizan sobre el teclado, componiendo unos acordes inconexos pero completamente inofensivos que no lo transportan a ningún pasado vergonzoso, sino que, deliciosamente, se dedican a anticipar el futuro. Es posible que los días que va a pasar en casa de los Teldi sean muy aburridos, pero cuán bienvenido es el aburrimiento en algunas ocasiones. Casi sin darse cuenta, sus dedos corren por el teclado con mucha más precisión, improvisando una música convencional y más bien monótona, como se imagina que será la fiesta de Ernesto Teldi. Desde luego lo que no habrá son muchachos, sólo un grupo de pesadísimos especialistas hablando todo el rato de cuadros y obras de arte. Perfecto, perfecto, se dice, aunque (el pianista se detiene), según había creído entender de la apresurada explicación de Adela al teléfono, esta vez posiblemente los invitados fueran más originales que en otras fiestas: «coleccionistas excéntricos», ésa había sido la expresión que usó, antes de añadir que también eran futuros clientes de Teldi. «Futuras víctimas de sus embaucamientos —piensa Serafín—, viejo tramposo de colmillo retorcido», y los dedos sobre las teclas ejecutan ahora unos compases muy acordes con la idea que Serafín tiene de Ernesto Teldi: su piano imita exactamente un trío de trompas; está interpretando a Prokofiev, *Pedro y el lobo*; son las pisadas del lobo sobre la nieve. La música brota inconscientemente, mientras Serafín piensa en Teldi y sólo en Teldi.

La tregua duró diez minutos, diez largos minutos sin acordarse de aquel muchacho de pelo cortado al cepillo. Y esto era mucho más de lo que había disfrutado desde el día en que se le ocurrió entrar en el Nuevo Bachelino. Al cabo de un rato, la punzada volvió, pero para entonces, Serafín ya había comprobado las virtudes del desprecio como antídoto pasajero pero también eficaz contra una mala pasión. Hay que ver, este método incluso resulta más eficaz que visitar adivinas —se dice—. Madame Longstaffe, la famosa vidente, le había prometido estudiar su caso y ofrecerle ayuda, pero no había vuelto a tener noticias suyas. Vieja farsante —se dice Serafín—, ¿dónde estarás ahora?

4
Karel y madame Longstaffe cantan rancheras

En la calle Corderitos, 29, muy cerca de Malasaña, existe un pequeño local llamado Juanita Banana al que acuden los amantes de los ritmos calientes. En horario de tarde-noche, puede verse allí un público neófito, admiradores poco exigentes de la música latina, además de bailarines de merengues y congas que han pasado por alguna academia de las muchas que abundan. En este primer turno, que dura hasta las tres de la madrugada, las banquetas del Juanita Banana están provistas de mullidos almohadones rojos, muy apropiados para los arrullos del amor. Los camareros son muchachas y muchachos latinos de bellos cuerpos, pero con poca experiencia hostelera, y la música que puede oírse es excelente, pero comercial y facilona. Abundan, por ejemplo, las canciones de Juan Luis Guerra, las rancheras de Ana Gabriel, vallenatos a cargo de Carlos Vives y los sones américo-cubanos de Gloria Estefan, que todo el mundo corea con gran bulla. Al tiempo que bailan o charlan con los amigos, los clientes, muy animados, beben innumerables mojitos de ron Bacardí o tragos de tequila con sal al grito de «dele nomás», lo que, según los asiduos, confiere al local un aire de autenticidad inmejorable del que salen felices y contentos: qué bonita es la música de la América caliente y qué bien nos lo pasamos.

Sin embargo, al perderse calle abajo los últimos de estos latinólogos neófitos cantando a coro:

vacilón, qué rico vacilón,
cha-cha-chá, qué rico cha-cha-chá

y al apagarse sus voces y borrarse sus siluetas del vano de la puerta, surge, como por ensalmo, otro club Juanita Banana muy distinto: uno secreto, al que sólo tienen acceso ciertas personas iniciadas. De pronto, el Juanita Banana parece replegarse sobre sí mismo. Desaparecen de las banquetas los almohadones rojos, para dejar a la vista la madera pelada. En un santiamén el ambiente se llena de bruma, como si alguien desde detrás de las cortinas se dedicara a insuflar el humo de grandes cantidades de cigarros puros, mientras que los camareros jóvenes y guapos son sustituidos por los siguientes personajes: el primero en entrar es René, un cubano de cara negra y ancha en la que se le aplasta una nariz muy ñata. René es el barman, campeón de los daiquirís y también el artífice de algunas extraordinarias pócimas congo realizadas con plantas como *kolelé batama pimpí* (ajonjolí para los profanos), ingrediente que, como todo el mundo sabe, mezclado con café actúa como afrodisíaco, además de ser muy eficaz para aliviar el asma.

El segundo de los personajes digno de mencionarse en este nuevo e iniciático ambiente es Gladys, la encargada de atender las mesas con toda la celeridad que sus noventa y siete kilos de carnes suaves y colombianas le permiten (aunque hay que verla bailando los sones del maestro Escalona, porque entonces Gladys se transforma en una ágil muchacha). El tercer miembro del personal —terceros, habría que decir— son los gemelos Gutiérrez, idénticos e inseparables, músicos virtuosísimos que, entre los dos, dominan todos los instrumentos, desde el cajón y los bongós cubanos al acordeón guajiro, pasando, naturalmente, por la guitarra, las trompetas mexicanas y hasta la quena, instrumento éste muy poco útil en el Juanita Banana, que se especializa en ritmos afroamericanos.

Y hasta este extraordinario local, esa noche se habían acercado dos personajes muy entendidos en música latina, deseosos de olvidar los tedios del día y relajarse cantando acompañados por los hermanos Gutiérrez.

Ya avanzan cada uno por su lado. Uno por la acera de la izquierda con las manos en los bolsillos, silbando una tonadilla como quien anticipa un gran placer. El otro se acerca por la acera de la derecha, envuelto en un manto que lo cubre, preservándolo de la curiosidad ajena. Coinciden ambos en la puerta... Pase usted primero. No, por favor, señora, pase usted, faltaría más. Entra madame Longstaffe. Entra Karel Pligh, dispuesto a pasar en vela la última noche antes de partir hacia casa de los Teldi. Y ambos se saludan con la cordialidad fría y obsequiosa de quienes no se conocen de nada, pero que tienen en común el pertenecer a alguna cofradía o logia.

Y una vez metidos en ambiente, cada uno con su bebida en la mano (caipirinha para madame, daiquiri para Karel), sentados a los extremos de la barra, ambos se preparan para pasar una velada deliciosa. Están solos en el local y, como ocurre en estas circunstancias, la fraternidad entre clientes y empleados se hace más evidente. Tres caipirinhas más tarde, René ya había salido de detrás de la barra para venir a sentarse junto a madame Longstaffe, mientras que Gladys y Karel improvisaban en la pista un dúo. La canción elegida fue una de Bola de Nieve que, en la versión instrumental de los hermanos Gutiérrez, tenía un aire entre cadencioso y santiaguero que encantó a la vidente. Después de esta interpretación, madame Longstaffe le preguntó a Karel su nombre y éste se lo dijo; también lo invitó a unirse a ella para saborear un licor de su tierra brasilera.

Se llama *cachaça,* pruébalo, es magnífico para mejorar la interpretación melódica.

Y en efecto, Karel comprobó su eficacia: minutos más tarde madame Longstaffe y él eran el centro de atención de los empleados del Juanita Banana. Madame estaba sentada en una alta banqueta mientras que Karel, a su lado, carraspeaba, preparando la voz para interpretar con sentimiento.

Si Néstor Chaffino hubiera tenido oportunidad de observar esta escena, sin duda habría podido añadir un argumento más a su teoría de que las casualidades no se vuelven coincidencias a menos que un testigo las ponga de manifiesto. Karel y madame Longstaffe pasaron una velada estupenda, cantando a dúo *Aurora; Yo tenía que perder; En eso llegó Fidel* e incluso *Garota de Ipanema* en brasilero; pero como no se conocían de nada, ni uno ni otro pudieron imaginar que los unían amistades comunes. Ni siquiera los potentísimos poderes paranormales de madame hicieron la conexión. Con sus conocidos dones para la clarividencia, podía muy bien haber alertado a Karel sobre todos los acontecimientos que iban a sucederse al día siguiente en casa de los Teldi. Como sus antepasadas las brujas del sombrío bosque de Birnam, Longstaffe bien podía haber advertido a Karel sobre la inminente muerte de Néstor. También podría haberle avisado sobre las curiosas circunstancias en las que iba a producirse la muerte y, sobre todo, podría haber repetido el vaticinio que ya había hecho para Néstor y Carlos aquella tarde en que fueron a visitarla: *Nada ha de temer Néstor Chaffino hasta que se confabulen contra él cuatro tes*. En efecto, todo esto podía haberle confiado madame a Karel Pligh al tiempo que le explicaba cómo, en el éter, se preparaba una conjunción de extrañas fuerzas y de pequeñas infamias. Pero madame Longstaffe no dijo una sola palabra: tal vez porque estaba demasiado ocupada en enseñar al chico una bonita canción de Paquita la del Barrio, muy apropiada para cantar a dos voces.

Claro que, conociendo el talento de madame Longstaffe y su peculiar sentido del humor, tal vez sí estuviera intentando decirle algo al muchacho. En todo caso, la duda quedará flotando para siempre en el aire del Juanita Banana, como flota también hasta el día de hoy la letra de la canción, no cubana ni brasilera sino mexicana, que ambos cantaron a coro y abrazados con la voz rota de *cachaça*. Porque, acompañada por los hermanos Gutiérrez, uno a la guitarra y otro al piano, Marlene Longstaffe hizo repetir a Karel, hasta tres veces, el estribillo de esa famosa ranchera cantada por Paquita la del Barrio, que dice así:

Tres veces te engañé, tres veces te engañé, tres veces te engañé,
y después de esas tres veces, y después de esas tres veces,
no quiero volverte a ver…

5
Ernesto y Adela en el ascensor

La noche antes de salir hacia su casa de Las Lilas, Ernesto y Adela Teldi repasaban algunos detalles de la fiesta.

—Contando a los Stephanopoulos, somos treinta y tres en total, y esa cifra nunca me ha gustado —dijo Ernesto Teldi.

—¿Porque a esa edad murieron Cristo... y Alejandro Magno... y también Evita Perón? —inquirió Adela—. No creo que deba preocuparte, pensé que eran otras tus supersticiones.

La conversación se desarrollaba por teléfono. El matrimonio Teldi ocupaba habitaciones contiguas en el hotel Palace, comunicadas por una puerta, pero ni uno ni otro atravesaba jamás esa vía discreta, coartada perfecta de tantos amoríos; bendita puerta, que sin duda se había ocupado de preservar las apariencias de muchas parejas clandestinas que, después de una tarde de amor, abandonaban el escenario cada uno por su lado y sin temores. En este caso, en cambio, la puerta servía para todo lo contrario: parecía unir, pero no se abría nunca, ya que los Teldi llevaban vidas paralelas. Las suyas eran como dos líneas viajando en el tiempo, una al lado de la otra, que sólo habrían de juntarse en el infinito... o quizá un poco más cerca: las convenciones sociales los unirían seguramente en la misma sepultura, porque ése es el indeclinable final para todo matrimonio bien avenido. Y también para aquellas parejas que se son completamente indiferentes.

—¿Te he explicado ya el problema del señor Algobranghini, Adela? Detesta a Stephanopoulos; creo que tuvieron una pelea por una cimitarra persa; arréglatelas para que dos coleccionistas tan quisquillosos no coincidan en la misma mesa y nos estropeen la noche.

Estos dos extraños apellidos, junto a otras tres decenas igualmente desconocidos, figuraban en la lista de invitados que Adela consultaba ahora al hablar con su marido. Y al lado de cada nombre, con la caligrafía sobria de Ernesto Teldi, se precisaba su especialidad: había dos coleccionistas de armas blancas, tres «fetichistas de todo lo relacionado con Dickens» (así rezaba la explicación), además de tres entusiastas de los íconos griegos —pero sólo aquellos en los que figurara san Jorge—; un «amante de las figuritas Rapanui» (qué sería aquello, se pregunta Adela antes de continuar), y la lista se completaba con coleccionistas menos exóticos, como los que se especializan en cartas de amor de grandes personajes, en soldaditos de plomo, en libros de fantasmas o en huevos de Fabergé. Adela repasa la lista por si conoce a alguien, pero no figura ninguno de los nombres famosos en el mundo del arte, y Adela, con una sonrisa, se pregunta cuál de los presentes será el objetivo de Ernesto Teldi. ¿Algobranghini, el coleccionista de armas blancas?, ¿la señorita Liau Chi, especialista en libros de fantasmas? O tal vez el elegido sea el único de los nombres que no viene acompañado de anotación alguna, un tal monsieur Pitou. Adela se encoge de hombros, lleva tantos años viendo cómo su marido se dedica con afinada intuición al juego de comprar a buen precio valiosos objetos para su venta posterior, que la caza ha llegado a parecerle divertida. Sobre todo últimamente, ahora que Teldi, ya muy rico, a veces persigue algún objeto especial, no de gran valor pero sí raro: hacerse con piezas únicas y extravagancias era la culminación de toda una vida dedicada al arte. Es evidente que una fiesta con esos invitados debe de tener como objetivo la captura de una pieza que esté en posesión de algún excéntrico al que su marido agasajará y adulará hasta rendirlo con su encanto.

—No quiero que haya lugares prefijados en las mesas, Adela. Todo tiene que parecer casual; pero de todos modos, confío en ti para que Stephanopoulos y monsieur Pitou se sienten con nosotros: Pitou a mi derecha y Stephanopoulos a la tuya.

Monsieur Pitou. Adela encuentra el nombre en la lista de invitados, pero ¿cuál será su especialidad? Sea cual fuere, ella comprende que ese desconocido es, sin duda, la presa, porque Ernesto Teldi, invariablemente, sienta a su derecha al invitado que en ese momento le resulta más conveniente. Pero ¿qué es lo que acabará comprando su marido tras la fiesta y a precio de saldo? ¿Una rarísima daga turca, tal vez un *billet doux*?

—De todas maneras, no te preocupes, ya hablaremos de los detalles en cualquier momento, déjalo, Adela, ahora no hay tiempo —dice Teldi al otro lado del teléfono—. ¿Cuánto te falta para estar vestida? ¿Podremos salir a las nueve? Se tarda más de una hora en llegar hasta casa de los Suárez.

Esa noche Ernesto y Adela Teldi estaban invitados a cenar en casa de unos amigos no relacionados con el mundo del arte. Eran las ocho y cuarto. Adela, aún sin maquillar, continuaba sentada sobre la cama, pero ella era experta en acicalamientos rápidos.

—Quedemos a las nueve en la puerta del ascensor para bajar juntos —le dijo a su marido.

Y a la hora exacta se encontraron: la puntualidad era la única virtud que compartían. Suben al ascensor y Adela aprovecha para mirarse en el espejo. Calcula que cuenta con tres pisos de delicioso descenso para comprobar que está muy guapa, como siempre que se viste para él. Obviamente, Carlos García no está invitado a la cena de los Suárez, pero las mujeres enamoradas (enamoradas no, Adela, no lo digas ni en broma, sensatez, prudencia), las mujeres *ilusionadas,* rectifica antes de continuar con la idea, siempre se visten para su hombre, aunque él no pueda verlas. Por eso, con el esmero de una novia que se adorna para el esposo, ella se ha bañado en perfumes y, más tarde, ha logrado que surja una Adela radiante de ojos vivos y labios tiernos que resplandece con una aura tan potente que incluso llama la atención de su marido.

—Estás muy guapa esta noche, Adela, pareces casi una adolescente —dice, y ella, agradecida, sonríe porque sabe que es verdad: digan lo que digan y mientan lo que mientan los fabricantes de cosméticos, el amor (o la ilusión amorosa) es el único milagro de eterna juventud que existe.

El ascensor baja otro piso, el último antes de llegar al vestíbulo: Adela piensa que le quedan todavía unos segundos más para recrearse en su felicidad. Mañana, mañana estaremos juntos, un día, unas horas, mi reino por unas horas. Súbitamente el ascensor se detiene. Parpadean las luces, amenazan con apagarse y, al final, se opacan hasta dejar el habitáculo en una mortecina semipenumbra de emergencia.

—Coño —dice Teldi, mientras busca y encuentra el teléfono de la cabina para llamar a recepción y preguntar qué pasa.

—Un apagón, señor, lo sentimos muchísimo, no es problema nuestro sino de la calle, toda la manzana está a oscuras. ¿Hay algo que pueda hacer por usted?

Teldi, contrariado, pide que avisen a los Suárez del posible retraso, antes de añadir:

—Y hágame el favor, llame a la compañía eléctrica o al Ayuntamiento o a quien le dé la gana, pero téngame informado; esto no es el Tercer Mundo, supongo que en Madrid los apagones no tienen por qué durar mucho.

—Sí, señor, naturalmente. Le informaré en cuanto sepa algo.

Los esposos se miran a la luz amarillenta de la cabina. Teldi hace un gesto de impotencia, mientras que Adela estudia las paredes y la puerta del ascensor. ¿Entrará suficiente aire? ¿Comenzará a subir drásticamente la temperatura hasta que se le descomponga el maquillaje? Qué desastre, incluso los rostros rejuvenecidos por la felicidad resisten mal las situaciones absurdas. Y ésta lo es. Y mucho.

—Si al menos hubiera una banquetita como en los ascensores antiguos —dice Teldi—. Uno espera mejor sentado, ¿no? Pero bueno, lo peor que puede pasar es que lleguemos tarde a casa de los Suárez, y eso tampoco es grave; gente bastante aburrida —suspira, antes de aflojarse el nudo de la corbata, más por acción refleja que por calor.

Atrapada allí con su marido, Adela piensa en Teldi y Teldi piensa en una carta de amor. Con la tranquilidad de quien está acostumbrado a enfrentarse con situaciones imprevistas, Ernesto aprovecha este inesperado encierro para recordar palabra por palabra una hermosa misiva que tiene previsto comprar mañana a uno de sus invitados. «Te necesito, te quiero, voy hacia ti», así empieza una cuartilla escrita de puño y letra de Oscar Wilde. Pero no se trata de un extracto del original de *Un marido ideal* como podría pensarse, sino de una súplica escrita tres años antes en una carta de amor dirigida a un desconocido y misterioso Bertie. ¿Quién podría ser ese personaje de nombre victoriano? A Teldi se le ocurre una posibilidad tan interesante como escandalosa, aunque no podrá verificarla hasta que la carta sea suya. *I want you, I need you. Im coming to you,* repite con placer de coleccionista, porque es muy posible que este hallazgo se lo reserve para él y decline venderlo, aunque seguramente le pagarían mucho por una pieza así. Pero cada vez con más frecuencia, Teldi prefiere la posesión al dinero. Una hermosa carta de amor —se dice y se emociona—, una muy bella carta de amor.

Adela, por su parte, no piensa en ternuras, sino que, de pronto, toma conciencia y se asombra por la proximidad física con su marido. Hace mucho tiempo que no están tan cerca el uno del otro. En casi treinta años de conveniente pacto matrimonial (yo no me meto en tu vida ni tú en la mía, tan civilizado y cómodo además) no ha habido fricciones. Las vidas paralelas sólo se juntan en el infinito o en la sepultura, pero para entonces ya todo dará igual. Adela se detiene en esta idea por un momento: «Juntos los dos por toda la eternidad». Suena como un castigo, pero ella jamás ha logrado comprender esa preocupación de las personas por asegurarse dónde y en compañía de quién acabarán reposando sus restos: cenizas de amantes esparcidas en el mar o sobre un campo de margaritas, cadáveres que reposan el uno junto al otro hasta el fin de los tiempos... todo suena romántico e incluso sublime y, sin embargo, las cenizas son cenizas, y los cadáveres, cadáveres. Adela no tiene la arrogancia de pensar que sus restos puedan sentir amor o echar de menos ausencias.

La vida, en cambio, con su carga de deseo, dolor, amor o agonía, está aquí, muy presente, haciéndole padecer todo esto y mucho más... Entonces se sorprende sintiendo la lejanía del cuerpo de Carlos y la proximidad del de su marido, que nunca le había estorbado hasta este momento, en que lo tiene demasiado cerca, y a Adela se le representa durante un segundo lo que suele suceder cuando dos personas extrañas coinciden en un ascensor: cada uno se coloca en los puntos extremos del habitáculo mientras ambos miran al techo para que sus ojos no se encuentren, para que sus cuerpos no se toquen. Se balancean incómodos, simulan silbar o consultar un reloj, deseando casi con violencia que la puerta se abra de una vez por todas, que se abra ya, porque resulta insoportable que un extraño invada nuestro territorio.

Teldi se ha recostado contra una de las esquinas del ascensor. A él no le molesta la proximidad del cuerpo de Adela, ¿por qué habría de molestarle?: ella es parte de su persona. Desde que hicieran el mudo pacto de vivir vidas paralelas tantos años atrás, Adela era tan suya como sus manos, sus piernas, su piel o la vestimenta que cubría su cuerpo. Y la quería, ¿por qué no?, como se quiere aquello que siempre hemos visto como una prolongación indivisible de nosotros mismos.

Así también había vivido Adela hasta ahora su relación conyugal. Con amantes que la hacían sentirse viva. Incluso con algún amor que, en alguna ocasión, le había hecho plantearse la huida. Pero al final se había quedado con Teldi, porque la huida es innecesaria cuando la libertad es total, cuando el pacto de vidas paralelas es perfecto y el territorio común lo suficientemente grande como para no estorbarse: dos lechos en habitaciones separadas, dos cuartos de baño, dos puertas de entrada y salida. El disponer de un amplio espacio es una de las mayores bendiciones que otorga el dinero, y una de las menos conocidas.

En cambio, ahora en el ascensor, con la proximidad intrusa de su marido, que acaba de desabrocharse dos botones de la camisa y que luego procede a quitarse los zapatos, a Adela la sacude un estremecimiento parecido a la náusea. El bigote de Teldi, que empieza a poblarse de gotas de sudor, el pelo falsamente abundante que ahora con el calor comienza a pegársele al cráneo... Todo esto se le entrevera con el recuerdo de Carlos, que acaba, agrandándose por comparación. Aspira el aire como si le faltase, y le duelen todos los músculos de puro deseo de salir de allí, de entregarse a otros brazos que no sean los de Teldi, que no huelan a carne vieja. Adela, una vez más, teme haberse enamorado más de lo prudente. Recuerda, querida —trata de decirse con un despego mundano que choca con la situación en la que se encuentra—, que el amor es para siempre... mientras dure. Te amaré eternamente hasta las ocho y media de la tarde. Ése había sido su sabio proceder con otros amantes, pues a lo largo de su vida, ha aprendido que amar es un verbo que sólo debe conjugarse en tiempo presente. Y Adela se repite esas premisas procurando no mirar a Teldi, no ver cómo la camisa comienza a pegársele al cuerpo. «La única pasión duradera es la que se dosifica y no se apura, la que no se bebe del todo, la que se desea y no se posee...» Todas son consignas prudentes que ella ha sabido respetar.

Ahora el calor ya es insoportable. En el ambiente pegajoso respiran uno el aire del otro. Teldi vuelve a llamar por el teléfono a conserjería, y a la estridencia de sus gritos y a sus protestas se unen otros tormentos de la proximidad, como el olor rancio del sudor de Teldi y su mano resbalosa que, sin querer, ha caído sobre el brazo derecho de Adela. Y el contacto envía una corriente eléctrica a lo largo de su espina dorsal, precisa y terrible como una revelación. Entonces se da cuenta de que hasta ahora había podido convivir con este cuerpo viejo, con un marido de pelo ralo que, cuando suda, se le pega al cráneo, simplemente porque no veía todos esos detalles como los ve ahora, en la obligada proximidad del ascensor. Siempre han sido independientes el uno del otro, indulgentes, viajando mucho y viéndose poco, sin estorbarse ni ofenderse, respetando cada uno el territorio ajeno para que el otro respete también el suyo. «Pero la libertad se angosta con el paso del tiempo», piensa Adela de pronto. Inevitablemente con los años llegará el fin de esa vida cara a la galería que ha sido siempre su salvación; llegará el momento de la soledad compartida en la que no habrá amigos, ni viajes... en cambio habrá más proximidad, achaques y enfermedades. Dios mío: la vejez es la invasión de todos los territorios.

Quince minutos. Adela nunca habría sospechado que, para dar la vuelta al mundo y volver del revés las convicciones de toda una existencia, bastaran quince minutos encerrada en un ascensor junto al futuro que la espera. Por eso, cuando de improviso la cabina se pone en marcha, el movimiento le produce tal vértigo que cree que, en vez de estar descendiendo hacia el vestíbulo, lo que hace es recorrer el camino que lleva al mismísimo infierno. Y en ese breve trayecto, con la misma lucidez de los que están a punto de morir, Adela ve pasar velozmente por el espejo del ascensor toda su vida amorosa. Ve a la joven Adela Teldi, bella e inaccesible, sin otro deseo que coleccionar amantes que la hicieran sentir más bella y también más inaccesible.

A continuación, un estremecimiento que durante años ha luchado por acallar, la hace detenerse ante la imagen de un hombre sin rostro mezclada con la sangre de su hermana Soledad que mancha el patio de su casa en Buenos Aires. Pero afortunadamente, las imágenes se suceden tan veloces que el recorrido no se detiene, sino que vuela, continúa y pasa a escenificar otros amores banales planeados para tapar aquella sangre. Muchas aventuras insignificantes hasta que en el espejo aparece el bello cuerpo de Carlos, como si estuviera con ellos allí dentro.

El ascensor ha llegado abajo y la puerta se abre.

—Por fin, ya era hora —dice Teldi, y comienza a reunir sus cosas. Busca la corbata que ha quedado en un rincón, luego los zapatos. —¿Y dónde estará el izquierdo? En un sitio tan pequeño en el que casi nos derretimos, ahora resulta que no lo encuentro.

Adela se agacha; está a punto de recogerlo para devolvérselo sin más comentarios, cuando un impulso loco la hace permanecer en esa postura servil. Mira a Teldi y, como si necesitara sellar con un gesto lo que ha descubierto en los últimos quince minutos, le dice:

—Ven, Ernesto, deja que te ayude.

Y de rodillas, se obliga a ponerle el zapato.

—Qué haces, Adela, ¿te has vuelto loca?

Pero Adela no está loca, quiere sentir una vez más el olor a carne vieja, hundirse hasta el fondo de todas las miserias para asegurarse de que, cuando salga del ascensor, la cotidianeidad no la hará olvidar lo que ha sentido en esos quince minutos, que son el presagio de lo que le espera en el futuro. La vejez es la invasión de todos los territorios —repite—, y llegará cuando ya no tenga fuerzas para huir, cuando ya no queden razones para cambiar de vida, porque la vida se habrá vuelto demasiado pequeña y no habrá dónde ir, ni con quién. El pie de Ernesto Teldi se ha hinchado con el calor, cuesta hacer entrar el talón, y se quiebra el contrafuerte.

—Déjalo ya, no sé qué demonios estás haciendo. Ven, levántate —dice Teldi, y al verle la cara añade—: Tienes un aspecto deplorable, Adela, deberías cambiarte, y yo también.

Adela no mira atrás. No sabe si su marido se ha quedado en el ascensor para volver a su habitación o qué ha hecho, pero ella sabe que tiene tres pisos para pensar en Carlos y todo lo que siente. Ya es tarde para cancelar la cena en la casa de Las Lilas, se dice; por unos días más seguirá adelante con los planes, pero luego, adiós Teldi. Adela no se cansa. Adela sube los tres pisos del modo ingrávido con que lo hacen los niños, porque acaba de jurarse que, por una vez en la vida, será ilusa y tonta y loca, y dará una oportunidad al amor.

CUARTA PARTE
El juego de los espejos

—En este incidente —dijo el padre Brown— ha habido un elemento retorcido, feo y complejo que no corresponde a los rayos directos del cielo o del infierno (tampoco a los de la magia). Igual que uno reconoce el camino torcido de un caracol, yo reconozco el camino torcido del ser humano.

G. K. CHESTERTON, *El candor del Padre Brown*

Ese truco lo hacen con espejos, ¿verdad?

AGATHA CHRISTIE

1
Llegada a la casa de Las Lilas

Las casas en las que está a punto de producirse una muerte repentina no se distinguen en nada de otras casas más inocentes. Es mentira que las maderas de los escalones crujan con sonidos semejantes al graznido de un cuervo y que las paredes parezcan tristes centinelas a la espera de algo perverso. También es falso que las cámaras frigoríficas Westinghouse, que horas más tarde habrán de cerrarse tras alguien y para siempre, ronroneen, invitando al incauto a meterse dentro. Todo esto es mentira y, sin embargo, sobre el felpudo de entrada de Las Lilas podía verse claramente una enorme cucaracha. Las cucarachas son insectos desagradables y con un terco sentido de equipo. A menudo, cuando uno acaba con la vida de un ejemplar, surge, nadie sabe de dónde, otro idéntico que lo reemplaza. Una segunda cucaracha tan gorda y lustrosa como la anterior que se comporta igual que la primera, con estoica exactitud, como ocurrió esa mañana con la cucaracha (o mejor dicho varias) que los personajes de esta historia se fueron encontrando sobre el felpudo a medida que llegaban a Las Lilas.

Si esta presencia puede considerarse un presagio o una señal, es cierto que la señal fue vista por todos, allí, desafiante, y moviendo las antenas. Y al verla, cada uno hizo lo que suelen hacer todas las personas cuando se encuentran con una cucaracha: aplastarla con el pie.

Ernesto y Adela Teldi, los primeros en llegar a la casa, al ver al feo insecto, aprovecharon para cruzar unas palabras: las primeras que intercambiaban después de horas de compartido silencio. No se habían hablado durante el trayecto en avión desde Madrid, y tampoco habían hecho más que algunos comentarios indispensables durante el viaje del aeropuerto hasta Coín, que era donde se encontraba Las Lilas, una casa antigua cubierta en buena parte por una glicina que los profanos solían confundir con las lilas que daban nombre al lugar.

—Ya te advertí que los guardeses que habías contratado eran un desastre —dijo Ernesto Teldi—. Encontrar una cucaracha en el jardín es algo inaudito, quién sabe qué nos espera al entrar en casa.

Metió la llave en la cerradura mientras echaba un vistazo en derredor. El resto del jardín parecía aceptablemente cuidado: unas hortensias azules crecían a ambos lados de la puerta principal, otros parterres estaban igualmente hermosos y, salvo algunas hojas que el viento arremolinaba en una esquina, el césped estaba cuidadosamente rastrillado, de modo que se destacaba al fondo una pequeña fuente con nenúfares y un seto de boj.

—Al menos el jardinero parece una persona cumplidora —comentó Teldi—; en cambio, ese matrimonio de guardeses holgazanes, ni siquiera está aquí para abrir la puerta. Me pregunto dónde se habrán metido —añadió al tiempo que hacía girar el pomo para entrar.

Con el primer paso hacia adelante, Ernesto Teldi aplastó la cucaracha, la carcasa del bicho crujió bajo la suela, y diciendo carajo, se limpió los restos del insecto sobre el felpudo. Segundos más tarde, Adela y él ya habían entrado en Las Lilas, donde tendrían que enfrentarse a un segundo contratiempo doméstico: los guardeses los esperaban con gran agitación para informarles que no podrían quedarse para la fiesta, ya que tenían que irse a toda a prisa a Conil de la Frontera por un asunto familiar mu grave, mu grave señora, lo siento en el alma, qué contrariedad.

—Que se vayan ahora mismo, en este instante, y que no vuelvan —había dicho Teldi, dirigiéndose no a sus empleados, sino a Adela, como si ella fuera la culpable de los asuntos familiares mu graves.

Y Adela, conciliadora, había pactado que se quedaran, por lo menos hasta que llegara el equipo de La Morera y el Muérdago, para explicarles el funcionamiento de la casa y dónde estaba todo. En ese momento Teldi se había dirigido a los guardeses por primera vez para exigir con la contundencia contrariada que se dedica a los desertores:

—Y antes de desaparecer para siempre de mi vista, llévense con ustedes esa cucaracha muerta, hagan el favor.

—Una asquerosa cucaracha —dijo Chloe dos horas más tarde, al encontrarse con idéntica sabandija sobre el felpudo, pero ésta muy viva, y moviendo las antenas en señal de bienvenida—. ¡Puaj!, qué asco, ¿quién coño le da matarile? Mi conciencia no me permite hacerle daño a los animales, pero es que hay que fastidiarse, joder.

Néstor y Carlos se detuvieron al ver el bicho. A Néstor, como a todos los cocineros, las cucarachas le resultaban repugnantes, y así se lo hizo saber a los guardeses cuando acudieron a abrirles la puerta.

—Yo no sé de dónde ha podido salir —se excusó la guardesa—, acabamos de limpiar otra igualita. Seguramente el señor Teldi se la trajo de la calle pegada a la suela, porque en esta casa no hay bichos. La cocina está como los chorros del oro, se lo juro; pase, pase por aquí y lo verá.

Entraron Néstor y la guardesa.

—¿Y la puta cucaracha? —preguntó Chloe—. Mátala tú, Carlos.

Y Carlos, que no tenía remilgos para estas cosas, aplastó al insecto igual que había hecho Ernesto Teldi.

—Ya está —dijo—. Vamos, Chloe, llévate estos bultos a la cocina; Karel está aparcando el coche y tengo que ayudarle a desembarcar el resto de los cacharros.

«Caramba, he aquí una *šváb* muy repugnante —pensó Karel Pligh, al ver una tercera cucaracha sobre el felpudo, tan lustrosa y húmeda como sus hermanas—. ¿Cómo demonios se dirá *šváb* en español?», caviló por un segundo, sin imaginar que, gracias a su gran cultura musical, había cantado en muchas ocasiones una famosísima canción mexicana dedicada a este insecto. Pero Karel no tenía tiempo para hacer más reflexiones entomológicas ni musicales en ese momento. Llevaba sobre sus hombros una cesta llena de peroles, sartenes y todos los utensilios de cocina necesarios para que Néstor preparara la cena en Las Lilas esa noche. Por eso, Karel, al pasar, aplastó la *šváb* con toda la contundencia de sus zapatillas Nike y siguió camino de la cocina: quedaba mucho por hacer y multitud de cosas que organizar antes de la llegada de los invitados.

El matrimonio Teldi y los empleados de La Morera y el Muérdago dedicarían toda la mañana y buena parte de la tarde a los preparativos, cada uno en su área. Teldi, por ejemplo, se encerró en la biblioteca para hacer varias llamadas de teléfono; quería confirmar que ninguno de sus invitados había sufrido un percance de último momento que le impidiera asistir. Adela por su parte, después de una detallada reunión con Néstor sobre los pormenores del menú (qué extraña idea, tenía la sensación de haber visto antes esa cara, pero ¿dónde?, ¿dónde había visto un bigote igual? Seguramente se acordaría dentro de un rato, pero en todo caso, y por si la coincidencia no fuera grata, lo mejor sería no dar la impresión de que le resultaba familiar: siempre es preferible, en estos casos, hacerse la desmemoriada), hizo un ruego al cocinero: ella prefería no tener que dar órdenes directas a los ayudantes de la empresa.

—Usted ocúpese de todo, señor Chaffino, incluso de los arreglos florales, use con libertad las flores del jardín si es necesario —dijo—; tengo algunas cosas que decidir con mi marido en el piso de arriba y, en cuanto pueda, pasaré por la cocina para que controlemos juntos los imprevistos que puedan surgir.

Néstor la tranquilizó diciendo que ésa era precisamente la ventaja de haber contratado sus servicios: no necesitaría ocuparse de nada. Ni de la comida, ni del arreglo de la casa (a pesar de la deserción de los guardeses).

—Somos pocos pero eficaces, señora, y estamos muy compenetrados. Eso es lo más importante. Los chicos, especialmente Carlos, son como mis hijos, ya lo comprobarás.

Y después de esta declaración, rematada con un inesperado tuteo que sorprendió a la señora Teldi (ha sido un lapsus, sin duda, se dijo Adela, no hace falta darle mayor importancia), vio cómo Néstor desaparecía de su vista con esa forma sigilosa de moverse que es el distintivo de los verdaderos especialistas en el arte de la hostelería.

A partir de ese momento La Morera y el Muérdago tomó posesión de Las Lilas.

Mientras los Teldi se desentendían de los preparativos, Karel, Chloe, Carlos y el cocinero se dedicaron a organizarlo todo, a poner mesas y arreglar flores, a cambiar de sitio muebles. «Hagan lo que quieran», había dicho la señora Teldi, y con la libertad que otorga el tener carta blanca y también con la experiencia de otras tantas fiestas parecidas, al cabo de un rato, los componentes de La Morera y el Muérdago entraban y salían de las habitaciones con toda soltura, igual que si se movieran en terreno conocido. Y fue así, trabajando a su ritmo y sin supervisión externa, cómo cada uno de los empleados tuvo oportunidad de descubrir una casa de Las Lilas muy diferente. Dicen algunos que las casas cambian de personalidad dependiendo de quién las mire. Que son agradables o amenazadoras, bellas o no, simpáticas u hostiles, según el ojo que las observe o un particular estado de ánimo. Dicen también que nadie ve lo mismo aunque todos miren idéntico espacio, y debe de ser cierto, a juzgar por las distintas impresiones que Las Lilas causó en los recién llegados. Néstor, por ejemplo, tuvo un sobresalto al entrar en el salón con idea de pasar el plumero. Una sensación incómoda le recorrió la espalda, pero es muy posible que, en este caso, no pudiera atribuirse a la decoración de la casa, sino a un objeto en particular que le provocó inquietud: la bandeja del correo.

—¿Qué mira usted? —interrogó Ernesto Teldi, que entraba en ese momento a buscar el periódico.

Néstor puso en marcha el plumero con un toque de muñeca de lo más diestro y, como si se interesara en las paredes y en los objetos más insignificantes, fue levantando una nube de polvo para protegerse.

—Bonita decoración, una hermosa sala —dijo—, quedará muy bien en cuanto la limpie un poco y la adorne con rosas del jardín, ya verá señor —añadió, volviéndose de espaldas para que Teldi no viera hacia dónde había dirigido su mirada.

Ernesto entonces recogió de la bandeja del correo lo único que había: un sobre abultado escrito con tinta verde y caligrafía trémula.

«Carajo», pensó Teldi, antes de desaparecer con el sobre.

«Carajo», pensó también Néstor, sacudiendo aún más el plumero como si de pronto la casa se le antojara llena de invisibles telarañas.

A Carlos García, en cambio, Las Lilas le pareció una casa luminosa y tranquila que le recordaba mucho a su infancia. Procurando no desatender su trabajo, Carlos se las arregló para ir de habitación en habitación creyéndose por un momento que se encontraba en Almagro 38. Pero no en el piso decadente y abandonado que muy pronto dejaría de pertenecerle, sino más bien en la misteriosa casa llena de rincones que había conocido de niño y que llevaba el sello de Abuela Teresa. Para Carlos, Las Lilas y Almagro 38 se parecían como madre e hija. Incluso reparó en que la elección de los colores era la misma: el vestíbulo estaba pintado de rojo... el salón de amarillo y los dormitorios ¿cómo serían? Carlos olvidó por un momento que esa casa pertenecía no sólo a la mujer con la que había compartido horas de amor en un hotel, sino también a su marido y, como un niño curioso, decidió echar un vistazo a los dormitorios, quizás esperando encontrar un vestidor lavanda o una habitación secreta en la que abrir un armario.

—¿Se puede saber qué estás haciendo aquí arriba? —dijo una voz que, afortunadamente, no era la del dueño de casa, sino la de Néstor Chaffino desde la puerta—. ¿Qué demonios haces abriendo armarios?

Carlos se sobresaltó. La escena se parecía tanto a la de aquella lejana tarde en la que, escapado de la siesta había sido sorprendido por una criada en el cuarto del fondo, que se oyó respondiendo estúpidamente:

—Nada, Nelly, nada, te lo juro.

Néstor lo miró. Su expresión era muy distinta a la que el muchacho recordaba en la cara de Nelly el día que descubrió a la dama del retrato dentro del armario, pero la situación era la misma.

—¿No vas a decirme nada? —preguntó Carlos, prefiriendo una reprimenda a esa actitud indefinible de su amigo—. ¿No vas a decirme que vuelva a mi trabajo, que deje de revolver en armarios ajenos, no vas a hacerme preguntas, Néstor?

Pero Néstor, que ya se alejaba hacia la puerta, sólo se volvió a medias para decirle:

—*Cazzo* Carlitos, algún día te darás cuenta de que en la vida hay veces en las que es preferible no hacer preguntas. Sobre todo cuando uno sospecha que no le va a convenir conocer la respuesta. —Y luego añadió, ya en otro tono—: Vamos, bajemos a la cocina; Chloe y tú tenéis que ayudarme con la cena.

Para Karel Pligh, en cambio, Las Lilas no era cálida, ni amarilla, ni tenía rincones. Tampoco le evocaba recuerdos de infancia, sino que le parecía una mansión sacada de una novela. Una casa irreal llena de cuartos de baño, más de uno por persona, contabilizó Karel, y luego todo ese espacio desperdiciado; aquí cabrían por lo menos quince familias. Él iba y venía por el comedor colocando sillas en torno a las mesas, cinco en total, y sobre cada una puso un candelabro y un centro de flores. Y al hacerlo, se entretenía en cuidar los detalles como un buen escenógrafo. La vida en Occidente a lo que más se parece es a un decorado —pensó—. A Karel le gustaba esa sensación. Esta noche podría aprender muchas cosas sobre cómo son las reuniones sofisticadas y, si era buen observador y se aplicaba en hacer las cosas bien, tal vez un día, quién sabe, él también podría estar invitado a una cena como ésta o incluso tener una casa parecida a Las Lilas; sólo era cuestión de trabajar mucho y tener suerte.

En ese caso, Chloe estaría orgullosa de mí —se dijo—. Pero quién sabe, Karel no estaba muy seguro de que así fuera.

¿Qué esconderían las niñas adorables y caprichosas debajo de sus nucas rapadas y de su pelo cortado a lo paje? —caviló—. Y como tantas otras veces, no pudo encontrar más respuesta que ésta: misterios del mundo occidental, siempre misterios.

Chloe estaba en la cocina con Néstor y Carlos pelando tomates. Centenares de tomates, montañas de tomates, que le impedían hacer reflexiones sobre Las Lilas. De haberlas hecho, seguramente le habría parecido que la casa de los Teldi era igual de horrible que la de sus padres, sin ningún calor de hogar y decorada sólo para las apariencias. Falso su acogedor aspecto, mentira la calidez de su vestíbulo que invitaba a entrar; y otra gran impostura: el ambiente de hogar de la chimenea encendida. En esta cueva no hay ni un puto sentimiento verdadero, habría sacado como conclusión Chloe si no hubiera estado tan atareada pelando tomates.

Pero muy pronto se aburrió de esta tarea mecánica y le dijo a Néstor:

—Esto es un rollo. Cuando de pequeños mi hermano y yo entrábamos en la cocina, siempre nos entretenían contándonos historias. ¿Tienes ahí esa libreta llena de infamias de la que no te separas nunca, Néstor? ¿Por qué no nos lees algo para pasar el rato? Venga, léenos algo.

—Cincuenta y cuatro, cincuenta y cinco, tú de momento dedícate a los tomates y déjate de historias. Necesitamos exactamente sesenta y seis peladuras para hacer las flores de adorno, dos por plato; a ver cómo te salen, querida —ordenó Néstor.

Por unos minutos la conversación cesó en favor del trabajo metódico. Las Lilas bullía con el ruido de actividades diversas. Desde donde estaba, Néstor podía oír sonidos en diferentes planos: primero a Carlos picando hielo en el fregadero de la cocina; más allá de la puerta, a Karel poniendo las mesas. Y Ernesto y Adela, ¿qué estarían haciendo? Néstor se los imaginó muy lejos, en sus habitaciones, aunque ella no podía tardar mucho en bajar a la cocina, se iba haciendo tarde.

—Venga, Néstor, esto es un verdadero coñazo. ¿Por qué no nos cuentas a Carlos y a mí otra historia de esas que guardas en tu libreta? Me gustan mucho las historias —insistió Chloe—, pero no por cotilleo, te lo juro, Néstor. Todos tenéis una imagen equivocada de mí. Porque aunque pienses que yo no tengo en la cabeza otra idea que pasarlo bien, me interesan más cosas, me va la literatura, por ejemplo. ¿A que no te lo imaginabas? Eso se lo debo a mi hermano Eddie, que quería ser escritor.

A Néstor esta conversación le había parecido otra tontería de Chloe. Un cocinero cuya responsabilidad inmediata es preparar una cena para un grupo grande y selecto de personas, no tiene tiempo que perder; por eso no prestó atención a las palabras de Chloe, ni cuando habló de su hermano muerto, ni cuando le explicó que Eddie quería ser escritor: «como tú, Néstor».

¿Cómo yo? —pensó Néstor por un instante, y con una carcajada—, ¿a mí qué me importan los escritores? —Pero inmediatamente se desentendió de Chloe, porque se le estaba derramando la bechamel.

Siempre era igual: cuando Néstor estaba en pleno ejercicio de su obligación no atendía a ninguna otra cosa. No existía para él nada que no fueran los peroles o, como en este caso, la bechamel y las flores de tomate que necesitaba para adornar los platos en los que luego se serviría una ensalada tibia de bogavante.

De no haber sido así, de no haber sido un cocinero tan concienzudo y atento a los guisos, se habría alarmado por la escena que tuvo lugar a continuación.

Chloe continuaba hablando cada vez más alto a medida que notaba que no conseguía atraer la atención del cocinero ni la de Carlos.

—Venga, Néstor, no me seas borde, sólo una historia, aunque sea repetida, no me importa; cuéntanos otra vez ese asunto de la mujer que dejó morir a su hermana en Buenos Aires, aquella tía que se tiró por la ventana, ésa sí que era una historia guay.

Néstor no vio que la puerta se abría: la bechamel acaparaba toda su atención. Tampoco Chloe notó nada y sólo Carlos se dio cuenta de que la hoja cedía para dejar paso a Adela Teldi que, al oír aquellas palabras, se detuvo en seco.

—Una historia de película, de película de terror, tío, cuéntanosla otra vez.

Tal como se había abierto, la puerta volvió a cerrarse, y Carlos continuó picando hielo y escuchando las tonterías de Chloe como si no hubiera visto nada. Es mejor así —se dijo—. Adela, al verme, ha preferido esperar, y tiene razón. Conviene que nuestro primer encuentro en Las Lilas sea sin testigos; apuesto que si hubiera entrado ahora, así, sin preámbulos, Néstor nos lo habría notado en la cara.

—Joder, Néstor, joder, Carlos —continuaba Chloe—, podríais hablarme, digo yo. No sé por qué el trabajo tiene que estar reñido con la comunicación humana.

Pero ni Néstor ni Carlos la escuchaban. El uno porque pensaba en salsas, el otro en amores y Chloe, aburrida, se dedicó a vagar la vista por la cocina hasta que su atención se fijó en la puerta de una gran cámara frigorífica que había al otro lado. «Westinghouse 401 Extracold», leyó distraídamente, y luego se detuvo a observar cómo la puerta, que era de acero inoxidable o de algún metal plateado, la reflejaba, aunque distorsionando y aumentando su cara como un espejo caprichoso. Chloe se divirtió arreglándose el pelo y comprobando cómo los *piercing* —sobre todo los de los labios— le daban un aspecto dabuten, tía —se dijo—. Y riéndose ante esa voluble imagen de espejo de feria, ya no pensó más ni en Carlos ni en historias de infamias, y tampoco en Néstor, ni en su libreta de hule. Treinta tomates más tarde, cuando ya todas las flores estaban cuidadosamente repartidas en los platos, Chloe preguntó a Néstor qué más quería que hiciera. Y Néstor, tras consultar el reloj, le había dicho que en la cocina ya no necesitaba ayuda y que subiera a cambiarse. Aún es temprano, pero conviene que compruebes que tu uniforme está perfecto y el delantal impecable. Venga, sube, Carlos y yo terminaremos con esto, tú procura planchar bien tu ropa. El resto de las instrucciones ya las sabes, querida: espero que dejes las argollas, los pendientes y demás *piercing* bien guardaditos en tu enorme mochila; qué demonios llevarás ahí dentro, cualquiera diría que la has preparado para una excursión de quince días al desierto.

—Mujeres —dijo Néstor con una sonrisa. Estaba de muy buen humor: todo marchaba divinamente.

En la habitación que comparten Chloe Trías y Karel Pligh suena una canción de Pearl Jam. Chloe ya se ha duchado y, con el pelo húmedo envuelto en una toalla, busca en su mochila el uniforme de doncella, una severa bata gris con cuello y puños blancos, un delantal de organza e incluso una pequeña cofia que las empresas de cátering prestigiosas como La Morera y el Muérdago han rescatado de los baúles para dar otro toque de distinción a sus servicios.

—Joder, dónde está el disfraz de mucama —se impacienta Chloe, y empieza a sacar de la mochila prendas y más prendas, todas las que ha recogido en casa de sus padres el día anterior.

Demasiadas cosas: camisetas, biquinis, unas bermudas chinas muy apropiadas para pasearse por el jardín de Las Lilas; todo está ahí menos el uniforme. Y Chloe preocupada busca, revuelve. Manda pelotas, ¿me lo habré olvidado con tanta coña en casa de los viejos?, con las prisas, ya no sé ni lo que cogí, pues aquí no está, y ahora qué hago, Néstor es un tío legal, pero no va a gustarle un pelo que no tenga la ropa adecuada.

Son las siete y media. Temprano pero no lo suficiente como para resolver el grave contratiempo de haberse olvidado el uniforme en Madrid. Coño, coño, coño. Y Chloe se pone a dar vueltas por la habitación hasta que se le ocurre una idea salvadora, la única posible.

Mira en el armario. Karel tiene dos uniformes de camarero: un chico tan precavido nunca se permitiría viajar sin traje de repuesto; ésta es una profesión en la que hay que estar preparado para todo tipo de imprevistos, y Karel Pligh lo está, afortunadamente. Ahora la niña ya sabe lo que va a hacer.

—Será divertido vestirse de tío —dice.

Una hora más tarde suena el timbre. Es pronto aún para que sea alguno de los invitados, de modo que Karel Pligh, sin abrir la puerta, asoma la cabeza por una ventana. Ante la entrada principal ve a un caballero de cara amable y pelo cortado al cepillo que lleva en la mano una maleta pequeña.

—Buenas tardes, soy Serafín Tous— dijo el hombre.

—¿Viene usted para la fiesta? —preguntó Karel desde la ventana sin mucha idea de cuál sería el protocolo en estos casos.

Serafín sonrió. Estaba de muy buen humor, más aún al comprobar que el bello rostro de Karel, enmarcado en la ventana como un retrato, no le producía esa terrible desazón que se había instalado en su vida de un tiempo a esta parte.

—Estoy invitado a la fiesta y también a pasar la noche; pregunte usted, si quiere, a la señora Teldi, joven; vaya y pregunte.

Serafín espera unos segundos hasta que Karel abre la puerta.

—Buenas tardes, señor.

Y Serafín Tous puede ver, detrás de Karel Pligh, el interior sereno de Las Lilas. Una casa tan apacible, perfecta, perfecta, siempre le digo a Adela que me recuerda a un balneario, un sitio donde se curan todas las angustias —piensa.

—¿Me permite, señor? ¿Quiere que le lleve la maleta?

Al recoger el equipaje y adelantarse (sígame, señor, yo le señalo el camino), Karel Pligh ha dejado al descubierto una gran cucaracha húmeda y lustrosa que saluda a Serafín Tous desde el felpudo. Pero Serafín es miope y está de buen humor, por eso se confunde de bicho. Un bonito escarabajo pelotero, se dice, y le da un empujoncito con el pie, qué bonito, qué bonito es el campo, justo lo que él necesitaba en estos momentos para alejarse de todo peligro y de los posibles testigos de su secreto.

—Vamos, vamos —le dice con toda delicadeza a lo que él cree un escarabajo—, vete por ahí a hacer pelotas.

Poco más tarde, Serafín Tous había cambiado por completo de opinión. Si el incidente de la cucaracha hubiera ocurrido dos horas después, seguramente no habría confundido al insecto con un escarabajo, y la casa de Las Lilas, que al llegar le había parecido apacible, según su nueva percepción ahora se le antojaba decadente y llena de cachivaches, la típica casa de un coleccionista con mucho dinero y poca alma. Sí. Eso pensó Serafín Tous, sentado en la terraza de Las Lilas con el periódico en una mano, una copa de jerez en la otra y las dos temblando por lo que le acababa de suceder; minutos después de instalarse en tan relajada postura, había visto aparecer por un ventanal de la terraza los inconfundibles bigotes en punta que ya lo habían sorprendido una vez en el club Nuevo Bachelino y otra en casa de madame Longstaffe.

—Buenas noches —dijeron los bigotes—. Dejaré esto aquí con su permiso; son para adornar la terraza.

Y aquel hombre, al depositar unas velas sobre la mesa, lo miró con una sonrisa tan poco tranquilizadora que Serafín no pudo evitarlo: el jerez se le derramó sobre los pantalones. Una mancha rubia y sospechosa comenzó a extendérsele desde la ingle.

—Dios santo —se dijo, y a continuación—: Nora, tesoro, ¿es que no hay nada que puedas hacer para salvarme de esta horrible coincidencia?

2
Todos quieren matar a Néstor

Si madame Longstaffe, famosa adivina bahiana (y también gran coleccionista de animales disecados), hubiera estado convidada a aquella fiesta de especialistas en objetos raros, sin duda habría captado que sobre la casa de Las Lilas se cernía la sombra de un crimen. Pero madame Longstaffe no estaba invitada, y aunque lo hubiese estado, tampoco habría tenido ocasión de percibir tan amenazadora sombra, pues cuando Las Lilas se vio invadida por esa inquietante y negativa energía, ninguno de los invitados estaba presente.

Los coleccionistas aún tardarían un buen rato, y en la casa no había más personas que las ya conocidas en esta historia, cada una vistiéndose para la cena. Y mientras lo hacían, tal como ocurre cuando la gente se entrega a rituales rutinarios —ya sea lavarse los dientes o vestirse—, las ideas volaban libres, tan inconscientes que, de pronto, cuatro de estos personajes coincidieron en un único pensamiento: todos querían matar a Néstor. O, al menos, deseaban, con el fervor impotente de las almas que sufren, que ese cocinero sabelotodo nunca se hubiera cruzado en sus vidas.

Es completamente estúpido, estúpido y además injusto, que este tipo aparezca precisamente ahora —iba diciéndose Ernesto Teldi mientras elegía de una cajita los gemelos que se iba a poner esa noche—. Eran dos curiosas piezas en forma de espuela gaucha cuya visión no contribuyó precisamente a alejar de su pensamiento una parte del pasado que deseaba olvidar, sino todo lo contrario, espoleó su recuerdo hacia ideas muy desagradables.

Muchos años habían transcurrido desde que Ernesto Teldi abandonó Argentina y más de veinte desde que había conseguido que su historial fuera perfectamente respetable y prestigioso. En realidad, siempre lo había sido, a excepción de sus comienzos como contrabandista, pero ¿qué tenía eso de censurable?, ¿acaso el contrabando no había sido el inicio de otras fortunas igualmente respetadas?

Y ahora, al cabo de los años, resulta que este tipo tiene la osadía de presentarse en mi casa creyendo que yo no iba a reconocerlo —piensa Teldi—; llego a Las Lilas, abro una puerta y me lo encuentro pasando un plumero por mis muebles y por mis objetos de arte como si fuera un inocente miembro del servicio doméstico; es increíble. Pero yo jamás confundo u olvido una cara aunque me guardé muy mucho de demostrarlo cuando nos encontramos frente a frente. No hay duda posible: este tipo es Antonio Reig, nuestro antiguo cocinero de Buenos Aires —añadió Teldi, demostrando en un segundo la inexactitud de lo que acababa de afirmar.

Sobre su mesilla de noche, mirándolo con descaro, estaban las tres cartas escritas en tinta verde que había recibido en poco más de una semana. La firma era ilegible y la letra difícil, pero el contenido lo remitía a sus más antiguas pesadillas: los gritos que lo atormentaban por las noches y que callaban de día, el ruido de los motores... y Teldi logró descifrar también un nombre propio, que invocaba claramente un episodio que él suponía olvidado por todos. El nombre era el del teniente Minelli, mientras que otros párrafos farragosos de la carta insistían en recordarle más gritos de muchachos, el oscuro brillo del Río de la Plata, un viaje sin regreso y su avioneta de contrabandista que había servido para cometer un crimen. ¿Y qué pedían esos renglones torcidos que lo acusaban sin firma desde la mesilla de noche?

Dinero, naturalmente.

Muy injusto —se repite ahora Teldi, mirando sus originales espuelas de plata, que son el símbolo de todo lo que ha logrado en la vida con tanto esfuerzo: el dinero, el éxito, el respeto general—. Se lo había ganado a pulso y sin atajos porque lo único oscuro de su pasado era aquel episodio con Minelli la noche en la que el milico le pidió su avioneta y él se la prestó sin hacer preguntas. «Una infamia que usted cometió una vez», así decían los renglones verdes. De acuerdo, tal vez lo fuera, pero sin duda se trataba de una pequeña infamia; y bien cara la había pagado: desde entonces todas sus noches habían estado habitadas por las pesadillas, también por los gritos, repitiéndose idénticos, hora tras hora. La gente suele pensar que los hombres como yo no sentimos ni padecemos, pero ¿qué saben?, ¿qué sabe nadie en realidad? Teldi repasa sus últimos años y se convence de que ha dedicado media vida a hacerse rico y la otra media a hacerse perdonar por haber tenido tanto éxito. Tanto esfuerzo: su labor de mecenazgo… el incalculable dinero que había dado a distintas causas, la creación de sociedades benéficas… pero por lo visto era inútil; ninguna de estas buenas acciones lo redimía a ojos del prójimo. La gente cree que las personas como yo nos mostramos generosas para purgar algún pecado o simplemente por vanidad, cuando lo cierto es que se trata del patético tributo que los ganadores rendimos al perdedor y que es como suplicarle: mírame, yo también te necesito, necesito que me aceptes, que me admires, necesito que me quieras.

Y ahora —piensa Teldi, mientras acaba de ponerse el otro gemelo, el del puño derecho, que es el que entraña más dificultad—, ahora, tanto esfuerzo se ve amenazado por esta carta: «Usted y yo conocemos lo que ocurrió en 1976», acaba diciendo la letra verde que se parece tanto a una hilera de cotorras sobre un alambre. Teldi está seguro de que aunque esas cotorras contaran estrictamente la verdad, nadie les creería, porque ¿quién iba a creer que el pecado de Ernesto Teldi se limitaba a haber prestado su avioneta al teniente Minelli en una ocasión? Prestar una avioneta una vez sin hacer preguntas no tiene mayor importancia —piensa—, por eso hay que *adornar* un poco la verdad, y resulta muy fácil hacerlo, pues entre contar las cosas tal como sucedieron e inventarse que yo colaboraba con la guerra sucia no hay más que un paso, del mismo modo que entre la verdad y la interpretación torcida sólo hay un detalle, un diminuto matiz muy útil para un chantajista. «Tenga cuidado, Teldi, recuerde que me sería muy sencillo hacer llegar su historia a la prensa —dice la carta—, piénselo, ya no voy a escribirle más, sino que tengo intención de ponerme en contacto directo con usted para que solucionemos juntos este pequeño... malentendido. Quizá lo haga por teléfono o quizá...» (aquí la letra verde se hacía completamente ilegible, pero Teldi cree entender la pretensión del chantajista). No hay duda —se dice—, con todo el descaro del mundo este tipo ha decidido presentarse en mi casa. Está aquí, aquí mismo. Nunca he visto osadía igual, ¿cómo se atreve?

Se atreve —piensa Ernesto Teldi, que por fin ha terminado de abrocharse los gemelos y comienza a ponerse la chaqueta— porque se cree impune. Él cree que no lo he reconocido y espera el momento para atemorizarme con su extorsión. Y lo peor del asunto es que yo acabaré pagándole lo que me pida, no importa cuánto ni cómo, cualquier cosa, con tal de verme libre de esta maldita sanguijuela.

Ernesto está a punto de abandonar su habitación. Ya decidiré más tarde, después de la fiesta, cuánto le voy a pagar —se dice—; la vida continúa y ahora tengo otros asuntos de los que ocuparme, afortunadamente el dinero sirve para muchas cosas; por ejemplo, para arreglar este tipo de contratiempos y acabar con las sanguijuelas.

Va a salir, su mano se dirige al pomo de la puerta y en ese momento las espuelas de plata rozan el picaporte con un cling apenas perceptible que, sin embargo, en su cabeza suena como una alarma. Entonces piensa que se ha equivocado en el razonamiento, que el dinero no es la solución, y que en el caso de las sanguijuelas, sólo contribuye a engordarlas y a hacerlas más voraces. Una vida entera para lograr la respetabilidad, y en cambio, sólo se necesita un segundo para acabar con una buena reputación. La única sanguijuela inofensiva es la que está muerta —piensa, y se sorprende—. Él ha sido toda su vida un hombre de métodos eficaces pero siempre suaves, pacíficos, y sin embargo a veces

¿Qué es preferible: engordar una sanguijuela con dinero —y yo tengo suficiente como para afrontar esta sangría sin demasiado esfuerzo— o buscar otro método de acabar con ella? Esta pregunta iba a rondar la cabeza de Ernesto Teldi durante toda la velada.

Por su lado, y víctima de parecida inquietud, Serafín Tous pensaba en la magia para deshacerse de Néstor. Pero no en encantamientos como los que podía utilizar madame Longstaffe ni sus antepasadas las célebres brujas del bosque de Birnam. No; Serafín se entregaba, en ese mismo momento, a retahílas y conjuros caseros que todos hemos invocado alguna vez: si con apretar un botón —se decía tan inofensivo caballero— pudiera hacer desaparecer a este tipo, lo haría sin dudarlo. Si existiera, Dios mío, el modo de pulsar un dispositivo secreto, clic, que hiciera desvanecerse a este peligroso individuo, si estuviera en mi mano cerrar herméticamente una compuerta que lo aislara como se aísla a los microbios en una cámara de frío, como se encerraba antiguamente a los apestados para que no contagiaran y tampoco molestaran con su presencia aterradora...

Serafín Tous está sentado sobre la tapa del retrete. La imagen que presenta es la de un respetable magistrado de pelo gris cortado al cepillo con las rodillas juntas y las piernas valgas formando una equis, mientras las manos se entrelazan sobre los muslos en actitud de súplica. ¿Cómo demonios lograría sobrevivir a la fiesta que dentro de poco iba a comenzar y en la que se esperaba de él un comportamiento sereno? Le aguardaban tres, cuatro, tal vez *cinco* horas de reunión social en las que debería participar en los comentarios banales, sonreír, admirar convincentemente las obras de arte que Ernesto Teldi les iba a enseñar, al tiempo que se maravillaba con los comentarios de este o aquel invitado excéntrico... En resumen: ¿sería capaz de realizar toda la conocida gimnasia social en este terrible estado de ánimo en el que se encontraba? Serafín arrancó mecánicamente un trozo de papel higiénico largo como sus temores y con él sc secó la frente.

Lo más terrible del caso —pensaba— es que sobrevivir a la reunión no supondría ni mucho menos lo peor, sino lo más fácil. Porque con tanto ajetreo, era improbable que Néstor tuviera ocasión de propalar por ahí insidia alguna, desvelar, por ejemplo, dónde y en compañía de quién había sorprendido una vez al magistrado Tous. Gracias a la fiesta, esta noche su secreto quedaría a salvo. Pero se trataba sólo de un respiro momentáneo. Ahora el tipo conocía su nombre y su profesión, sabía también quiénes eran sus amigos, y sería muy fácil que llegara hasta alguno de ellos un comentario sobre cómo se habían conocido en el club Nuevo Bachelino. Mañana comienza el verdadero peligro —piensa Serafín—. Es imposible prever el momento exacto en el que ocurrirá: mañana, pasado, la semana que viene... Y ése iba a ser su refinado martirio: la incertidumbre y la espera, hasta que un día una sonrisa cáustica o la actitud de un amigo le confirmara que todo estaba perdido y que su pequeño desliz sin trascendencia era ya de dominio público. Las rodillas de Serafín se aprietan para que sus piernas formen una equis aún más desoladora, mientras reflexiona sobre cómo se producen los fenómenos de la maledicencia. Muchas veces suceden por pura frivolidad —se dice—, ésa es la gran ironía del asunto, y él lo ha podido comprobar en infinidad de ocasiones. Resulta terrible, pero al final, los peores secretos acaban desvelándose sólo por el gusto de compartir un chismorreo indiscreto con los amigos: ¿queréis que os cuente dónde sorprendí un día a Serafín Tous, ese respetable magistrado? ¿A que no sabéis que es sarasa, maricón y pederasta? ¿A que no lo sabéis? Y al reclamo de frases como éstas, se amusgan alertas todas las orejas de los parroquianos: ¿de veras?, cuenta, cuenta...

Sí, es cierto, de este modo se trunca más de una carrera y se arruina una vida —medita Serafín, sentado sobre la tapa del retrete—; y lo más grandioso es que la gente no lo hace ni por maldad ni por ligereza. Ni siquiera por envidia, sino simplemente por la pequeña gloria de ser el centro de atención durante un par de minutos, qué cosas.

Desde la posición en la que está, Serafín no alcanza a verse la cara en el espejo del cuarto de baño, sólo ve el arranque del pelo y su arrugada frente. Una vida entera intentando escapar, olvidarse de aquel muchacho frágil con el que solía tocar el piano hace tantos años, para, de pronto, delatarse de esta manera. La frente se le contrae en un gesto de dolor, son muchos y contradictorios los pensamientos que se atropellan tras las arrugas, pero sobre todos ellos se impone uno infantil, otra vez ese deseo tonto que suplica: si yo pudiera apretar un botón, si fuera así de fácil hacer desaparecer para siempre a un tipo molesto, lo haría sin dudarlo. Y Serafín Tous, que normalmente no se atrevería a hacer daño a una mosca, se gira hasta quedar mirando el pulsador de la cisterna, mientras desea que el hecho de librarse de Néstor fuese equiparable a apretar ese botón, porque entonces, por el desagüe, se irían todos sus temores y sus preocupaciones. Tira de la cadena y un estruendo desproporcionado hace temblar el retrete como si estuviera a punto de estallar la cañería. Caramba —piensa Serafín—, qué mal funcionan las cosas en una propiedad poco utilizada como Las Lilas. Pero ya se sabe, las casas de veraneo suelen tener muchas averías: inundaciones, roturas, tal vez un peligroso corto circuito. Serafín Tous se ha puesto de pie, y como si algún duende doméstico quisiera apoyar su tesis sobre los peligros que entrañan las casas de veraneo, al acercarse para encender la luz del espejo se produce un fogonazo. Se trata de un chisporroteo espontáneo proveniente de la bombilla. Es una suerte que él sea un tipo con buenos reflejos y se haya apartado a tiempo, porque podría haberse electrocutado. Esta casa es un peligro —piensa—, tendré que decírselo a Adela, alguien puede sufrir un lamentable accidente. Claro que —se dice Serafín Tous con ese mismo anhelo infantil que tiene desde hace un rato— pensándolo bien, quizá sea mejor no decir nada. Al fin y al cabo, a veces uno se encuentra con situaciones únicas en la vida. Por ejemplo, ser testigo de un accidente y no hacer nada por ayudar a la víctima. Uno oye sus gritos, debería tenderle la mano, y en vez de auxiliarla, lo que hace es esperar impávido sin intervenir, o peor aún: aprovecha para darle un empujoncito al Destino. Serafín mira la bombilla de la que escapa un delicioso olor a quemado. Ocurren tantos accidentes —se dice—, no hay que hacer nada: sólo estar alerta para ayudar a la mala suerte, y eso es tan sencillo y limpio como apretar un botón. Sí —dice Serafín Tous, saliendo del cuarto de baño con otra visión de las cosas y alguna idea nueva en la cabeza—, aún pueden suceder muchos imprevistos en una noche, uno nunca sabe, ¿verdad?

Mientras degustaba la deliciosa cena organizada por Adela, y mientras conversaba con sus vecinos de mesa, Serafín Tous iba a darle vueltas a la idea de cómo provocar un accidente; serían varias horas de interesante reflexión.

A una tercera persona, Adela Teldi, también le habría gustado ver desaparecer a Néstor, pero ella todavía no planea cómo hacerlo, sino que piensa. Cuidado, recuerda lo que te ha dicho ese cocinero hace un rato: Carlos es para él como un hijo, conviene no olvidarlo.

Esta noche, al vestirse para la fiesta, Adela no se mirará al espejo. No tiene ganas de ver reflejada en sus ojos la preocupación causada por dos revelaciones que se han producido aquella misma tarde y del modo más casual. La primera fue reconocer a Néstor y recordarlo como un amigo de Antonio Reig, su antiguo cocinero en Buenos Aires. La segunda revelación es aún peor. Incrédula como santo Tomás, Adela ha tenido que ver para creer, oír para estremecerse, de lo contrario, nunca habría imaginado que podrían darse tantas y tan infelices coincidencias: no sólo da la casualidad de que Néstor es alguien que conoce su pasado, sino que, al entrar en la cocina sin anunciarse, Adela ha tenido la buena (quién sabe, tal vez la mala) fortuna de sorprender una conversación entre el cocinero y sus empleados. Por eso tiene la certeza de que él ya les ha contado a sus ayudantes todo lo ocurrido en Argentina, incluida la muerte de su hermana.

Es este pensamiento, que Adela tantas veces ha querido enterrar, el que le hace buscar sobre su cuerpo los senderos emprendidos por la mano de Carlos García, esperando hallar en ellos olvido. Pero contrariamente a lo que le ocurre otras veces, ahora ese recorrido únicamente le produce dolor, tanto, que observa sus brazos, sus hombros, esperando encontrar la piel herida. No es así, pero el dolor persiste y se traduce en palabras que Adela pronuncia en voz alta, como si fueran los componentes de una suma.

—Uno: este hombre me conoce. Dos: este hombre ya les ha contado a los chicos lo que sabe de mi vida. Y tres: este hombre dice que Carlos es como un hijo para él. No hay que ser muy inteligente para comprender lo que significan las tres cosas sumadas: si lo quiere tanto, le faltará tiempo para prevenirlo contra alguien como yo. Claro que, para que eso suceda, Néstor tendría que saber cuál es mi relación con Carlos, y estoy segura de que por ahora la desconoce.

El dolor cesa. Este último pensamiento la tranquiliza, pero sólo un instante, pues inmediatamente intuye que sólo es cuestión de tiempo el que Néstor llegue a descubrirlos. El amor —se dice Adela tristemente— es exhibicionista, tú bien lo sabes, querida; al amor le resulta imposible no delatarse: una sonrisa pánfila, un leve temblor, un tono especial de voz, una mirada... En cualquier momento Néstor descubrirá alguno de estos síntomas en ella o en el muchacho. Y entonces, se acabó.

Todo esto, es decir, el miedo, el peligro y el anuncio del fin de su aventura amorosa, es lo que teme leer en sus propios ojos si se mira al espejo, por eso se aparta de él. Pero no es fácil vestirse a ciegas. Adela elige entre sus trajes uno sencillo que no requiere de ensayos previos: un simple traje negro, una apuesta segura. Siempre hay en el vestuario femenino prendas que reclaman la ayuda de espejos y otras que no. Existen vestidos antojadizos que necesitan de un buen rato de estudio y de pequeños retoques y astucias ante una luna para probar su eficacia. Pero otras prendas, en cambio, menos caprichosas, dan un resultado seguro y siempre fiable, como el traje que Adela saca ahora de su armario. Se viste apresuradamente y sin pensar, y entonces surge otro problema: si no se atreve a mirarse, ¿cómo se retocará el maquillaje, cómo se peinará? Adela no tiene más remedio que asomarse al espejo, pero lo hace fugazmente, no vaya a ser que esa otra Adela zurda —al lado opuesto de la luna— le diga algo que no desea oír, algo parecido a esto: «¿Ves?, te lo dije, tenía que suceder. Debiste hacer caso al presagio de los pulgares, a ese conjuro de bruja que, a lo largo de tu vida, siempre te ha alertado de cuándo se avecina algo inconveniente. Y aun sin presagios ni conjuros, ¿qué esperabas, ilusa Adela? No pensarías que el amor, un gran amor, iba a resultar gratis. Es lógico, algo se tenía que torcer. Ahora ya lo sabes: resulta imposible salir indemne de veinticinco años de matrimonio y de una larga colección de amantes, menos aún salir indemne de un secreto doloroso que has querido ocultar hasta de ti misma. ¿Pensabas acaso que sólo porque ayer tomaste la valiente resolución de abandonarlo todo y te juraste que una vez pasada la fiesta ibas a asumir todos los riesgos y dar una oportunidad al amor ya estabas pagando un alto precio? Te equivocaste. La incertidumbre y el terror al fracaso no son precio suficiente, aún deberás pagar más. El ayer siempre pasa sus facturas, Adela: tu hermana muerta, los amores que trajeron aquella desgracia, la culpa... todos estos recuerdos no son más que fantasmas, es cierto, pero los fantasmas tienen la mala costumbre de volver. Y vuelven cuando menos los esperas, en el cuerpo de los personajes más inverosímiles; mira, si no, aquí tienes al fantasma de todo lo ocurrido en Buenos Aires encarnado en un cocinero de bigotes en punta».

No. Nada de todo esto le dirá el espejo, porque Adela no se mirará en él. Como tantas veces a lo largo de su vida, ella se prohíbe pensar. Las ideas a las que se les impide tomar forma no existen, o al menos no duelen. Y sin embargo, todo es un engaño. Se mire o no al espejo, piense o no piense, Adela sabe que algo tendrá que hacer para que Néstor no acabe con su recién estrenada felicidad. Lo mejor sería adelantársele y hablar con Carlos para contarle la verdad, porque al fin y al cabo —se dice Adela—, ¿qué puede importarle al muchacho una historia tan vieja ocurrida en otro país, con personas que no conoce y que no significan nada para él? Una tontería de juventud, un estúpido devaneo que acaba en desgracia, es cierto, pero todo el mundo tiene en su vida una pequeña infamia.

By the pricking of my thumbs something wicked this way comes. Adela intenta subirse la cremallera del vestido, cuando al rozar su piel desnuda nota el picor de los pulgares y sus dedos se curvan como en un extraño presagio, en el que se mezclan el tacto de dos cuerpos y el recuerdo de dos nombres, uno reciente y el otro muy lejano en el tiempo: Carlos García y Ricardo García, y Adela los emparenta como si fueran padre e hijo. A través de la desazón de los pulgares, siente de pronto que el tacto de las dos pieles es idéntico, como sus apellidos. Pero qué bobadas se te ocurren, Adela, que estúpidas locuras, ¿cuántos hombres hay con el mismo apellido a los que no les une parentesco alguno? ¡García!, por amor del cielo; Adela, tú desbarras, lo mejor que puedes hacer es dejarte de tonterías y mirarte de una vez en ese espejo, así no hay manera de arreglarse, y saldrás feísima de esta habitación, como una verdadera bruja y sin peinar.

Pero Adela no se atreve, pues teme encontrar allí reflejada alguna otra terrible coincidencia que ni siquiera osa imaginar. ¿Y si Carlos García fuera el hijo de Soledad y de Ricardo? ¿Qué pasaría entonces? Es una posibilidad entre mil, y una entre un millón, que ese cocinero chismoso conozca el parentesco, pero si así fuera...

Si así fuera, se dice Adela, enfrentándose ahora a la luna, por primera vez y sin temores, yo no tendría reparos en cerrarle la boca para siempre, pero afortunadamente no habrá necesidad de hacerlo. En la vida nunca se producen tantas coincidencias. No pienses más, acaba ya de vestirte, es muy tarde.

Entonces Adela hace algo que no ha hecho en años: extrae de su joyero el camafeo verde, regalo de Teresa, su madre, el día que cumplió quince años. No recuerda haberlo usado nunca como broche, pero ese viejo disco de jade engarzado en oro quedará muy bien sobre el traje negro y austero que se ha puesto. Y ahora basta de ideas locas —se ordena antes de ir hacia la puerta—. Abre. Cierra. Mira el descanso de la escalera, todas las cosas que mañana habrá abandonado para siempre, y sonríe. En realidad no es mucho lo que dejo atrás, comparado con lo que espero me depare la suerte, si nada se tuerce. Y nada tiene por qué torcerse, ya me ocuparé de que así sea.

Adela baja las escaleras: va a representar por última vez el papel de señora Teldi, la anfitriona perfecta, y mañana... Mañana, pase lo que pase, será el comienzo de una vida nueva.

«Mataría a Néstor con mis propias manos —pensaba Chloe Trías en ese mismo momento en la habitación que comparte con Karel Pligh, encima del garaje de Las Lilas—. Sólo a él podía ocurrírsele diseñar un uniforme de camarero tan cerrado como éste. Parece un traje Mao Zedong o un mono de motorista, me voy a asar como un pollo.»

A Néstor Chaffino no le había hecho ninguna gracia enterarse de que Chloe se había olvidado el uniforme de camarera en casa de sus padres. Resultaba siempre un punto de distinción el que las chicas que trabajaban para La Morera y el Muérdago lucieran bata oscura, cofia y un delantal blanco de organza. «Pero bueno, si te lo has dejado todo en Madrid, no veo otra solución que la que me propones: está bien, Chloe, puedes ponerte el traje de camarero que te presta Karel —había dicho Néstor—. Ahora, eso sí —le advirtió—: ya que te vas a vestir de hombre harás el favor de parecer un hombre en todo. Camina como lo hacemos nosotros, imposta un poco la voz para no asustar a los invitados, péinate con el pelo hacia atrás y, sobre todo, quítate esas anillas que llevas en la cara, por amor del cielo.»

Chloe ya se ha puesto los pantalones y la chaqueta, que es severa y abrochada hasta el cuello, como la de un motorista, y ahora, frente al espejo, empieza a quitarse uno a uno los *piercings*, lentamente para no hacerse daño, mientras va recitando de dónde procede cada una de las anillas: ésta me la dio mi cuate Hassem por Navidad; ésta la compré yo en una tienda de todo a cien; ésta es regalo de K... Karel, tesoro mío, el tío más guapo. Y a medida que va despojándose de todo, se da cuenta de que hace un siglo que no ve su cara desprovista de adornos, y los caretos cambian, joder, vaya si cambian. Chloe decide dejar para el final la argolla que le atraviesa el labio inferior porque ésa sí que duele y se vuelve hacia el espejo para peinarse. Busca en el neceser de Karel y encuentra un peine y un tubo de fijador mientras abre el grifo. A Chloe empieza a divertirle la idea de disfrazarse de muchacho, por eso se detiene un momento en imitar un gesto que ha visto repetir a tantos hombres, desde Karel Pligh hasta su hermano Eddie. Un gesto que parece tomado de la película *Grease* y que consiste en pasarse el peine con la mano derecha, al mismo tiempo que se alisa el pelo con la izquierda; joder, qué gozada, me gusta esto, parezco... y de pronto, su mano como si no le perteneciera, continúa con los golpes de peine, uno y otro más, para retirar todo el pelo hacia la nuca, hasta quedar peinada como un chico, un chico de veintidós años, los mismos que Chloe cumplirá el mes próximo.

—¿Se puede saber qué estás haciendo, Chloe? Por Dios, date prisa, Néstor estará furioso.

Es la voz de Karel Pligh desde fuera del cuarto de baño la que se inmiscuye en su juego y la obliga a detener su mano.

—¿Qué? ¿Cómo? ¿Quién eres?

—¿Quién crees tú que va a ser? Soy yo, Karel. Es tardísimo, abre ya, o bajaré sin ti.

Pero Chloe no atiende a la voz que la reclama al otro lado de la puerta, sino que se dirige a unos ojos que ha creído ver en el espejo. Luego, sin volverse hacia la puerta dice:

—Baja tú solo K, no me jodas.

Y al decirlo se da cuenta de que esos ojos que la miran severos desde el espejo no son azules como los suyos, sino muy negros, y parecen hablar:

«No digas esas cosas, Clo-clo, tú nunca has hablado así.»

—¿Eres tú, Eddie?

La cara en el espejo parece la de Eddie, pero no lo es, es la de ella: si no, no llevaría ese feo *piercing* en el labio inferior, que no cuadra en absoluto con el estilo de su hermano y que posiblemente le esté haciendo daño.

—Espera, Eddie, no tardo nada en quitártelo; te prometo que nunca más me lo volveré a poner. —Y la niña, con todo cuidado, retira el último anillo de su labio, para que el reflejo de su hermano pueda sonreírle sin obstáculos desde el espejo.

—Así, así está mejor, ahora déjame que te toque.

Toda la escena no ha durado más que un confuso minuto en el que Chloe, como si fuera de noche, como si estuviera jugando en sueños con su hermano, estira los dedos hacia él para tocar sus ojos tan diferentes a los suyos, pero al hacerlo descubre que el encantamiento se ha roto, y no es otra que su mirada de niña la que aparece en la fría superficie del espejo.

—Es la última vez que te aviso, Chloe —insiste la voz de Karel desde la puerta—. Néstor nos ha llamado ya tres veces.

El espejo, ahora, no muestra más que a una niña vestida de chico. Se parece a Eddie, es cierto, lleva el mismo peinado, y hasta el traje es similar al que vestía su hermano la tarde en que murió, pero la mirada es distinta. Esos ojos oscuros, una vez más, la han dejado sola.

Por eso, aquella noche, mientras sirve las mesas y atiende a los invitados, Chloe procurará reencontrarlos en todos los espejos de Las Lilas.

—¿Estás jugando conmigo a las escondidas, Eddie?

3
La cena en Las Lilas

—Bien venidos todos a Las Lilas —dijo Ernesto Teldi alzando su copa—. Es un gran privilegio para Adela y para mí tener reunidos esta noche a treinta y tres de los más originales e importantes coleccionistas de arte de todo el mundo.

Por su aspecto, nadie podría haber adivinado que aquellas treinta y tres personas que miraban a Teldi desde sus respectivas mesas en el comedor de Las Lilas eran doctos especialistas en las más dispares disciplinas del arte. Por lo general, todos los gremios y profesiones tienen un denominador común que los distingue, ya sea en la forma de vestir o en la pedantería, en el esnobismo o en el modo de hablar. Los coleccionistas de objetos raros, en cambio, se caracterizan por ser ellos mismos una rareza y —en el más literal sentido de la palabra— constituir cada uno una pieza única. Allí estaban, por ejemplo, los señores Stephanopoulos y Algobranghini, expertos ambos en armas blancas, sin otro rasgo común que un desmesurado amor por el oporto *tawny.* Por eso ambos habían desechado el cava con el que Teldi los invitó a brindar, en favor de una diminuta, altísima y roja copa que contenía un Royal Port del año 59. El resto de su personalidad, en cambio, no podía ser más dispar. Stephanopoulos, a pesar de su nombre griego, era la perfecta representación de uno de esos caballeros del Imperio británico en los que Eton, Oxford y más tarde una vida en el campo en compañía de caballos, perros y gatos ha dejado una huella indeleble. Algobranghini, en cambio, parecía un tanguero, hasta tal punto que su traje a rayas, con clavel en el ojal y pelo a la gomina, dejaron fascinado a Karel Pligh. Parece un auténtico guapo de arrabal —se dijo mientras rellenaba por décima vez la minúscula copa del caballero—, nunca he visto una encarnación más perfecta del espíritu de Gardel.

Y así, los ojos de un observador curioso podrían haber hecho inventario de la diversidad de estilos que define a los amantes de los objetos raros. Una original reunión aquella en la que Liau Chi, célebre coleccionista de libros de fantasmas, se parecía —a pesar de su inconfundible nombre— mucho más a un personaje de Wilkie Collins que a una señorita de Hong Kong (lo que era, por cierto). Los tres fetichistas «de todo lo relacionado con Charles Dickens» parecían ser, por este orden: un gordo con aspecto de boxeador, una recia dama bretona parecida a Becasine —ese viejo personaje de cómic francés— y, por último, un caballero, éste sí, de dickensiano aspecto, fiel trasunto de Mr. Squeers, el avaro profesor de *Nicholas Nickleby.*

La lista de invitados se completaba con los coleccionistas de íconos (una señorita con aspecto de modelo, un pope ortodoxo y, finalmente, un muchacho imberbe de rostro angelical que aparentaba mucha menos edad de la que constaba en su pasaporte). Qué hermosa criatura —no pudo evitar decirse Serafín Tous al verlo, pero inmediatamente sus ojos viajaron del querubín hasta la puerta de la cocina, tras la que amenazaba la presencia de Néstor entre los peroles—. Ojalá se queme una mano y tengan que llevárselo a urgencias —deseó—. Al fin y al cabo no era tan terrible ansiar que una persona tuviera un tonto accidente doméstico, una pequeña baja laboral… y quién sabe si con ello bastaría para que desapareciera de su vida y de la de sus amigos.

Pero, malos deseos aparte (y eran muchos los que flotaban sobre Las Lilas aquella noche, con Néstor como objetivo), para terminar de describir a los presentes, habría que decir que el plantel de coleccionistas se completaba con algunas damas y caballeros de apariencia convencional, a excepción de dos: el coleccionista de estatuillas Rapanui, que parecía la reencarnación del naturalista Humboldt, y monsieur Pitou, el invitado de honor de aquella reunión, reputado especialista en cartas de amor de personajes célebres. Monsieur Pitou —que durante toda la cena había recibido la atención de Ernesto Teldi en la más sutil operación-seducción— era un hombrecillo de poco más de metro treinta de estatura, pero perfectamente proporcionado. Émile Pitou tenía unas bellísimas manos, y un esqueleto tan armónico que cualquiera podría pensar que había sido víctima de algún hechizo, no sólo por su escaso tamaño, sino también por una particularidad facial: el dueño de las más hermosas cartas de amor del mundo era feísimo y tenía el cuerpo menguado, como si un encantamiento amoroso lo hubiera convertido de príncipe en rana.

—Ahora, querido Émile, antes de que pasemos a la biblioteca —dijo Teldi una vez que tomó asiento al acabar su pequeño y convencional discurso de bienvenida—, me gustaría darle las gracias por haberme proporcionado uno de los momentos más emocionantes de mi vida.

Teldi se abrió la chaqueta en un gesto cómplice e hizo asomar la blanquísima esquina del billete de amor que Pitou le había vendido antes de la cena, sin que él hubiera tenido que emplear la artillería pesada de sus encantos mercantiles. Un extraño tipo monsieur Pitou, su boca batracia enseñaba ahora una magnífica dentadura en una sonrisa feliz que alarmó a Teldi. En realidad había sido demasiado fácil comprarle aquella curiosa carta de amor firmada por Oscar Wilde. Y muy barata además; ¿estaría engañándolo su invitado? *I want you, I need you, Im coming to you...*, la letra era inconfundiblemente la de Wilde; la fecha proclamaba que, en efecto, había sido escrita tres años antes de que el autor utilizara la misma frase en una de sus más famosas comedias; todo un hallazgo sí, pero siempre que no fuera una falsificación. Qué idea más estúpida —pensó Teldi—, nadie se atrevería a timar a un coleccionista tan reconocido como yo... Como yo *hasta el momento* —rectificó Teldi—, con un incómodo pensamiento que lo remitía a la hilera de cotorras verdes que descansaban sobre su mesilla de noche. Entonces se dijo que convenía no olvidar que, en el implacable mundo de los compradores de arte, bastaba un pequeño escándalo o un desliz para caer en la categoría de los hombres de negocios desprestigiados: en caso de cumplirse sus peores temores, de la noche a la mañana Ernesto Teldi pasaría a ser uno de esos individuos patéticos, pobres ídolos caídos a los que nadie respeta y a los que está justificado engañar sin pudor. ¿Lo estaría timando su invitado? ¿Habría adivinado Émile Pitou, con esa capacidad para la anticipación que caracteriza a los negociantes más intuitivos, que Ernesto Teldi muy pronto ya no sería un marchante de nombre intachable?

Monsieur Pitou estaba ahí delante, sonriéndole con sus ojos de sapo, pero al mirarlo, de pronto, Teldi ya no lo veía a él, sino a un ejemplar de otra especie animal más rastrera y peligrosa que la de los anfibios. Maldita sanguijuela, si caigo en desgracia será por su culpa —se dice Teldi, pensando en Néstor, y no es la primera vez que esa noche le dedica un pensamiento—. Han sido muchas las ocasiones en las que, mientras charlaba con los invitados y ejercía de anfitrión amabilísimo, a Ernesto Teldi se le había colado en la cabeza una pregunta: ¿qué demonios voy a hacer con el tipo? En ese momento la rana sacó una larguísima lengua —como quien intenta atrapar una mosca— que luego volvió a guardar con una sonrisa.

—¿Está usted bien, amigo Teldi?, lo noto pensativo.

Y Teldi, que atesora junto a su corazón la carta de amor que acaba de comprarle a monsieur Pitou por un precio inesperadamente barato, se convence entonces de que no puede permitir de ninguna manera que ese chantajista, esa sanguijuela de la cocina, arruine su carrera ni empañe su encanto como anfitrión. Debería aplastarla, evitar que siga interfiriendo en mi vida, ¿pero cómo? —piensa Teldi—, *¿cómo?* Ya se me ocurrirá una idea, creo que ya se me está ocurriendo una... pero de momento, basta.

—Venga, venga por aquí, monsieur Pitou —dice Teldi al coleccionista de cartas de amor tomándolo por el brazo—. Pasemos a la biblioteca a tomar un coñac, quiero presentarle al señor Stephanopoulos.

La biblioteca de Ernesto Teldi es de sobra conocida, tanto, que no haría falta describirla. Cualquier lector de revistas como *House & Garden* o *Arquitectural Digest,* alguna vez ha tenido que ver fotografiada esta habitación, en la que se combinan el más sutil buen gusto con el amor de su dueño por los objetos únicos. Y la mezcla es tan armónica, que nada salta a la vista del modo obvio u ostentoso con el que suelen hacerlo algunas obras de arte. Porque en la biblioteca de la casa de Las Lilas no se apiñan los objetos igual que en un bazar turco como sucede en casa de tantos coleccionistas, ni tampoco apabullan las exquisiteces. Todo parece casual, como si los objetos a lo largo de muchos años hubieran encontrado ellos mismos su acomodo. Colgado a la derecha hay, por ejemplo, un pequeño Manet que custodia la puerta de entrada. Se trata del busto desnudo de la misma modelo que a tantos escandalizó en *La merienda campestre,* pero aquí su presencia se funde elegantemente con otros cuadros de la habitación, de modo que pasa inadvertida para todo ojo que no sea el de un exquisito. Por su parte, una estatuilla art déco de un fauno vigila al Manet desde la lejanía, pero cualquiera podría pensar que esta ubicación es casual, cuando en realidad se trata de un deliberado juego de simetrías. Y lo mismo ocurre con otras piezas magníficas: todas están situadas de forma que no salten a la vista, mientras que los muebles funcionales —sillones, sillas, pequeños pufs para acomodar a los invitados— son muy confortables para que los entendidos puedan arrellanarse en ellos mientras se dedican a disfrutar con los cinco sentidos. Así, todo es discreto, todo entona, e incluso se entreveran sin ostentación una vitrina con una pequeña pero curiosa colección de soldaditos de plomo con una panoplia de armas cortas, puñales, dagas y estiletes.

—Esta daga de puño rojo se la vendí yo a su marido el año pasado, querida señora Teldi —iba diciendo Gerassimos Stephanopoulos a Adela—. Desde entonces, su valor se ha triplicado, ¿y sabe por qué, querida? Porque el mes pasado apareció en la revista *Time* una foto de juventud de Mustafá Kemal en la que lleva al cinto este mismísimo cuchillo. ¡Qué golpe de suerte! Qué buen olfato tiene su marido para los negocios, pero de veras no me molesta nada que me haya ganado la mano, créame; yo siento gran admiración por su marido y su talento artístico —dijo el griego, mientras miraba a Adela de un modo que cualquiera diría que la estaba tasando como a una pieza que le gustaría adquirir.

Pero Adela era inmune a los halagos esa noche. Había pasado toda la cena comportándose del modo amable y mecánico que se aprende a lo largo de muchos años de tedio social y que no requiere la utilización ni de una neurona: sí... no... ¿...de veras?

Pero qué extraordinario... Es reducido pero eficaz el lenguaje que se utiliza para sobrellevar una conversación automática, y Adela era experta en estas artes, como también lo era en el arte de continuar con sus pensamientos mientras su rostro y toda su actitud parecen interesadísimos en lo que dicen sus invitados.

—¿De veras, señor Stephanopoulos?, por favor, cuénteme todo lo que sepa sobre Mustafá Kemal y su daga roja.

El coleccionista comenzó encantado un largo discurso y así, en la cabeza de Adela se fueron mezclando la historia juvenil del fundador de la Turquía moderna con los más dispares pensamientos.

—Debe usted saber que en el año 1912, cuando Mustafá era un muchacho...

(¿Dónde estaría *su* muchacho, dónde estaría Carlos? —pensaba Adela—. Durante la cena, al chico le había tocado atender una de las mesas más lejanas, y no lograron cruzar miradas ni una sola vez. Ahora, en cambio, al llegar la hora de servir los digestivos, y al ver cómo Karel y Chloe evolucionaban entre los invitados ofreciéndoles cava, armañac y whisky de malta, rozándose con ellos, una y otra vez, Adela deseó poder tocar a Carlos García, con la proximidad impune que se produce en las aglomeraciones. Quería pasar su mano como al descuido por su brazo, acariciarle la espalda que esperaba besar más tarde, al terminar la fiesta, «cuando todas estas personas se hayan ido, y ya no queden caras a las que sonreír ni conversaciones a las que prestar atención».)

—No me lo puedo creer. ¿De veras que fue así, señor Stephanopoulos? Pero qué fascinante.

—Tal como se lo estoy contando, querida, celebro que note usted la ironía del asunto —continúa el coleccionista de dagas con una gran sonrisa—. De no ser por este incidente, Mustafá Kemal nunca habría llegado a llamarse Ataturk.

(Dónde estás, dónde, amor mío, acércate mucho, tanto que lleguemos a respirar uno el aire del otro, para que nuestros cuerpos se junten delante de toda esta gente, delante de Teldi y de sus amigos. Será un dulce anticipo de lo que sucederá mañana, cuando esta vida haya acabado para mí y ya no tengamos que buscarnos en la lejanía.)

—De la tribu de los ilusos podríamos decir que era nuestro héroe, si me permite la metáfora —iba diciendo Stephanopoulos, animado por un «¡No me diga!» que Adela Teldi le había regalado para dar cuerda a la conversación—. Pero iluso o no, lo cierto es que la jugada le salió tan bien que el joven Mustafá logró conducir a su pueblo hacia la modernización... aunque eso supuso renunciar a algunas cosas, a costumbres ancestrales, usted ya sabe...

—¡Qué interesante! —introdujo oportunamente Adela, y este pie permitió al griego perorar durante unos buenos tres minutos más para que, sobre sus palabras, ella pudiera entregarse con toda libertad a la búsqueda de Carlos entre las cabezas y el humo de sus invitados. No estaba. Adela lo imaginó por un momento en la cocina, junto a Néstor, escuchando del cocinero lo que ella más temía que pudiera contarle. Entonces hizo una mueca de dolor.

—Horrible, ¿verdad? —apostilló Stephanopoulos, al ver cómo la señora Teldi se estremecía ante su racconto de alguno de los episodios más sangrientos de la historia turca.

(No, Adela, no debes preocuparte por eso, es improbable que el cocinero te delate esta noche. Y mañana tú ya habrás hablado con él, Carlos sabrá de tu boca todo lo que tiene que saber de tu vida, pero... ¿no sería mucho mejor hacer callar definitivamente a ese cocinero entrometido?)

—Y ahí, querida, es donde entra en escena la daga de empuñadura roja; como comprenderá, semejante peligro requería una solución expeditiva y también sangrienta, podríamos añadir.

—¿De veras? No me diga, señor Stephanopoulos —dice el piloto automático que funciona dentro de la cabeza de Adela, mientras que su otro yo no-mecánico se estremece y comienza a sonreír por dentro, pues allí, junto a la puerta de entrada, abriéndose paso para acercarse a ella con una bandeja llena de copas altas, acaba de descubrir la figura de Carlos.

Cuánto has tardado, amor mío.

Allí está Adela —piensa Carlos, haciendo idéntico descubrimiento—. Por fin podré acercarme. Y va hacia ella impulsado por el mismo deseo: que sus cuerpos se toquen en la multitud, delante de todo el mundo, como se abrazan los amantes platónicos, y se electrizan los amores clandestinos con sólo el esbozo de una caricia. Tal vez pueda incluso besarle un hombro cuando le ofrezca una copa, piensa.

—Perdone, señora, ha sido sin querer.

Ella sonríe, tan bella.

—¿Esto es cava o champagne?

—Cava, señora, ¿me permite?

Y es al inclinarse para estar aún más cerca, cuando los ojos de Carlos, acostumbrados por las labores de camarero a no ver personas, sino trozos de personas, y a identificarlas siempre por detalles delatores, descubren en el hombro de Adela Teldi el brillo verde de un camafeo de jade.

—Con eso Ataturk quería probar que su pueblo estaba tan preparado para la modernidad como cualquier otro de Occidente, claro que...

(...La esfera de oro, la joya verde... Es el camafeo de la muchacha del cuadro. Dios mío. Y, como si la viera por primera vez, Carlos busca una explicación en la cara de Adela.)

—Claro que ahora las dagas vuelven a estar a la orden del día, y no sólo allí sino en todos los países musulmanes. Dese cuenta de lo importante que es este cambio, quién lo iba a decir; yo desde luego no podía imaginármelo en absoluto, ¿y usted, querida?

(Es ella, es ella sin duda. El cava de las copas inicia un extraño baile impulsado por la trémula mano de Carlos García. Suben las burbujas hasta los bordes y allí estallan con un Dios mío, cómo es posible, cómo puede ser posible que la haya besado mil veces, que haya amado cada rincón de ese cuerpo sin reconocerla, yo, que la he buscado en todas las mujeres.)

Ahora Carlos no puede dejar de mirar la joya, y el destello verde del camafeo se mezcla con todos sus recuerdos infantiles: la silueta de Abuela Teresa haciendo solitarios en el salón amarillo «Te equivocas guapín, en esta casa no hay ninguna mujer metida en un armario, vaya ocurrencia», y también evoca el paseo de su dedo infantil por el cuello de la muchacha del retrato, acariciando la misma curva frágil que veintitantos años más tarde habría de recorrer con sus besos.

—¡No, no! Lo peor de todo, querida, no fue este descubrimiento, por muy terrible que parezca, sino la ironía de que nunca hemos visto sus caras en realidad. Miramos y no vemos, es estúpido pero pasa, sabe usted, más aún con las mujeres turcas que están obligadas a cubrirse con el velo, un velo que esconde los rostros más hermosos...

(...De pronto todo me resulta familiar... esta casa, que se parece tanto a Almagro 38, el pelo rubio metálico de la muchacha del cuadro, que es como el de Adela, a pesar de los muchos años que las separan...)

—Me escucha usted, querida, parece cansada.

—En absoluto, señor Stephanopoulos, continúe, se lo ruego.

El broche en el hombro de Adela brilla, como si hiciera mil preguntas y, sin embargo, por muy apremiantes que sean, las respuestas no tendrán más remedio que esperar hasta que termine la fiesta. Entonces sí podré saberlo todo —piensa Carlos— cuando, inesperadamente, el vaivén de las copas, como un oráculo borracho, le trae a la memoria las palabras de Néstor esa misma tarde: «Piénsalo bien, *cazzo* Carlitos, a veces en la vida es mejor no hacer preguntas, sobre todo cuando uno intuye que no le va a convenir conocer la respuesta».

—¿Se puede saber qué le pasa, joven?

El señor Stephanopoulos ha interrumpido su relato histórico en este punto, sorprendido por la actitud del muchacho, que ahí, demasiado cerca de Adela Teldi, parece estar participando en la conversación: un camarero con una bandeja llena de copas escuchando la charla de los invitados.

(Pero, por Dios, ¿cómo no voy a hacer preguntas en una situación como ésta?, hasta Néstor, que es un hombre tan discreto, las haría, es inevitable. En la vida todos queremos saber más ¿o no?)

—Mire, joven, ya estamos servidos, tendrá usted otras personas a las que atender, supongo. Váyase.

La voz de Stephanopoulos se ha impuesto sobre los pensamientos de Carlos, que apenas se atreve a mirar a Adela, como si temiese que los demás adivinaran su secreto. Luego, pidiendo disculpas, el muchacho se dispone a alejarse, no sin antes reparar en que el coleccionista de puñales luce en el ojal una pequeña cimitarra verde que se enfrenta con el camafeo también verde de la señora Teldi, como dos rostros en el espejo de un estanque. Claro que... ¿y si ese camafeo no fuera el del cuadro?, duda. ¿Y si se tratara sólo de una coincidencia, un engaño de esa vieja, madame Longstaffe, cuyas profecías todos dicen que se cumplen de un modo tramposo?

Carlos se aleja, intentando no volverse, pero la sorpresa de lo ocurrido puede más: mira hacia donde está Adela charlando con el coleccionista de cuchillos y, desde lejos, en un vistazo furtivo aún llega a unir el brillo de las dos joyas, el camafeo y la cimitarra, caro y frío, como el distintivo de un mundo opulento que para él está lleno de enigmas. Eres un patán. Quizá antes las joyas fueran piezas únicas, pero ahora se fabrican en serie; seguro que existen, en ese mundo de los ricos que no conoces y por tanto tiendes a idealizar, no uno, sino cientos dc camafeos verdes, igual que existirán miles de cimitarras verdes como la de ese tipo griego tan estirado.

Carlos se gira. Sobre su bandeja tintinean las copas, unas llenas, otras semivacías, que rápidamente se encargan de borrar esta última idea. Qué tontería. Es ella, no hay duda posible; se parece demasiado. Ahora sólo me falta averiguar qué relación puede tener conmigo y con la casa de Almagro 38. ¿Conocerá a Abuela Teresa?, y ¿a mi padre? Cuando se lo cuente a Néstor, le parecerá increíble comprobar qué extraños son los guiños del destino...

También Chloe estaba siendo víctima de un guiño en ese momento, pero no precisamente del destino, sino de Liau Chi, coleccionista de libros de fantasmas.

—Acércate un momento, muchacho —le había dicho la dama, y acto seguido acaparó a Chloe, empujándola con su charla hacia una esquina del salón.

—¿Cómo te llamas, muchacho?, ¿cuántos años tienes?, ¿dónde naciste?, ¿de qué signo eres?, ¿Aries?, ¿Capricornio, tal vez?, ¿te gustan las historias de fantasmas?, ¿crees en la reencarnación?, ¿sabes que aquellos que han muerto jóvenes siempre encuentran la forma de volver a la Tierra para vivir la parte de sus vidas que el Destino les ha negado?

Esta guiri está pa'llá —pensaba Chloe intentando zafarse—. El traje de camarero cerrado hasta el cuello le daba calor, aquella china loca la había tomado por un tío y estaba intentando ligarla, joder, a ella, que sólo pensaba en buscar a su hermano.

Durante toda la cena, mientras servía a los invitados, Chloe había intentado volver a encontrar los ojos de Eddie en los distintos espejos de la casa de Las Lilas, tal como le había parecido verlos fugazmente en el cuarto de baño mientras se vestía. Los buscó sin éxito en los altos espejos del comedor, también en uno redondo que había a la entrada y en cualquier superficie bruñida que estuviera a su alcance. Incluso, entre los postres y el café, había logrado escapar unos minutos para subir de dos en dos la escalera que llevaba a su habitación sobre el garaje, por si, mirándose nuevamente en aquella luna, lograba revivir lo que había sucedido horas antes.

¿Estás ahí, Eddie?

La cara que la miraba desde el otro lado de todos esos espejos sin duda se parecía a Eddie, pero los ojos eran los de ella, tan azules como siempre.

Coño, ¿qué esperabas, tía? Te has hecho un taco, Eddie no está aquí ni en ninguna parte, deja de hacer el gilipollas —se dice—. Aun así, antes de volver a la fiesta, Chloe vuelve a mirarse en cada uno de ellos, y está sola.

Ahora, en la biblioteca, la niña Chloe se afana por vislumbrar aunque sea la sombra de esos ojos oscuros en la consola espejada que hay junto a la chimenea, pero no encuentra más que el reflejo pálido de una cara, la de la señorita Liau Chi, especialista en fantasmas.

—Mira, muchacho, no creas que voy a dejarte escapar ahora que te he encontrado, ¿has oído bien lo que acabo de decirte? Es muy importante, tanto que, antes de entrar en temas astrales, necesito otro whisky. Vete a buscarlo y vuelve aquí en seguida, ¿comprendes?

Una vez más, de camino a la cocina, Chloe inicia su inútil búsqueda y se asoma a otros espejos. Al del vestíbulo: por favor, que pueda ver al menos una sombra, aunque sea un engaño. También se detiene largamente ante los cristales oscuros de las ventanas, por si esas lunas falsas, que se prestan más a la simulación y por tanto a las ilusiones, le permitiesen ver lo que otras le niegan.

—Psst...

—Psst, jovencita.

Sólo hay una persona en el mundo que utiliza esa anticuada expresión, «jovencita», y en otro juego de espejos, mientras busca a su hermano, Chloe ve la figura de Néstor Chaffino, que le hace señas desde la puerta de la cocina.

El cocinero ha desaparecido tras la puerta de vaivén para reaparecer un instante después pidiéndole por señas que se acerque, como si se tratara de una urgencia.

No es ortodoxo que el jefe de cocina salga a los salones, a menos que sea para cumplimentar el rito de saludar a los invitados y recibir sus felicitaciones por el éxito de la cena. Pero Néstor ya había cumplido esta ceremonia un rato antes y ahora se veía confinado a la cocina y con un problema estúpido.

—Acércate, solamente será un segundo, y luego podrás continuar con lo que estabas haciendo.

Chloe está contenta de poder escapar de los invitados. Vaya panda de locos, a cual más grillado —piensa mientras se aproxima con su bandeja llena de vasos vacíos.

—¿En qué puedo ayudarte, Néstor?

Entonces los dos entran en la cocina, con Néstor señalando hacia la cámara frigorífica y más concretamente a un estante muy alto, encima de la puerta metálica.

—A algún imbécil —dice el cocinero a Chloe— se le ha ocurrido guardar el Calgonit allá arriba, ¿lo ves? Venga, súbete a una silla y me lo alcanzas.

Chloe sube. La puerta metálica de la cámara refleja la leve silueta de la niña trepada a la improvisada escalera.

Aquel estante inaccesible está muy sucio. Viejas cajas de matarratas, botellas de aguarrás y diversos productos de limpieza se agolpan bajo una masa compacta de telarañas que da reparo remover, pues parece el refugio de más de una presencia indeseable. Y en efecto, al mover una botella, la niña ve dispersarse a un sinfín de esos bichos negros que, en su infancia, ella solía tocar para que se volvieran bolitas. Miles de patas minúsculas, de carcasas redondas y húmedas, corren a buscar refugio en algún rincón mientras que uno de ellos, cegado por la luz, se atreve incluso a trepar por el brazo de Chloe, buscando la oscuridad de su bocamanga. Pero nada de esto, ni el olor a podrido, ni el cosquilleo frío que sube por su carne, parece preocuparla, pues antes de asomarse a aquel estante, al mirarse brevemente en la superficie bruñida de la cámara Westinghouse, a Chloe le ha parecido percibir en sus ojos, por un instante casi inaprensible, el destello oscuro de los de su hermano. Entonces los cierra para que no se escape.

—¿Se puede saber qué haces? Sube más, alarga la mano, no te quedes ahí mirándote la cara a mitad de camino como una idiota, no tengo toda la noche para aguantar tus extravagancias.

Pero Chloe no se mueve, tampoco se atreve a abrir los ojos, pues sabe que cuando lo haga Eddie habrá desaparecido otra vez como siempre jamás, como Nunca Jamás. El bicho camina ya por su hombro, el detergente que le ha pedido Néstor aguarda sólo unos centímetros más arriba, en ese estante sucio y húmedo, pero ni esto ni la voz de la señorita Liau Chi, que acaba de entrar en la cocina buscándola («Vuelve aquí, muchacho, tengo que decirte algo que va a interesarte mucho, te lo aseguro»), hacen que la niña se mueva. Hasta que por fin, no pudiendo sostener por más tiempo esa posición absurda, Chloe Trías estira su cuerpo para recoger lo que le han pedido, y cuando baja, al mirarse en la puerta espejada de la cámara, comprueba que una vez más todo ha sido una fantasía y sus ojos son de un azul sin esperanza.

—Ven aquí, muchacho, te estaba esperando para que hablemos.

Es la voz de la señorita Liau Chi.

4
Una puerta que se cierra

Son las tres y media de la madrugada y los invitados han ido marchándose poco a poco. Adiós, amigo Stephanopoulos, nos volveremos a ver... Gracias, señor Teldi. Hasta muy pronto. Señora Teldi, ha sido interesantísimo hablar con una mujer tan inteligente; qué comentarios tan certeros ha aportado usted a mi pequeño discurso sobre Ataturk... Adiós, adiós, monsieur Pitou, gracias por venir... Hasta siempre, señorita Liau Chi...

Las voces se apagan, las luces también y Néstor, a solas en la cocina, piensa que debe de ser el único habitante de la casa que permanece despierto. A Néstor Chaffino le encanta disfrutar de los momentos de soledad que siguen a sus éxitos culinarios. Porque así como un amante se entrega al deleite de revivir cada uno de los detalles de un encuentro amoroso, recreándose en ellos con un placer a veces mayor que el instante vivido, así un artista reconstruye también sus momentos de gloria. ¡Ah, la perfecta textura de mi ensalada de bogavante! —se recrea Néstor—, estaba justo en su punto: ni muy caliente ni muy fría, ni muy dura ni muy blanda; no había más que espiar desde la puerta los suaves movimientos del bigote de Ernesto Teldi para constatar que era inmejorable.

En ese mismo instante, el bigote de Ernesto Teldi, un piso más arriba, en su habitación, se perla de un sudor frío que le hace incorporarse en la cama. Pero no son sus pesadillas habituales las culpables de su sobresalto, sino una decisión que el duermevela le ha empujado a tomar. Ya está bien: tiene que ser esta noche —se dice—, no es prudente dejar para mañana asuntos que pueden resolverse hoy; iré ahora mismo a encontrarme con ese tipo. Ernesto Teldi mira el reloj y calcula que el cocinero ya debe de estar durmiendo en su habitación del ático, un sitio discreto y alejado donde nadie oirá nada. Mejor así.

¡Oh!, y mi lubina al eneldo con patatas suflé —rememora Néstor Chaffino, no en su habitación del ático precisamente, sino aún en la cocina, acodado en la gran mesa de fórmica que ha sido cómplice de su éxito—. Cuando salí a recibir las felicitaciones de los invitados —piensa— Adela Teldi aseguró que jamás en su vida había saboreado algo tan sofisticadamente simple; fue una maravillosa definición la suya.

Justo en ese preciso momento, los dedos de Adela Teldi rozan sus labios y luego se estiran hasta acariciar los de Carlos García, que duerme junto a ella, como si con ese gesto quisiera transmitirle un secreto que no se ha atrevido a formular con palabras. Se había jurado que, en la primera ocasión en que estuvieran a solas, le contaría al muchacho todo lo sucedido en Buenos Aires para que lo supiera por ella y no a través de Néstor; sin embargo, una vez acabada la fiesta, al reunirse en la pequeña habitación asignada a Carlos en el ático de Las Lilas, ni uno ni otro habían hablado. Es probable que Carlos también tuviera la intención de preguntarle algo porque, en una o dos ocasiones, a Adela le había parecido que buscaba un momento propicio para las palabras; pero las palabras están fuera de lugar cuando los cuerpos se necesitan tanto.

Mañana se lo contaré, sin falta, sin falta —se había prometido Adela entre la fiebre de los besos.

No obstante, ahora que la fiebre ha cesado y su cuerpo de mujer madura se cubre con el abrazo joven de Carlos, Adela Teldi recapacita y piensa que el amor —este amor— es tan complicado que sería más sensato no ponerlo a prueba con confesiones ni secretos. Tengo que hablar con ese cocinero, comprarlo si es necesario, suplicarle si hace falta... No te queda más remedio, querida —se dice y sonríe—, tienes que disuadirlo de cualquier forma y a cualquier precio, porque las viejas como tú son como los náufragos, no pueden permitir que nadie les arrebate el último tablón de salvamento. Adela besa la frente del muchacho. Es pesado el sueño de los jóvenes, y es una suerte que así sea, porque de este modo no oirá lo que puede ocurrir cuando ella entre en la habitación de Néstor, que se encuentra en el mismo piso en el que duerme Carlos.

En cuanto a mi salsa muselina —suspira Néstor en la cocina con placer de artista y devoción de enamorado—, estoy seguro de que sólo un caballero sensible y algo melancólico como Serafín Tous ha podido apreciarla en toda su magnificencia. Un sabor redondo, suave, imperceptiblemente perfumado al limón. El cocinero piensa en Serafín y en la cara de atormentado éxtasis que había puesto cuando él, durante su breve discurso de agradecimiento a los invitados, le había dirigido una sonrisa cómplice al mencionar la muselina. Hay que tener un punto femenino para apreciar ciertos sabores —piensa Néstor—. Estoy seguro de que los amigos de ese caballero no sospechan siquiera que él lo tiene y quizá tampoco lo sabrían valorar; por eso, su pequeño secreto está completamente a salvo conmigo. No sólo porque nos conocimos en el Nuevo Bachelino, y yo jamás revelaría lo que he visto en el negocio de un colega, sino porque se trata de un entusiasta de la salsa muselina; faltaría más.

03.47, clic... 03.48. Los números fosforescentes del reloj despertador de Serafín Tous caen implacables, como las gotas de agua en un refinado martirio chino, como las hojas de un calendario que inexorables recuerdan el paso del tiempo y la llegada del temible día de mañana. Serafín no puede dormir y decide levantarse. La noche es oscura e invita a la melancolía, pero también a los pensamientos locos. ¿Dónde dormirá ese miserable individuo —se pregunta—, ese destructor de reputaciones ajenas, ese cocinero chismoso? Él no conoce la casa, pero imagina que las habitaciones del servicio deben de estar en el ático, y hacia allí decide dirigir sus pasos. No enciende la luz. Camina a tientas y la oscuridad impide que, al pasar por delante del espejo de su armario, se sorprenda al ver en los ojos de un pacífico caballero incapaz de matar una mosca un brillo resuelto y punzante como un estilete.

¡Y qué decir de mis espléndidas trufas de chocolate! —se deleita Néstor, continuando con su rapto de enamorado que recuerda y revive todos los lances de un amor—, jamás se han visto matices de sabores tan bien mixturados: vainilla, chocolate amargo, licor, y una punta de jengibre. He ahí el truco: el jengibre es la pequeña infamia que se esconde tras una buena trufa de chocolate. Claro que eso no lo saben más que los iniciados, como sólo un iniciado es capaz de distinguir esta sinfonía de sabores magníficos... Por eso me enfadé tanto con Chloe cuando se metió a la vez dos trufas en la boca. ¡Dos trufas! «Para que lo sepas, jovencita —le dije—, solamente un alma habitada por dos espíritus podría apreciar toda la tonalidad de perfumes que hay en dos trufas de Néstor Chaffino, ¿te enteras?» Pero ella se limitó a responder coño o cojones o cualquiera de esas palabras que denotan que su personalidad es tan monocorde como su vocabulario. Qué pena de muchachada —reflexiona Néstor con tristeza—, no tiene la más mínima vida interior. Apuesto a que ahora mismo está soñando con una canción *heavy metal* o algo igualmente estúpido y pedestre.

Pero Néstor se equivoca, porque en ese momento Chloe Trías, en la habitación que comparte con Karel sobre el garaje de Las Lilas, está soñando con las famosas trufas de chocolate de su jefe. Y como si fuera una alma sensible —o mejor aún dos almas sensibles—, saborea el dejo del jengibre y el dulzor de la vainilla al tiempo que revive el perfume delicioso de los licores. Aun así, la refinada ensoñación gastronómica, que tanto habría sorprendido a Néstor, duró muy poco, pues inmediatamente fue sustituida por otras imágenes oníricas, fugaces e inasibles, tal como sucede en las primeras horas de descanso. Entonces atravesaron la mente de la niña algunas canciones de Pearl Jam revueltas con un recuerdo lúbrico que tenía como protagonista al guapísimo Karel Pligh que dormía a su lado; también pudo ver en sueños el jardín de Las Lilas, donde una cucaracha sobre el felpudo se reflejaba en un espejo mientras que la señorita Liau Chi le repetía al oído: ¿crees en los fantasmas?; todo ello atropellado por otras ensoñaciones igualmente inconexas. Pero una vez transcurridos los minutos veloces del primer sueño, Chloe se despierta y por más vueltas que da en la cama no logra volverse a dormir. Coño —piensa—, a ver si ahora resulta que me voy a quedar despierta toda la noche como un puto búho. La luz de uno de los focos que ilumina la fachada de Las Lilas, barriéndola a intervalos como un faro, entra insolente por la ventana de su habitación. Chloe aprovecha esos breves segundos de claridad para mirar a Karel Pligh, y luego la mirada se le escapa hacia su mochila, que está ahí, sobre una silla, en perfecto desorden, como un muñeco destripado. La luz se aleja y, en la oscuridad, Chloe recuerda su apresuramiento de antes de la cena cuando no encontraba el uniforme de doncella. Ésa es la razón por la que ahora está todo por ahí: camisetas, un bikini, ropa interior... todo, excepto el estuche donde guarda el portarretratos con la foto de su hermano. Ese estuche rojo jamás sale del fondo de su mochila, pero el resto de las prendas desperdigadas por la habitación parecen fantasmas escapados de un libro de la señorita Liau Chi. Vieja loca —piensa Chloe al recordarla—, manda pelotas que una guiri que supuestamente se codea con fantasmas y espíritus todo el rato se equivoque y me tome por un tío. Joder, es que acaso tengo yo cara de tío —piensa—, y luego se da cuenta de que fue gracias a esa impostura y a su disfraz de camarero que ha logrado imaginar por unos segundos que veía los ojos de Eddie en los suyos tan claros.

La niña intenta volverse a dormir. Tal vez esta noche tenga suerte y sueñe con que su hermano la viene a buscar para ir juntos a la isla de Nunca Jamás, como otras veces. Ven, Eddie, juguemos un ratito —dice la niña—; pero en vez de Eddie, el duermevela sólo le ofrece una ensoñación en la que se mezclan el recuerdo de la libreta de hule que Néstor siempre esconde en el bolsillo de su chaqueta de chef con el sabor delicioso de las trufas de chocolate. Seguramente las trufas estarán guardadas en la cámara Westinghouse de la cocina —piensa—, en esa misma cámara que tiene una superficie metálica que actúa como un espejo deformante y engañoso.

Chloe da más vueltas en la cama maldiciendo al sueño que no viene, que no quiere venir, pero que a veces le regala hilachas de pensamientos agradables, como cuando le permite recordar la mirada de su hermano Eddie, tal como imaginaba haberla visto horas antes. Y entonces juraría que escucha una voz que dice: ven, Clo-clo, baja, estoy aquí. Pero la niña desconfía. Tiene miedo de ir a la cocina, porque está segura de que se llevará otra desilusión, los ojos de su hermano ya no la mirarán desde la puerta de la cámara, la volverá a engañar. A Eddie le gusta esconderse y tomarle el pelo, igual que hacía antes de morir cuando ella le preguntaba: «¿Qué estás escribiendo, Eddie; es una historia de aventuras y amores y también de crímenes, verdad; me dejarás leerla?», y él le aseguraba: «Ahora no, Clo-clo. Más adelante, te lo prometo».

Sin embargo, mentía. No hubo un «más adelante» porque a su hermano le había dado la rayadura de irse a vivir experiencias a doscientos kilómetros por hora porque quería ser escritor y aún no le había pasado nada digno de ser contado. Y por eso, por esa estúpida fantasía, se había ido para siempre, dejándola sola.

Es el insomnio el que tiene ideas raras. A Chloe no se le habría ocurrido bajar a la cocina ni mucho menos intentar buscar los ojos de su hermano en la puerta de la cámara frigorífica. La niña Chloe, la sensata Chloe, no se habría arriesgado a llevarse otro desengaño y comprobar que su hermano sigue jugando con ella al escondite. Pero el insomnio no es sensato: vamos, Chloe —le dice—, te vendrá bien una trufa de chocolate. El chocolate es muy bueno para conciliar el sueño, venga, no te asustes. Si tienes miedo, lo único que tienes que hacer es evitar mirarte en la puerta de la cámara, porque es un espejo tramposo y deformante como los de las ferias; hace trucos y crea ilusiones falsas que duelen mucho, pero tú no lo mires y ya está. Aunque... si decides ser valiente y mirar... quién sabe...

Cuando el foco del jardín vuelve a iluminar la habitación del garaje, Chloe se levanta de un salto. Está desnuda, y en desorden sobre la silla hay dos prendas: «Elígeme», dice una camiseta que lleva la inscripción *Pierce my tongue, dont pierce my heart*. «Elígeme a *mí*», conmina con más énfasis la chaqueta de camarero, sobria y cerrada hasta el cuello, que Chloe usó esa noche para parecer un chico. Y entre las dos prendas que la llaman, Chloe, como si fuera otra vez Alicia en el País de las Maravillas, duda, hasta que por fin se decide por la chaqueta.

Coño, qué más me da —piensa mientras se la pone—, sólo voy a buscar una trufa de chocolate, y no me miraré en ningún espejo.

Son las cuatro de la mañana en todos los relojes. En los relojes de pulsera de cada uno de los personajes de esta historia, y también en el grande que hay en la cocina, que va con un poco de retraso y aún no ha tocado las campanadas. Y este Festina antiguo que huele a vapores y humo, es testigo de cómo Néstor, preocupado por lo tarde que se le ha hecho, deja a un lado sus agradables pensamientos para decirse como a un verdadero amigo: bueno, mi viejo, ha sido un día magnífico y muy cansado, será mejor que subas a dormir.

Eso se disponía a hacer cuando una visión insólita lo detiene.

—A la pucha —exclama en voz alta, porque de pronto se da cuenta de que, en contra de todas sus costumbres, se le ha olvidado guardar en la cámara de frío las cajas de trufas de chocolate que han sobrado de la cena.

Y el reloj de la cocina toca cuatro campanadas mientras Néstor abre la puerta de la Westinghouse.

El reloj de pulsera de Ernesto Teldi es muy silencioso, tanto que ni siquiera hace tictac. En cambio, tiene la esfera luminosa, y ésta se delata escalera arriba mientras su dueño se dirige hacia el cuarto de Néstor, en el ático. El Omega de Serafín Tous, por su parte, no tiene esfera luminosa, de ahí que ni siquiera un punto fosforescente marque el sendero de los pasos del magistrado en la oscuridad de Las Lilas, rota a ráfagas por el foco del jardín, que barre la casa iluminando la escalera desde una de las ventanas. Y son los interludios de oscuridad los que aprovechan tanto Teldi como Serafín para subir sin ser vistos.

El reloj de Adela también marca las cuatro, pero no es testigo de los paseos nocturnos de su dueña, ya que se ha quedado sobre la mesilla de noche de Carlos, junto al camafeo verde. Por eso, su esfera luminosa no pudo ver cómo Adela, con paso rápido, ha atravesado el rellano desde la habitación de Carlos hasta la que le había asignado a Néstor Chaffino. De todas las habitaciones del ático, ésta es la más grande: un hermoso dormitorio con dos puertas, una que da sobre la escalera y la segunda que comunica con las otras dependencias del servicio. Y es esta última la que ahora utiliza Adela Teldi para llegar hasta el dormitorio de Néstor, adelantándose en unos minutos a los otros dos visitantes nocturnos. Entra sin llamar porque nadie es educado ni toca a la puerta en estas circunstancias tan particulares. Pero cómo, ¿no hay nadie? —se sorprende Adela mientras avanza unos pasos dentro de la habitación a oscuras, hasta que el foco del jardín ilumina la estancia y entonces la descubre vacía y con la cama sin deshacer—. Quizá Néstor esté en el cuarto de baño —piensa—, y se sienta a esperar hasta que dos ruidos simultáneos la hacen ponerse alerta. Es él, ya viene, Dios mío, qué estoy a punto de hacer. Adela se prepara y entonces ve cómo las dos puertas se abren al mismo tiempo dando paso a sendas siluetas masculinas que hacen su entrada con tiento y precaución. Sin embargo, ni una ni otra pertenecen a Néstor Chaffino; de manera que cuando la luz del jardín barre con su foco las ventanas del ático, tres caras se miran atónitas, y las gargantas de Adela, Ernesto Teldi y Serafín Tous, como un coro sorprendido y desafinado, preguntan al unísono:

—¿Pero qué haces *tú* aquí?

—¿Y tú?

—¿Y tú?

Karel Pligh no es el único personaje de esta historia que ama la música y utiliza las canciones para reflejar su estado de ánimo. *C'est trop beau* es una bonita canción. Cierto que no se trata de una tarantela ni de una canción palermitana, pero Néstor Chaffino es un hombre internacional que, cuando elige una tonada para acompañar una tarea grata, no siempre recurre a las canciones de su querida Italia. Por eso son los acordes de *C'est trop beau* los que acompañan la escena que tiene lugar a continuación. Néstor se dispone a guardar las cajas de trufas en la cámara frigorífica. Primero ha apilado sobre la mesa diez de ellas y ahora entra en el congelador Westinghouse para colocarlas contra la pared del fondo de modo que no estorben. *C'est trop beau notre aventure; c'est trop beau pour être heureaux...* La luz de la cocina apenas penetra en el interior negro de la cámara en la que se adivinan los cuerpos congelados de algunas presas de caza, conejos o liebres, quizás algún pequeño venado, pero Néstor no se fija en ninguna de estas desagradables presencias. *C'est trop beau pour que ça dure, plus longtemps q'un soir d'été. Al* cocinero se le ha olvidado el resto de la letra y continúa la canción con un silbido, y el silbido se intensifica mientras su autor se entretiene unos segundos, sólo unos segundos, antes de salir a buscar las cajas restantes. Es probable que esta pausa no haya durado más que un suspiro, pero hay suspiros que son largos como la eternidad.

Al llegar a la cocina, Chloe se detiene un instante sin decidirse a avanzar. Entonces ve abierta la puerta de la cámara y escucha cómo de ella escapa un alegre silbido. Al acercarse comprueba que se oyen más ruidos dentro, parece que hay alguien trabajando allí moviendo cosas; pero no es el sonido que proviene del interior el que atrae a la niña, sino otro nuevo, el que la engaña hacia la superficie metálica. Estoy aquí, Clo-clo, acércate, sé valiente —cree oírle decir a ese espejo tramposo—. Ven. El silbido de dentro de la cámara es muy alegre, ¿cómo se puede matar a un silbido tan alegre y tan inocente además? Pero qué bobada, Chloe no va a matar a nadie, sólo desea aprovechar este momento único en el que se ha hecho la ilusión de que Eddie le ha pedido que baje, y ahora seguramente la estará mirando desde el otro lado del espejo. Y para verse reflejada —para ver en sus ojos los ojos de Eddie—, Chloe no tendrá más remedio que entornar la puerta, ni siquiera cerrarla, sólo empujarla un poco. ¿No me vas a hacer trampas esta vez, Eddie? ¿Estarás ahí cuando te busque, verdad? En efecto: al atreverse a mirar, Chloe comprueba que su rostro recupera fugazmente la mirada oscura de su hermano, tan inconfundible, que no le queda más remedio que alargar la mano para acariciar los ojos que la observan con una sonrisa e invitan a un beso. Y al apoyarse sobre la superficie fría, la niña empuja la puerta, que ahora suena *clac*.

—Carajo, no puede ser —dice Néstor, porque la incredulidad siempre antecede al miedo, y luego—: Dios mío, esto no me ha ocurrido nunca, por el amor de Cristo, pero si no habré tardado más de dos minutos, tres a lo sumo, en apilar mis diez cajas de trufas.

A partir de aquí transcurren veloces los minutos, tanto dentro como fuera de la cámara; veloces para que Néstor comience a dar golpes en la puerta y luego patadas. Virgen del Loreto, santa Madonna de los Donados, María Goretti y don Bosco... Se me ha olvidado bajar el pestillo de seguridad para evitar que la puerta se cierre. Mientras que afuera la niña empieza a pensar que debe de haber —tiene que haber— una forma más perdurable de mantener a Eddic junto a ella, una menos cruel que esta de asomarse de vez en cuando y muy fugazmente a los espejos. ¿Qué puedo hacer para tenerte siempre? ¿A qué te gustaría jugar?

«Vamos a ver, pensemos con un poco de cordura, ¿quién hay en la casa que pueda ayudarme? —intenta reflexionar Néstor al otro lado de la puerta metálica—. Están Karel y Carlos, y luego cuatro personas con las que tengo menos confianza: Ernesto y Adela Teldi, la pequeña Chloe Trías y, por supuesto, Serafín Tous.» Y Néstor los llama:

—¡Tous!, ¡Teldi!, ¡Trías!

Pero el frío, que poco a poco se va volviendo insoportable, hace castañetear sus dientes, de modo que la lengua se le enreda en las tes de los apellidos y los convierte en un tartamudeo.

Chloe Trías se ha tapado los oídos con las manos. «Cállate por favor, por favor, ya te he oído», dice la niña al escuchar los gritos del cocinero, pero no lo hace en voz alta ni con su tono habitual, sino mentalmente, igual que cuando habla con su hermano; tiene que hacerlo así, en silencio, es muy importante, no puede arriesgarse a que se desvanezcan las idealizaciones. De este modo, con una voz que sólo existe dentro de su cabeza, suplica al prisionero que espere un momento. Nada más que un momento, Néstor, ahora no puedo abrir, compréndelo: él se iría para siempre. Y Chloe no puede permitirlo, porque sería muy estúpido que su hermano volviera a marcharse como aquella tarde en la que se fue en busca de emociones, cuando no tenía más que veintidós años, los mismos que ella cumplirá muy pronto.

Por eso, para aprovechar la magia del espejo, que esta vez parece ser mucho más generosa y duradera, a la niña se le ocurre repetir exactamente lo sucedido aquella tarde con la esperanza de cambiar el desenlace. Cuéntame una historia —suplica como hizo entonces, pero luego añade algo que debería haber dicho y no dijo—: no te vayas, por favor, por favor, no lo hagas, quédate conmigo. Y esta vez los ojos negros de su hermano parecen sonreírle, aunque no dicen nada. O tal vez sí digan, pues al mirarlos —al mirarse—, Chloe los nota enfadados, con tanta rabia como la que siente ella, y la niña piensa que no es posible que la muerte arrebate una vida joven a la que le correspondían ilusiones y vivencias que ya nunca tendrá. Porque ¿dónde van a parar todos los sueños, todos los proyectos no cumplidos que la muerte frustra? En alguna parte han de estar.

Bang, bang, bang... los golpes al otro lado de la puerta se entrometen en las cavilaciones de Chloe y le hacen recordar al cocinero: qué tipo tan pesado —piensa—, ahora cállate, si no quieres que te deje ahí para siempre, o si no, soluciónome este enigma: ¿hay algún modo de completar un destino que la muerte dejó a medias?

Pero las palabras de Chloe sólo existen en su cabeza, por eso nadie puede ayudarla, y mucho menos Néstor, quien, poco a poco, nota cómo el frío se va apoderando de su voluntad y de su mente hasta anularle todos los sentidos. Por eso se le ha ocurrido una forma peregrina de bloquear el frío para que ese tormento helado no le trepane hasta el cerebro. El prisionero necesita taponar de alguna forma todos los orificios de su cuerpo y evitar que tanto dolor lo vuelva loco. Santa Madonna de Alejandría, y ha conseguido sacar del bolsillo de su chaqueta la libreta con tapas de hule en la que ha recogido tantos postres secretos, tantas pequeñas infamias anotadas con letra diminuta. Resiste, Néstor, hay que evitar que se te congelen las meninges, el papel servirá para cortar el frío que se empeña en bloquearte el entendimiento. Es lo único que puedes hacer por el momento. ¿Y estropear así tan irrepetible colección de postres variados?, y lo que es peor, ¿mutilar tan prolija —y secreta— relación de... pequeñas infamias? Ésa es la mejor señal de que se te están congelando las neuronas, viejo imbécil, ¿qué importa todo eso ahora? Hazlo, todo va a ir bien; recuerda las palabras de la bruja: «Nada has de temer hasta que se confabulen contra ti cuatro tes», y eso es imposible; resiste, sigue golpeando la puerta, alguien te oirá.

Chloe Trías está a punto de abrir.

Vale, joder —se dice—, me arriesgaré a perder a Eddie por culpa de este viejo imbécil, ¿pero es que no se da cuenta de que en cuanto se mueva el espejo, sus ojos ya no mirarán a través de los míos? ¿Te irás, verdad, Eddie? Nunca te importó dejarme sola. Dirás que debes marchar por ahí a buscar no sé qué estúpidas historias como hiciste aquella tarde, y yo no podré detenerte. ¿Eso es lo que hacen los fantasmas, verdad?, repiten eternamente lo que hicieron en su último día. Sí. Algo parecido le había oído contar a la señorita Liau Chi, ¿o era que aquellos que mueren jóvenes, tarde o temprano vuelven para completar el Destino que la muerte les negó? Ahora la niña desea con todas sus fuerzas haber puesto más atención a una frase que en su momento le sonó estúpida, echar atrás el tiempo, hacerle trampas, volver a escuchar las locuras de la especialista en libros de fantasmas, pero sólo oye los golpes de Néstor y sus amortiguadas palabras.

Más patadas. Chloe se aturde con esos golpes que no son de origen fantasmal, sino que vienen de dentro y enturbian la superficie espejada de la cámara hasta tal extremo que casi llegan a borrar los ojos de su hermano.

«No puede ocurrirme nada —trata de convencerse Néstor, muy pocos centímetros más allá, en el más negro y helado de los infiernos—. Saldré de ésta, lo sé, sólo tengo que mantener la calma hasta que alguien me oiga. Y me oirán, puesto que por aquí, cerca de la puerta —se dice el cocinero tanteando en la oscuridad—, hay un timbre de alarma, y seguro, seguro que en uno de mis muchos manotazos lo habré pulsado. Al oírlo, cualquiera de ellos vendrá en mi ayuda: Teldi, Tous, Trías, T...»

Echar atrás el tiempo, buscar una explicación, los que mueren jóvenes, tarde o temprano, vuelven para completar el Destino que la muerte les negó... completar por tanto lo que ellos no pudieron hacer en vida... Todas estas ideas revueltas parecen estar escritas sobre la superficie oscura del espejo que tiembla con los golpes del cocinero, hasta que, muy borrosa, a Chloe le parece que se destaca entre ellas una magnífica solución, igual que si estuviera escrita ahí con letra precisa e inapelable para que ella la lea.

Y ahora que ya sabe exactamente lo que va a hacer a continuación, la niña se ríe a carcajadas.

Risas. Al otro lado de la puerta Néstor acaba de oír, nítida, una risa. Dios mío, hay alguien allí fuera, y eso significa que esto no es un accidente —piensa, mientras que en su cabeza comienzan a atropellarse ideas locas y concéntricas como las que propicia el pánico—. Es en ese momento cuando repara en las tres tes de los apellidos de los habitantes de Las Lilas (que en realidad son cuatro, puesto que Adela y Ernesto llevan el mismo), y recuerda: «nada ha de temer Néstor hasta que se junten...»

...Y aquí están, tal como vaticinó la bruja, no hay duda —comprende entonces el cocinero con la lucidez de los moribundos—: Teldi, Teldi, Tous y Trías, las cuatro tes. ¿Cómo pude ser tan estúpido de no darme cuenta antes? El frío que lo atormenta se vuelve viscoso y, al entrar por su boca, tiene el sabor amargo de las pócimas venenosas. Néstor se quiere dejar ir, ya es inútil luchar, pero el regusto del frío aún le concede un destello de cordura. Espera un momento, viejo, hay algo que no encaja del todo, ¿por qué estas personas iban a querer hacerte daño, precisamente a ti, alguien tan discreto y poco interesado en la vida del prójimo?

Un estornudo se abre paso en esta situación absurda, le sube hasta la nariz y estalla de modo que los papeles con los que Néstor se ha taponado los oídos parecen explotar dentro de su cabeza. Pequeñas infamias que intentan salir, secretos —piensa con un estremecimiento—. ¿No te das cuenta de lo que pasa, *cazzo* imbécil? De todas estas personas tú sabes algo oculto y vergonzoso. Un adulterio que acaba en muerte... los gritos en la noche... un deseo inconfesable... Adela Teldi, Ernesto Teldi, Serafín Tous... De cada uno conoces lo peor de sus vidas cómodas. ¿Acaso no es ésta razón suficiente para que hayas acabado en una cámara frigorífica, con una carcajada acechando al otro lado de la puerta?

El frío es cada vez más intenso, tanto, que curva los dedos de Néstor como garfios sobre la libreta. Y esos garfios ya no se enderezarán nunca, como tampoco lo harán sus piernas, que se han vuelto de hielo, tan insensibles que Néstor ni siquiera nota cuándo se vencen y dejan caer su cuerpo rígido en el fondo de la cámara. Su mente, en cambio, parece hervir cuando, con la esperanza ciega de los moribundos, aún se dice: un momento, no va a pasar nada, es imposible. Escucha esto: la profecía no se ha cumplido en absoluto; yo conozco secretos vergonzosos de tres de ellos, no de cuatro. Conozco la historia de Ernesto, también la de Adela y la de Serafín, pero la cuarta T, Chloe, no tiene ninguna razón para quererme mal, ella no ha cometido ninguna infamia, que yo sepa, de modo que es imposible que se vuelva contra mí.

Otra risa. En el lado opuesto de la puerta, Chloe Trías vuelve a reír, pero de modo tan secreto que Néstor lo toma por una especie de gorgoteo, un murmullo suave que a sus oídos suena como una serie de TTTTTTTTTTs premonitorias de que todo irá bien.

—Sólo son tres tes, tres tes, tres tes... —repite Néstor, con la reiteración infantil de los momentos desesperados—. Bendita bruja, madame Longstaffe, tú lo dijiste muy claramente: mi hora aún no ha llegado, de modo que puedo estar seguro de que saldré de ésta; aguanta un poco más, viejo, sólo un poco más, la puerta se abrirá, coraje.

En ese mismo momento, Néstor Chaffino escucha el sonido salvador, *clac*.

¿Ves?, ya te dije que todo acabaría bien. Madame Longstaffe puede ser una bruja tramposa, pero hasta las profecías tramposas tienen sus leyes, y aquí faltaba una infamia.

No tengo ni un músculo que no esté congelado —piensa el cocinero al oír cómo la puerta comienza a abrirse—. Santa Madonna de los Donados, santa Gemma y don Bosco, no puedo mover un dedo, pero la cabeza me funciona a la perfección. Ya está, ya pasó todo. *Clac*, y otra vez *clac*.

Menos mal, justo cuando el frío me hacía pensar (y temer) más estupideces que nunca.

5
Un rayo de sol sobre la mortaja de Néstor Chaffino

Un maravilloso accidente —piensa Ernesto Teldi—, a solas en su habitación de Las Lilas. Han pasado varias horas desde que todos los habitantes de la casa se encontraron en la cocina tras descubrirse el cadáver de Néstor. También ha pasado tiempo suficiente para que la policía local haya hablado con cada uno de los presentes, después de investigar las huellas dactilares que había en la puerta de la Westinghouse. Y como era de esperar, no encontraron nada (o demasiado, según se mire), pues sobre la cámara había innumerables huellas: primero las del propio Néstor, con un leve perfume a chocolate; luego las de Carlos, las de Karel y las dc Chloe (muy abundantes) y por fin, aunque en menor cantidad, descubrieron también diversas huellas de Adela, de Serafín y de Ernesto. «Es lo normal en estos casos» —descartó el inspector con una anotación rápida en su cuaderno de informes.

—Todos ustedes estuvieron ayer en la cocina. Ahora queda por saber si acaso alguno de los presentes vio algo sospechoso que merezca la pena mencionar en esta investigación.

Pero no hubo respuesta, porque lo único que podría haber levantado sospechas, es decir, la hoja de papel arrancada de la mano de Néstor, en la que se leía:

especialmente delicioso de café capuchi
bién admite baño de mousse con frambu
lo cual evita que el merengu
no es lo mismo que chocolate heladc
sino limón frappé

dormía un bendito sueño entre las páginas del manual de cocina de Néstor, mientras que Karel, el único entre los vivos capaz de recordar el dato y relacionarlo con su amigo muerto, no piensa en enigmas, sino que se entretiene en admirar qué serena y bella parece la cara de Chloe esta mañana. Tiene un aire más adulto, tanto que esa camiseta punk con la inscripción *Pierce my tongue, dont pierce my heart* que acaba de ponerse es como si ya no le perteneciera.

Una vez acabada la investigación, la cocina volvió a quedar vacía. Hace un buen rato ya que el inspector y el juez de guardia han resuelto que la muerte se debió a un accidente doméstico, un lamentable descuido. «Por tanto no hay nada más que hacer aquí, que se lleven al difunto.» Y ahora Teldi, asomado a la ventana de su habitación, puede ver cómo un sol demasiado fuerte para finales de marzo se refleja en esa especie de mortaja de plástico dorado que ahora se utiliza para trasladar cadáveres. Teldi ve avanzar la mortaja hacia la puerta del jardín, conducida en una camilla por dos tipos con batas verdes. A los pies del muerto (¿o será quizá sobre la cara del cocinero?) alguien ha colocado unas flores que Ernesto Teldi ordenó cortar del jardín para que acompañen sus restos. Un gesto de amabilidad por parte de un empleador exquisito, pensaría un observador ingenuo y, en realidad, no estaría desencaminado. Porque Teldi ha mandado hacer un ramo de flores para Néstor, no exactamente por amabilidad, sino por elegancia: un enemigo que huye o, mejor aún, que tiene la enorme gentileza de morirse justo antes de que uno lo mate merece, como mínimo, este tributo —piensa Teldi.

Rosas, glicinas, petunias... un ramo poco pretencioso pero bello —se dice al ver cómo cabecean las flores sobre el cadáver de su enemigo—. La escena lo conmueve pues tiene un toque de grandeza que inmediatamente remite a Teldi a sus más hermosas obras de arte y, muy especialmente, a su última adquisición.

Entonces el coleccionista se aparta un poco de la ventana mientras saca de su bolsillo el billete de amor que ha comprado la noche anterior a monsieur Pitou. Lo mira. No hay duda: la letra es inconfundiblemente la de Oscar Wilde, su firma, su extraña forma de hacer las ces, todo está ahí, claro como la luz del día.

¿Cómo pude creer, ni por un momento, que era falso? —piensa ahora con genuina sorpresa—. Porque una vez muerto Néstor, Ernesto Teldi apenas es capaz de recordar el inexplicable ataque de inseguridad, tan contrario a su forma de ser, que lo asaltó la noche anterior y que le había hecho temer que sus colegas intentaran engañarlo. Engañarlo a él, qué disparate, ¿quién iba a atreverse? Teldi era y seguiría siendo hasta el fin de sus días un coleccionista reputado, alguien incuestionable... Su inseguridad de la noche anterior ahora le parece muy lejana, tan lejana como la amenaza de que su reputación se hubiera visto en peligro por la presencia de ese cocinero que ahora yace dentro de una mortaja de plástico dorado. Todo aquello, sus temores, sus sudores fríos, incluso las ideas terribles que habían pasado por su cabeza en tan pocas horas, le parecían ya una pesadilla antigua. Tan antigua e inofensiva como los gritos que poblaban sus sueños.

Qué manera tan conveniente de solucionarse todo —sonríe Teldi—. Si creyera en instancias superiores pensaría que había recibido la ayuda de algún dios burlón con un encomiable sentido de la estética. Pero Ernesto Teldi no cree en dioses, ni siquiera en los burlones con sentido estético, sólo cree en sí mismo, y por eso ha mandado un ramo de flores al difunto, para congratularle —para congratularse— por tan feliz (y razonable) desenlace.

Ya se aleja la mortuoria comitiva camino de la puerta de Las Lilas, y Ernesto Teldi guarda la carta de Oscar Wilde otra vez en su bolsillo y la acuna allí, con un golpecito suave. La vida continúa y se presenta muy agradable: mañana tiene que volar a Suiza para una reunión de coleccionistas en casa de los Thyssen; la semana que viene lo esperan en Londres para una difícil tasación en la que todos confían en su criterio; el mes que viene la Fundación Gulbenkian le ofrece un pequeño homenaje muy merecido. La vida es bella —se dice Ernesto en una irresistible concesión a la cursilería, y está tan absorto en sus lucubraciones, que en un primer momento no oye que alguien llama a la puerta.

—Abajo hay un hombre que desea verle —dice Karel Pligh una vez que el coleccionista ha acudido a abrir.

Pero la mente de Teldi viaja por deliciosos proyectos y bonanzas, de modo que, por encima de la cabeza del muchacho, aún aprovecha para detenerse en comprobar el agradable ambiente que se respira en la escalera de Las Lilas. Y es verdad que todo resulta encantador, pues un suave aroma de lavanda se enrosca en las cortinas, mientras que las paredes amarillas son el fondo ideal para los hermosos bodegones que se alinean en el rellano. Perfecto, todo perfecto.

—¿De quién se trata, chico? —pregunta, volviendo por un momento, vaya lata, a los asuntos terrenales—. No me digas que han venido más policías; estoy harto de milicos.

Pero Karel Pligh explica que no cree que se trate de un policía.

—Es un caballero de unos sesenta años, un hombre corriente, señor Teldi, e insiste en que quiere verlo hoy mismo. Claro que yo no estaba dispuesto a dejarlo entrar así como así, y le he dicho que espere en la puerta. Entonces él ha escrito una nota con mucha dificultad, porque tiene todos los dedos torcidos, y me ha dicho que estaba seguro de que cuando usted la leyera lo recibiría inmediatamente.

Karel, que desconoce las refinadas costumbres de Teldi, no ha utilizado una bandejita de correspondencia para entregar la nota del desconocido; se la da en mano, con unas uñas no todo lo aseadas que el coleccionista habría deseado. Pero Ernesto no repara en estos detalles, como tampoco ha prestado atención a los datos que Karel le ha dado sobre la apariencia del desconocido, porque al mirar la tarjeta Ernesto Teldi no alcanza a leer su contenido, sino que se maravilla al observar cómo, desde ese cartoncito, lo miran unas letras verdes e irregulares que parecen una hilera de cotorras sobre un alambre.

Las habitaciones de Carlos y Adela en la casa de Las Lilas están, y no casualmente, justo una sobre la otra. Sin embargo, los muros y el techo son tan gruesos que no permiten oír, ni siquiera adivinar, lo que ocurre en la otra habitación; si así fuera, Adela y Carlos se sorprenderían al comprobar cómo esa mañana, mientras el cuerpo de Néstor cruzaba por última vez el portón de Las Lilas, ellos se movían en sus respectivos cuartos de forma simétrica, como dos bailarines interpretando la misma pieza.

Por eso, ambos se asomaron a la ventana para dar el último adiós al cocinero y más tarde se apoyaron, pensativos, en el antepecho. Los actos eran los mismos, pero el impulso que los movía, bien distinto: pena, en el caso de Carlos; alivio —agradecimiento casi—, en el de Adela.

De pronto, un rayo de sol trae a Adela Teldi el resplandor de la bolsa metálica en la que se llevan al muerto, y es tan hiriente su luz que tiene que retirar la cara. Míralo bien, Adela —se ordena—, no apartes la vista: allá va el último obstáculo para tu felicidad; míralo con la misma intensidad que empleaste hace un rato en la cocina para examinar su rostro inerte y comprobar que sus labios ya nunca hablarán, para cerciorarte de que sus ojos jamás serán testigos de tu locura de amor. Para bien o para mal, querida, eres libre: ese cerebro congelado e inútil ya no supone ningún peligro, pues los secretos, por muy terribles que sean, mueren cuando mueren sus testigos. Por eso míralo, Adela, y agradece a tu buena estrella. La vida comienza hoy.

«Adiós, amigo», piensa Carlos, en su ventana del ático, al ver cómo se aleja la mortaja brillante con un cuerpo que, una vez, fue Néstor Chaffino. Que fue, pero que ya no es, porque los cadáveres de los amigos jamás se parecen al amigo desaparecido, mientras que todos los cadáveres son idénticos entre sí. Eso es lo que había descubierto Carlos aquella mañana al observar el rostro de su amigo, y luego, a medida que pasaban las horas, pudo comprobar otras transformaciones que corroboraban su teoría sobre la metamorfosis de los cadáveres: al cabo de un rato, ni siquiera era capaz de reconocer a Néstor en aquel despojo gris, cuya cabeza parecía haber menguado como si la muerte fuera un jíbaro demasiado diligente. Por eso, porque aquella máscara desgraciada le era desconocida, Carlos había preferido no darle un último abrazo. Desde la muerte de su padre sabía que para que pervivan los recuerdos es preferible no confrontarlos con la escena final de una vida; es mejor mirar a los muertos lo menos posible, porque los ojos son testigos tercos, y aquellos que han pasado horas contemplando la cara yerta de un ser querido, tienen la mala costumbre de reproducir esta imagen sobre los recuerdos más gratos; una mortaja dorada, en cambio, es anónima y puede homenajearse sin peligro. Adiós Néstor, adiós amigo. Y ahora perdona, tengo que empezar a recoger mis cosas.

Entre la muerte y la vida media tan sólo el peso de lo cotidiano, y Carlos se retira de la ventana para hacer el equipaje. Mira a su alrededor, observa su habitación, la misma que ha compartido con Adela la noche anterior, y no le parece que aquel territorio sea suyo, ¿pero por qué habría de serlo? Un par de camisas, un uniforme de camarero y unos pantalones vaqueros es lo único que le pertenece, incluso los enseres que hay sobre la mesilla de noche no son suyos, sino de ella. Sentado sobre su cama deshecha, Carlos alarga la mano para hacerse con el reloj de pulsera que Adela ha olvidado y se lo acerca a los labios, porque los objetos de los amantes son los mejores cómplices de una pasión y los más fieles, sin duda, más incluso que sus dueños: tic-tac, todo saldrá bien, dice ese mecanismo que late como un corazón, tic-tac. Carlos lo deposita otra vez en su sitio: sí, todo saldrá bien.

A continuación sus dedos se encuentran con el camafeo verde que Adela tampoco ha recogido anoche y que Carlos no había visto hasta ese momento, porque estaba semioculto por otros objetos sin importancia. Es hermoso, es de ella, pero algo extraño impide que Carlos lo bese, tal vez porque los camafeos no laten como los corazones.

Todo esto dejaré atrás dentro de unas horas —piensa ella, sentada también sobre su cama deshecha, junto a una vieja caja de madera que acaba de sacar del armario y que ahora abre—. Adela no es romántica. A lo largo de su vida ha tenido buen cuidado de no dar alas al lado sensiblero del amor; es tanto más sensato así, se sufre menos. Por eso, hace años que no revisa el contenido de aquella caja en la que ha ido guardando sin concierto cartas, reliquias, palabras dulces, declaraciones de amor, fotos... los recuerdos de muchos años. Adela prefiere no mirarlos, pues cada uno representa un trozo de vida que ya se ha ido y le recuerda que los años han pasado, como también ha pasado la belleza, de modo que ella ya no es la mujer que inspiró tantas palabras hermosas. Hermosas y muertas, Adela. Sólo el futuro nos pertenece, ama mientras puedas. Pero antes...

Antes de dejarlo todo atrás, su casa de Las Lilas y sus recuerdos, Adela debe cumplir un último trámite con su pasado: sentarse a la mesita que hay frente a la ventana y escribir una carta de adiós a su marido. Decimonónico como procedimiento, cobarde también, aunque sin duda es la mejor solución. De acuerdo con un código matrimonial no escrito, pero muchas veces ratificado por la experiencia, tanto Adela como Ernesto habían procurado evitarse escenas sentimentales, sobre todo las incómodas y detestables como las que anuncian una deserción después de veintitantos años de convivencia cómoda, de modo que escribe

Las Lilas, 29 de marzo

Querido Ernesto:

(Aquí una pausa, Adela necesita encontrar las palabras más adecuadas.)

Carlos, en cambio, no tiene cartas difíciles que redactar, ni recuerdos de los que despedirse; son reliquias del presente las que acaparan su atención, como los objetos olvidados por Adela la noche pasada. ¿Qué hacer con aquello? ¿Será prudente guardarlos en la maleta con su ropa?, ¿llevárselos él? Ambos han acordado no viajar juntos: ya se encontrarán más adelante en Madrid cuando pasen unos días de prudente tregua. Sería hermoso que el reencuentro tenga como escenario el hotel Fénix, para que todo continúe exactamente donde empezó. Carlos mira su reloj y luego el de Adela, hay cinco minutos de diferencia entre uno y otro; sin duda el de ella lleva la hora correcta. Se hace tarde, recoge los últimos objetos que han quedado dispersos y, por fin, el camafeo.

Las Lilas, 29 de marzo

Querido Ernesto:

No sé ni cómo empezar esta carta, sin duda pensarás que estoy loca, o peor aún, que al final he resultado ser tan imbécil como esas mujeres ilusas y románticas de las que siempre nos hemos reído tanto.

Adela vuelve a detenerse, un temor supersticioso la hace prestar atención a sus pulgares, a ese síntoma de bruja Hécate que siempre le advierte de cuándo está a punto de suceder algo negativo, pero sus manos están serenas. Tranquilízate, todo va bien, el cocinero ha muerto, ya no hay nadie que pueda revolver en tu pasado.

Al recoger el camafeo y guardarlo en un bolsillo, Carlos García piensa que, desde que lo descubrió prendido en el hombro de Adela hasta ahora, no había vuelto a inquietarse por esa joya; pero era lógico que no se hubiera acordado de ella, habían sucedido tantas y tan terribles cosas. Antes de guardarlo, lo envuelve en su pañuelo, tiene un brillo raro, pero un brillo no tiene por qué indicar algo negativo, piensa. Y además, gracias a este camafeo, hoy, o quizá dentro de unos días, cuando se reúnan ya para siempre en el hotel Fénix, podrá saber de la propia Adela qué hermosa relación los une desde mucho antes de que se conocieran. «Cuéntame de dónde sacaste esta joya y yo te contaré una historia que te parecerá increíble», planea decirle y, sin duda, los dos se reirán mucho al saber qué extraños hilos los tenían predestinados desde hace años. Porque aun suponiendo que el camafeo de Adela no sea el mismo que el de la muchacha del cuadro —se dice ahora Carlos—, la coincidencia es tan rara que no habrá más remedio que creer en las profecías de madame Longstaffe. Pero el camafeo es el mismo, no puede ser otro, estoy seguro.

Como si sintieran el peligro, los dedos de Adela Teldi acaban de encogerse sobre la pluma con un extraño picor. *By the pricking of my thumbs, something wicked this way comes,* escribe sin darse cuenta en la carta dirigida a Teldi, y tiene que tacharlo, porque eso no guarda relación alguna con lo que quiere decirle a su marido. Vamos, Adela, descarta de una vez estos presagios estúpidos, así nunca terminarás, y se hace tarde.

...El pelo rubio de Adela, que se parece tanto al de Abuela Teresa, la casa de Almagro 38 y Las Lilas, tan iguales, un retrato guardado en un armario durante años, los ojos azules de la muchacha, que no pueden ser más que los de Adela... Carlos ha escondido el camafeo en lo más hondo de un bolsillo, pero no consigue dejar de pensar en él. Ya ha recogido todas sus cosas, camina por el rellano, pasa por delante de la habitación de Néstor y, ante la puerta (adiós, adiós amigo), las ideas que le preocupan se vuelven preguntas: ¿por qué el cuadro de Adela había sido desterrado del cuarto amarillo?, ¿por qué Abuela Teresa no dejaba entrar a su padre en Almagro 38?, ¿por qué Soledad, su madre, había muerto precisamente en Buenos Aires? y ¿por qué él no había reconocido en Adela a la muchacha del cuadro, a pesar de haberla buscado siempre en todas las mujeres?

Something wicked this way comes... Ahora que Carlos ha abandonado su habitación, Adela puede oírlo caminar por el rellano del ático. Y lo que oye son unos pasos jóvenes, curiosos, que están llenos de preguntas peligrosas: ¿quién es esta mujer?, ¿qué pasó?, ¿dónde sucedió todo?, ¿cuándo fue? Naturalmente, Adela no es capaz de descifrar lo que preguntan los pasos, ni siquiera lo sospecha, pero sí lo saben sus dedos de Hécate, cuyo picor ahora se ha vuelto doloroso, y así continúa hasta que de pronto las pisadas en el ático se detienen. ¿Quién eres?, ¿por qué?, ¿cómo sucedió?, gritan las preguntas que sólo los dedos de Hécate oyen, mientras su dueña trata de adivinar qué es lo que ha hecho detener a esos pasos que parecían tan decididos, tan peligrosos también.

Como Adela Teldi no posee los extraordinarios poderes de madame Longstaffe, que tan útiles le resultarían para comprender esta escena, nunca llegará a saber que, justamente al cruzar delante de la puerta de la habitación que había sido de Néstor, Carlos, por sobre todas las sospechas que se entreveraban en su cabeza, y que eran cada vez más apremiantes, de pronto había logrado hacer hueco a una frase que su amigo había pronunciado la tarde anterior. Una que ya le había venido a la cabeza la primera vez que vio a Adela luciendo esa joya vinculada a su pasado en el salón de Las Lilas: «Alguna vez te darás cuenta, *cazzo* Carlitos —recordó el muchacho como si el mismísimo Néstor Chaffino estuviera dictándosela al oído—, de que, a veces, en la vida, es mejor no hacer preguntas, sobre todo cuando uno sospecha que no va a convenirle conocer la respuesta».

...Adiós pues, Ernesto, no espero que me comprendas, escriben ahora con toda facilidad los dedos de Adela, pues de ellos ha desaparecido de pronto todo rastro de presagio, hasta tal punto que la pluma vuela, terminando la muy convencional y burguesa carta de despedida a su marido:... *lo siento, créeme, no me arrepiento de nada de lo que hemos compartido en todos estos años y espero que tú tampoco. Te deseo lo mejor y ahora me despido con...* Al terminar esta frase, Adela levanta la cabeza, como en un gesto de desafío, mira por la ventana, pero sus ojos son tan miopes que no llegan a ver algo que cae desde el piso de arriba.

Por eso Adela, que está dispuesta a marcharse dejándolo todo, nunca sabrá que ese día, desde la habitación de Néstor, Carlos prefirió deshacerse del camafeo verde para que su esfera brillante, llena de preguntas inconvenientes, desapareciera entre los distintos verdes que forman el jardín de Las Lilas.

Y ahí está aún, entre las ramas, por si alguien desea comprobar la veracidad de esta historia.

Serafín Tous también ha visto marchar el cadáver de Néstor desde su ventana, pero no mandó cortar flores, como había hecho Ernesto Teldi, ni se recreó en ver brillar el sol sobre la dorada mortaja, como hicieron tanto Adela como Carlos. En realidad, este pacífico magistrado prefería no enterarse de lo que sucedía en el jardín, pues estaba muy ocupado en hacer la maleta. Serafín Tous piensa marcharse hoy mismo; bonita casa Las Lilas, pero no es exactamente el decorado en el que él desea permanecer; demasiados recuerdos incómodos rondan aún por allí.

Con todo esmero, el caballero comienza a doblar su ropa, empezando por los pantalones, tal como le había enseñado su difunta esposa, para que estuvieran impecables al llegar a casa. Los descuelga de sus perchas, verifica la rectitud de las perneras y luego procede a guardarlos: los azules sobre los grises, y sobre los grises los beige. Pero al doblar estos últimos, se da cuenta de que a la altura de la entrepierna aún puede verse una conspicua mancha de jerez, producto de su sobresalto al descubrir la presencia de Néstor en la terraza de Las Lilas la tarde anterior. Un tonto accidente doméstico, nada de importancia y, sin embargo, qué oportunos pueden resultar algunos de estos accidentes —se dice—, porque ahora Serafín Tous no está pensando en el pequeño percance ocurrido en la terraza, sino en otro accidente doméstico mucho mayor y muy afortunado: el que la puerta de la cámara de congelación se cerrara de pronto dejando dentro a ese desagradable cocinero. Y en el momento ideal, además —opina Serafín—, y luego se dice que el hecho de que alguien se quede encerrado en una nevera es una gran desgracia doméstica, qué duda cabe, pero a veces dan ganas de gritar: que Dios bendiga las desgracias domésticas.

Serafín Tous procede ahora a recoger las camisas. Primero las guarda en unas fundas muy prácticas y masculinas que también son idea de su difunta esposa y, a continuación, alisa las fundas en el fondo de la maleta: así, muy bien, Nora habría estado orgullosa. Los accidentes domésticos —insiste Serafín, al que empieza a resultarle muy reconfortante esta línea de pensamiento— son imprevisibles. Además, ocurren con gran frecuencia, mucho más de lo que la gente imagina, y los hay de todo tipo: percances grandes, pequeños, desgraciados, muchas veces son incluso ridículos, porque ¿quién está a salvo de electrocutarse con el tostador o de que un día se le incendie una sartén llena de buñuelos, por ejemplo? Nadie, realmente nadie. Y, sin embargo, Serafín Tous, al recrearse ahora en la visión de sus perfectas camisas, siente un estremecimiento de placer como si, al contemplarlas tan ordenadas, hubiera hecho un descubrimiento. De pronto se da cuenta —o cree darse cuenta— de que el percance que lo ha librado para siempre del cocinero tiene un componente distinto a otros accidentes. ¿Cómo explicarlo? Serafín no sabe expresarlo bien; la forma en que sucedió, el lugar del accidente, las circunstancias... todo tiene algo de incomprensiblemente casero y afable, muy maternal, podría decirse. Sí, eso es.

El pacífico magistrado se detiene ahora en contar cinco pares de calcetines, todos doblados sobre sí mismos, cada uno con una discretísima etiqueta en la que puede leerse el nombre de su propietario, bordado en letra inglesa: Serafín Tous en azul marino, Serafín Tous en negro, Serafín Tous en rojo sangre; se trata de otra idea muy pragmática de su esposa, para que jamás se mezclen los pares al lavarse ni se le pierdan en los hoteles. Y es que Nora tenía, además de otras mucha virtudes, un perfecto dominio de lo doméstico —piensa orgulloso—. No había mancha que se le resistiera, ni percance casero que no resolviera con inusitada pericia. A Serafín le encantaba verla dirigiendo esas maniobras invisibles pero indispensables que logran convertir en idílica la vida conyugal. Con Nora todo parecía funcionar solo en la casa; su perfecta organización, en la que no faltaba un detalle, la comida en su punto y deliciosa, sin que, en apariencia, mediara esfuerzo alguno: nunca hubo en la casa un desagradable olor a cocina, nunca un objeto fuera de lugar, porque Nora tenía la rara virtud de no hacerse notar. Es ahora cuando te haces notar realmente, querida —dice el marido a la esposa—, ahora que me faltas, tesoro, porque es mucho más grande el vacío de aquellos que invisiblemente nos han hecho la vida agradable que el que dejan otros individuos bullangueros y conspicuos, tontos ruidosos.

Serafín Tous ha entrado en el cuarto de baño para recoger sus objetos de aseo, y es a medida que va guardando todo —la maquinilla de afeitar impecablemente limpia, el tubo de pasta de dientes enrollado tal como lo hacía Nora para que él no tuviera que tomarse la molestia— cuando una idea empieza a tomar cuerpo. Se le ocurre pensar otra vez en lo perfectamente casera y limpia que ha sido la forma de solucionarse todos sus problemas. Casera y a la vez muy práctica —se dice—, es como si en todo lo sucedido hubiera mediado una mano femenina o, mejor aún, una delicada mano fantasmal, porque este accidente tiene algo que le recuerda a Nora. Entonces, al guardar la maquinilla y los otros utensilios de aseo, Serafín Tous se pregunta si las almas del Más Allá tendrán la potestad de cerrar las puertas de las cámaras frigoríficas terrenales, y al responderse que sí, no puede por menos que exclamar en voz alta:

—Entonces fuiste tú, Nora, ¿verdad, tesoro mío?

En el mismo momento en que el cadáver de Néstor Chaffino abandona la casa de Las Lilas y atraviesa el jardín, Chloe, igual que una niña aplicada, se encuentra frente a la ventana, ante un improvisado pupitre, como si se dispusiera a anotar lo que ve desde allí, igual que un notario. Una libreta negra de tapas de hule está abierta a su izquierda, y en la mano tiene un lápiz que se lleva a los labios de vez en cuando y que ahora mantiene en alto como si pensara en algo muy difícil.

Si en este momento un observador de las conductas humanas la estuviera mirando a través de los ventanales, podría ver cómo, tras esa mesa de trabajo prolijamente ordenada, se extendía una habitación en perfecto desorden, con la mochila de Chloe destripada sobre la cama y la ropa esparcida aquí y allá, mientras que, revuelto entre las sábanas, yacía roto el estuche rojo con la fotografía de su hermano Eddie. Sin embargo, si ese mismo curioseador de ventanas se hubiera asomado sólo unos minutos antes al interior de la alcoba, entonces habría sido testigo de una escena aún más extravagante. Habría visto a Chloe pasear de un lado a otro de la habitación, como una niña enrabietada, mientras descubría el contenido de la libreta y luego rebuscaba en su mochila hasta encontrar la foto de su hermano, como si quisiera confrontar un objeto con el otro, con tal furia que se diría que ambos, foto y libreta, eran los culpables de una traición o, peor aún, de un asesinato estéril.

Pero no hay ningún espectador curioso asomado a las ventanas de Las Lilas, sólo hay una cucaracha sobre el felpudo de la entrada, que mueve las antenas de un modo sabio, como si comprendiera las razones que mueven a los seres humanos. Aunque ¿quién puede comprender realmente los secretos mecanismos que impulsan las acciones de las niñas caprichosas?, ¿por qué éstas llegan a creer que se puede modificar el destino de aquellos que han muerto antes de tiempo?, ¿por qué piensan que los muertos jóvenes, tarde o temprano regresan a este mundo para completar la parte de sus vidas que quedó trunca? Son muy pocos los que llegan a comprender pensamientos tan irracionales y, sin embargo, nada impide que estos mecanismos existan y sean los responsables de que Néstor se encuentre ahora dentro de una mortaja dorada camino del cementerio, mientras Chloe observa la escena y sonríe.

—Bien merecido lo tienes, viejo idiota —dice la niña—. «Y mil veces que me encontrara en esa situación, mil veces haría lo mismo», piensa, al tiempo que recuerda, con el placer estético que produce ser el autor de una obra de arte o de un crimen perfecto, los detalles de lo ocurrido en la cocina la noche anterior.

Con el lápiz aún en vilo, como si estuviera eligiendo la parte de una historia perversa que se dispone a contar a un público inexistente, Chloe descarta la primera parte de lo sucedido la madrugada anterior, cuando oyó a Néstor silbar dentro de la cámara de frío. La niña prefiere recrear lo que sintió un poco después, mientras se afanaba en encontrar en la mirada oscura de su hermano sobre la superficie del espejo de la cámara una idea, un mensaje, la clave para retenerlo junto a ella. Chloe recuerda cómo fue tomando forma la certeza de que la única posibilidad de revivir la memoria de un muerto era completando lo que él deseaba hacer cuando estaba vivo. Una idea fácil y obvia, que fue ampliándose a medida que se miraba en el espejo. Eddie, el último día de su vida, se había montado en una moto porque tenía la rayadura de querer ser escritor y necesitaba «vivir a doscientos por hora, tener experiencias, cometer un asesinato, tirarme a mil tías, qué se yo, Clo-clo, tú eres demasiado pequeña para comprenderlo».

Y cuando ella le había preguntado qué pasaría si después de un tiempo no se hubiera atrevido a hacer ninguna de esas terribles cosas para obtener las experiencias que buscaba, él había respondido: «Entonces, Clo-clo, no tendré más remedio que robarle su historia a otro». Eso había dicho su hermano Eddie, pero no llevó a cabo sus planes, porque se había ido para siempre, dejándolo todo a medias.

En cambio, aquí estaba ella ahora, la pequeña Chloe, la niña Clo-clo, con los mismos años que tenía Eddie al morir, dispuesta a hacer todo lo que a él no le había dado tiempo. Ella no planeó lo sucedido la noche anterior en la casa de Las Lilas, tampoco tenía nada contra ese cocinero de bigotes en punta que atesoraba una libreta en la que, según sus propias palabras, guardaba un montón de escándalos y secretos de los que había sido testigo; en resumen: un montón de historias tomadas de la vida real que son mucho más crueles y perfectas que las que pueda inventar escritor alguno.

«Ya te abro, viejo imbécil, ya voy», había dicho. Pero al abrir la puerta para socorrerlo Néstor estaba allí en el suelo con esa misma libreta, como ofreciéndosela, mientras su hermano los miraba. Y Chloe ya no pensó en otra cosa más que en ayudar a Eddie a cumplir su sueño. Por eso tuvo que arrancársela de la mano: ahí era donde estaban todas las historias de amores y crímenes que a él tanto le habría gustado escribir.

La ocasión se le había presentado sin buscarla, y aprovecharla fue fácil. Justificarse ante sí misma por lo que acababa de hacer... cerrar para siempre la puerta... hacerse la sorda... soñar con Eddie... esperar a que el frío acallara definitivamente los gritos del cocinero... y luego subir a su habitación, como si nada hubiera sucedido... todo había resultado muy fácil. Ahora se daba cuenta de que en realidad ella, la hermana pequeña, había triunfado precisamente donde fracasó su hermano, porque al cabo del tiempo iba a poder cumplir el Destino que la muerte le había arrebatado. «Los muertos jóvenes siempre se las arreglan para regresar a este mundo y completar su destino», le había dicho la señorita Liau Chi, y Chloe se lo había creído. ¿O acaso no era cierto que ahora tenía en su mano lo que él salió a buscar el día de su muerte?

Pequeñas infamias, ése era el título que Néstor había dado a la recopilación de anécdotas que estaba escribiendo. Seguramente se trataría de historias escandalosas, infamias inconfesables y terribles, con las que ella podría cumplir la rayadura de Eddie de ser escritor de vidas ajenas.

Por eso, sin verificar el contenido de la libreta, la noche anterior Chloe se había ido a dormir tranquila, a fingir que no había pasado nada, a fingir, incluso ante ella misma, porque ésa es la mejor manera de engañar a otros.

Chloe Trías, sentada ahora ante la ventana, recuerda todas estas cosas y también algo mucho peor, ocurrido hace sólo unos minutos, cuando había abierto su tesoro. Porque ¿qué coño guardaba realmente el maestro de cocina dentro de su libreta de hule?

Como si le resultara imposible concebir tanta mala suerte, Chloe relee su contenido:

La infamia de una mousse de chocolate... el secreto de una perfecta isla flotante... —hay que joderse—, *el escandaloso sabor de un sorbete de mango...*

Mira hacia afuera. Por la ventana aún alcanza a ver el cortejo fúnebre que ya se acerca a la salida de Las Lilas. La claridad del día le parece otra burla, y busca con la vista el cadáver de Néstor, pues siente ganas de gritarle algo obsceno a ese cocinero tramposo. Incluso llega a abrir la ventana. Pero al final renuncia. Es inútil maldecir a los muertos, y prefiere volver a hojear la libreta, como esperando que algún sortilegio le conceda la gracia de encontrar algo distinto de lo que había visto antes. Pero las pequeñas infamias culinarias que el cocinero había escrito con letra redonda y perfecta siguen allí, tozudas. Un asesinato inútil, otro sueño roto.

Dentro de poco, Karel vendrá a llamarla para abandonar la casa de Las Lilas. Ella tendrá que recoger su ropa y guardar todo en la mochila. Dejará atrás otro capítulo de su vida y volverá a estar sola. Como siempre —se dice—. Y sin embargo, cuando se va a poner en pie, algo que acaba de ver por la ventana la detiene. Chloe se ha quedado mirando cómo un rayo de sol, el mismo que habían observado desde las diferentes ventanas los otros personajes de esta historia, juega sobre la mortaja de Néstor Chaffino. El plástico dorado brilla con el mismo destello que ha visto bailar tantas veces sobre los espejos de Las Lilas y, como si de pronto fuera capaz de sentir en sus ojos la mirada oscura de su hermano, la niña vuelve a reírse con tantas ganas como lo había hecho ante el espejo de la puerta cerrada de la cámara Westinghouse. Porque es cierto que la vida le ha robado cosas que ella amaba, que la ha engañado y que le ha hecho trampas. También es cierto que la suerte acaba de gastarle la última broma: cambiarle las historias con las que ella pensaba cumplir un sueño por recetas de cocina. Y aun así, la niña sonríe, saluda a la mortaja de Néstor: acaba de darse cuenta de que todavía le queda una posibilidad de ganarle la mano al Destino. Porque ella tiene una historia que nadie podrá robarle jamás; una pequeña o, tal vez, gran infamia: su propia historia, la que ha vivido en esta casa de Las Lilas. Y al ver lo que tiene, Chloe Trías, como si fuera un muchacho soñador que acaba de cumplir los primeros veintidós años de una larga vida llena de ambiciones, arranca de la libreta de hule todas las páginas escritas por Néstor. Allí, en la papelera, van cayendo cada uno de los secretos del cocinero: *petit fours* de sobremesa, trufas con jengibre, helados y sorbetes, hasta dejar únicamente las hojas en blanco y la primera página en la que puede leerse:

PEQUEÑAS INFAMIAS

Una vez despojada la libreta de todo vestigio culinario, y bajo ese título escrito con la letra diminuta y redonda de Néstor Chaffino, Chloe apunta las primeras líneas de una historia a la que piensa dar forma más adelante, y que comienza así:

Tenía los bigotes más rígidos que nunca; tanto, que una mosca podría haber caminado por ellos igual que un convicto por la plancha de un barco pirata.

La niña se detiene para tomar aliento y pensar cómo será el próximo párrafo de *Pequeñas infamias,* una novela escrita por Eddie Trías.

Y al esbozar la siguiente línea:

Sólo que no hay mosca que sobreviva dentro de una cámara frigorífica a treinta grados bajo cero: y tampoco Néstor Chaffino, jefe de cocina, repostero famoso por su maestría en el chocolate fondant, el dueño de aquel bigote rubio y congelado.

Chloe descubre que es muy fácil, a partir de una muerte real, de unas líneas maestras, ir tejiendo toda una historia de pasiones, infamias y mezquindades, porque las mentiras suenan a verdad cuando se apoyan en un dato verídico.

¿Y ahora, cómo podríamos continuar?, pregunta antes de escribir:

Y así habrían de encontrarlo horas más tarde: con los ojos abiertos y atónitos, pero aun con cierta dignidad en el porte; las uñas garfas arañando la puerta, es cierto, pero en cambio conservaba el paño de cocina colgado de las cintas del delantal, aunque uno no esté para coqueterías cuando la puerta de una cámara Westinghouse del año 80, dos metros por uno y medio, acaba de cerrarse automáticamente a sus espaldas con un clac...

Pero mientras da forma a los primeros párrafos de *Pequeñas infamias*, la niña ignora que, sobre el felpudo de la casa de Las Lilas, una cucaracha mueve sus antenas.

Índice

Primera parte
A TREINTA GRADOS BAJO CERO 9

1. Néstor, el cocinero 11
2. Karel, el culturista checo 18
3. El grito 23
4. I. Una visita a casa de madame Longstaffe 45
   II. De La Morera y el Muérdago a madame Longstaffe . . 48
5. I. La mujer del cuadro 51
   II. El caballero del pelo cortado al cepillo 65
6. Lo que vio la vidente 68
7. Un lamentable accidente 78

Segunda parte
SEIS DÍAS DE MARZO 83

Día primero / La libreta de hule 85
Día segundo / Karol y Chloe 95
Día tercero 101
Día cuarto
   I. Comienzan una historia de amor, y un chantaje 108
   II. Carlos y Adela, o el amor químicamente puro 111
Día quinto 121
Día sexto / Ernesto Teldi y la señorita Ramos 124

Tercera parte

LA NOCHE ANTES DE LA PARTIDA 137

1. Néstor y la mujer del cuadro 142
2. Chloe Trías y los fantasmas 151
3. Serafín Tous y la pizza 159
4. Karel y madame Longstaffe cantan rancheras 166
5. Ernesto y Adela en el ascensor 170

Cuarta parte

EL JUEGO DE LOS ESPEJOS 179

1. Llegada a la casa de Las Lilas 181
2. Todos quieren matar a Néstor 194
3. La cena en Las Lilas 207
4. Una puerta que se cierra 220
5. Un rayo de sol sobre la mortaja de Néstor Chaffino 235